DÉMON NE MEURT JAMAIS

MAMAN
CONTRE DÉMON

JULIE KENNER

Jamie & Ryan

Apprivoise-moi

Tente-moi

Attise-moi

Rencontrez les hommes de Most Wanted

Te désirer

T'enflammer

T'envoûter

Découvrez les hommes de Stark Sécurité.

En mille éclats

Dans ton ombre (prequelle)

En mémoire de nous

En demi-teinte

En haute voltige

En ton nom

En crescendo (nouvelle)

En plein cœur

Plus de Stark Sécurité à venir

L'Homme du Mois

Droit au cœur - Mister Janvier

Vague à l'âme - Mister Février

Raison d'être - Mister Mars

Coup de sang - Mister Avril

État d'âme - Mister Mai

Droit au but - Mister Juin

Au beau fixe - Mister Juillet

Diable au corps - Mister Août

Cri du cœur - Mister Septembre

Corps à corps - Mister Octobre

État d'esprit - Mister Novembre

Force d'âme... - Mister Décembre

Cocktail royal - livre bonus

Blackwell-Lyon Sécurité

Nos adorables mensonges

Nos drôles de jeux

Nos belles erreurs

Nos plus beaux rôles

La série Maman contre démon

Démon de l'après-midi

Démons et merveilles

Démon ne meurt jamais

Déjà démon

Allô maman, démon ! (histoire bonus)

Démon ex machina

Démon en vadrouille

Démon à bord

Démon, mode d'emploi

DÉMON NE MEURT JAMAIS

MAMAN CONTRE DÉMON

BEST-SELLER SUR LA LISTE DE *USA TODAY*

JULIE KENNER

Traduit de l'anglais par Viviane Faure & Valentin Translation.

M&O

1

J'ai tué mon premier démon à l'âge de quatorze ans. Je l'ai poignardé dans l'œil avec un couteau à la poignée d'ivoire, cadeau d'anniversaire de mon gardien et mentor, le père Lorenzo Corletti.

J'avais passé deux jours à pister le démon, à fréquenter les petites rues malfamées d'un pauvre village italien et à ne rien manger à part les friandises que j'avais mises dans mon sac abîmé. J'avais un compagnon, un garçon que j'adorais et que j'épouserais plus tard. Mais le désir adolescent était bien loin de mon esprit pendant ces longues journées. Chasser les démons était une affaire sérieuse et j'étais une fille sérieuse.

Même maintenant, plus de deux décennies plus tard, je me souvenais encore de l'intensité de ces émotions. L'élan de la poursuite malgré mon épuisement paralysant. Et une certaine sagesse en sachant que c'était important. Quand on avait une vue d'ensemble, après tout, peu de choses paraissaient plus primordiales que l'arrestation de disciples de l'Enfer.

Par rapport à mes devoirs de chasseuse de démons, ma jeunesse n'était pas un problème puisque ma force et mon entraînement me donnaient une chance de rester en vie. À quatorze ans, j'étais physiquement prête. Mais mentalement ? Eh bien, pas la peine de poser la question. Je savais ce qui devait être fait et on s'attendait à ce que je le fasse. Mon âge n'avait jamais fait partie de l'équation.

Avec une telle histoire personnelle, on pourrait croire que je saurais mieux que quiconque que les filles de quatorze ans étaient à la fois fortes et résilientes.

On pourrait le penser, mais on aurait tort. Parce que quand il s'agissait d'avoir *la* conversation avec *ma* fille de quatorze ans, j'étais parfaitement muette.

Et, pour que nous soyons sur la même longueur d'onde, quand je disais *la conversation*, je ne parlais pas de celle concernant les relations sexuelles. Pour celle-ci, j'avais réussi à me dépatouiller. Je parle de l'autre conversation : celle où je la faisais asseoir pour lui confesser ma vie profondément secrète et sombre.

Mon nom est Kate Connor et je suis chasseuse de démons de Niveau Quatre à la Forza Scura, la main armée super-secrète du Vatican chargée de tenir à distance les forces du mal. Cependant, cet aspect particulier de l'histoire familiale avait été caché à ma fille toute sa vie malgré le fait que son père et moi avions traqué les monstres sur tout le globe avant de prendre notre retraite quelques années avant la naissance d'Allie.

J'avais prévu de lui raconter la vérité un jour. Mais curieusement, « un jour » continuait de s'éloigner de plus en plus. Allie était mon bébé, après tout. Pendant quatorze ans, mon travail avait été de l'élever et de la protéger. Biaiser toute sa vue du monde en lui racontant des histoires sur les forces du mal qui déambulaient parmi nous n'était pas un acte que j'avais hâte d'accomplir. Je savais que je devais lui dire. Chasser les démons faisait partie de l'histoire familiale, même si j'aurais aimé que ce ne soit pas le cas.

C'était une chose de savoir qu'un jour, je devrais raconter

la vérité à ma fille. Être obligée d'avoir cette conversation en était une tout autre. Mais puisqu'un Haut Démon l'avait kidnappée, je sus sans l'ombre d'un doute que la communication intergénérationnelle sur les êtres du mal devait s'ouvrir.

Et voilà que nous étions là, assises sur les marches devant le musée de San Diablo le mieux financé. Malgré les rayons de soleil qui nous réchauffaient, nous étions blotties l'une contre l'autre sous une couverture de survie, patientant pour nous assurer que la police et les secouristes amassés sur le parking n'avaient plus de questions pour nous, et attendant également l'arrivée de Stuart qui passerait nous prendre. Mon second mari ignorait totalement mes antécédents de chasseuse de démons. Et même si c'était le jour où Allie apprenait une grande partie de mes secrets, Stuart allait rester joyeusement ignorant.

— Maman ? insista-t-elle. Alors, euh, tu disais que tu allais m'expliquer ce qu'il se passe.

— C'est vrai.

Je n'étais toujours pas prête, mais je réalisai alors que je ne le serais jamais. Je regardai autour de moi, vérifiant ostensiblement que personne ne s'intéressait à nous, tout en espérant à moitié qu'un officier de police me ferait signe de venir vers lui pour répondre à des questions.

Je n'eus pas une telle chance. J'étais bloquée avec cette conversation, que je le veuille ou non. Et puisqu'il n'y avait pas vraiment de manière facile de se lancer sur le thème des démons, je décidai d'aller droit au but.

— Ce que tu as vu au musée, déclarai-je d'une voix hésitante. Ces créatures, je veux dire. Ce sont des démons, Allie. D'authentiques démons maléfiques sortant des entrailles de l'Enfer.

Je n'étais pas certaine de savoir quelle serait sa réaction initiale, mais je serrai les poings, me préparant à toute éventualité.

— Oh, dit-elle après un moment de pause. C'est logique.
Et ?

Et ? Mes mains se détendirent et je vacillai légèrement,
parce que je ne m'attendais pas vraiment à un *et*. Pas encore, en
tout cas. Je me disais que nous discuterions pendant une demi-
heure de toute cette histoire de démon avant d'arriver au *et*.
Jeter un *et* dans la mêlée me déséquilibrait totalement.

— Et ? répétai-je. Je te parle de démons, ma puce. Ce n'est
pas suffisant ?

Comme pour me prouver que certaines choses ne chan-
geaient jamais, mon adolescente leva les yeux au ciel.

— Mam-*man*, déclara-t-elle comme si j'étais idiote. Enfin,
franchement. Les monstres, les démons, les croque-mitaines de
l'Enfer. J'étais là, tu vois. Je comprends le concept.

Dans ces circonstances, la gamine n'avait pas tort. Après
tout, une créature qui sentait le souffre, qui possédait des
pattes et des griffes, et qui sortait d'un portail de l'Enfer ne
pouvait pas être grand-chose d'autre. Rien de bon, en tout cas.

— Mais *toi*, dans tout ça ? poursuivit-elle avant que je
puisse dire quoi que ce soit. Enfin, tu étais comme Wonder
Woman là-dedans. C'était assez cool, Maman. Mais c'était aussi
assez bizarre. Et tu as dit que tu allais me raconter.

Effectivement. Je m'étais précipitée pour la sauver, comme
n'importe quelle mère l'aurait fait. Néanmoins, en le faisant, je
lui avais montré un aspect de ma vie que j'avais caché prudem-
ment jusque-là. Donc quand elle m'avait demandé directement si j'avais des secrets, je n'avais pas eu d'autres choix que
d'admettre que c'était le cas.

J'avais espéré que la révélation serait un peu plus facile.
Néanmoins, Allie voulait des réponses maintenant.

— Marchons, dis-je en me levant.

— Mais et Stuart ?

Je jetai un coup d'œil vers la route et ne vis aucune voiture
en train d'arriver. Au milieu de la foule sur le parking, je vis

David Long parler avec un officier en uniforme. Il me remarqua et se tourna, avec un air interrogateur. Je montrai Allie puis fis un signe avec mes doigts pour lui montrer que nous allions marcher. Il acquiesça et je sus qu'il comprenait. Si Stuart arrivait pendant que nous nous promenions autour du musée, David l'en informerait.

Je saisissais évidemment l'ironie de la situation. Puisque j'étais presque sûre que David *était* mon mari ou qu'il l'avait été à un moment. Ce qui paraissait un peu étrange quand on le disait de cette façon, mais c'était vrai. J'étais raisonnablement convaincue que l'âme de mon premier époux avait élu domicile dans le corps du professeur de chimie du lycée Coronado, David Long. Malgré tout, je n'en étais pas certaine à cent pour cent, et ce ne serait pas aujourd'hui que j'irais le vérifier. Un jour, peut-être. Mais pas maintenant.

Allie remarqua notre échange.

— Il se passe quelque chose avec M. Long, aussi, déclara-t-elle. Si tu étais Wonder Woman, alors il était totalement Superman.

Je dus rire à cause de cette image, mais en vérité, elle avait raison. Raconter mes secrets signifiait que je devais également trahir quelques-uns des siens.

— Viens, dis-je en lui prenant la main.

Je nous guidai dans les escaliers, vers le chemin de graviers qui tournait autour du musée. Elle n'essaya pas de se dégager, ce qui me fit sentir à la fois surprise et nostalgique des années où je pouvais tendre la main et m'attendre à ce que ses petits doigts se referment immédiatement autour de moi.

— Tu sais que j'ai grandi en Italie, dans un orphelinat ? commençai-je en lui jetant un regard en biais.

Elle acquiesça, parce que cette partie de mon passé n'avait jamais été un secret. Elle ignorait comment j'avais fini dans un orphelinat, ou qui étaient mes parents, ni même pourquoi une gamine clairement américaine déambulait dans les rues de

Rome, perdue et abandonnée. Mais je n'avais pas non plus la réponse à ces questions. Et pendant des années, je m'étais dit que je m'en moquais. Pour moi, la vie avait commencé quand j'avais rencontré le père Corletti. Tout ce qui était arrivé avant n'était qu'un bruit blanc.

— Eh bien, je n'ai pas été élevée dans un orphelinat qui recevait de l'argent de l'Église. J'ai été élevée par l'Église elle-même. Par un petit groupe religieux, en fait.

— Papa aussi, non ?

— Papa aussi, lui assurai-je.

Allie avait entendu plus d'une fois l'histoire de mon premier coup de cœur, à treize ans à peine, pour celui qui était devenu mon mari. Mais puisqu'il était plus sage et plus mature à presque quinze ans, il n'avait pas été le moins du monde inté-ressé par une gamine comme moi. Pas au début, en tout cas.

Ce qu'Allie ignorait, c'était qu'Eric avait changé d'avis pendant nos sessions d'entraînement. On lui avait demandé de m'aider avec mes capacités pathétiques de lancer de couteaux, et après quelques mois de cours seul à seul, Eric était aussi amoureux de moi que je l'étais de lui. De plus, je pouvais toucher toutes les cibles en plein cœur chaque fois.

— D'accord. Et ?

— Tu exagères carrément sur l'utilisation de ce mot, aujourd'hui, répliquai-je.

Ma fille, cette reine tragique, répondit en s'arrêtant sur le chemin, tapant du pied et me demandant s'il elle devrait répéter ce mot *encore une fois*.

— Une fois, c'est bon, dis-je en réussissant à ne pas rire. Mais rappelle-moi quand tu as grandi ?

— Il y a environ une heure.

Elle se tourna et montra le musée.

— Là-dedans, conclut-elle.

Elle n'avait pas tort.

— Forza Scura. C'est du latin. Ça se traduit plus ou moins

par « la Force Obscure ». *Et*, continuai-je avant qu'elle puisse le répéter, c'est le nom de l'organisation créée par l'Église pour laquelle ton père et moi avons été entraînés à travailler.

— Entraînés, répéta-t-elle.

J'acquiesçai, avant de la regarder pendant qu'elle digérait cette nouvelle information.

— D'accord, répondit-elle finalement. Mais entraînés à faire quoi ?

C'était à mon tour de montrer le musée du doigt.

— Devine.

— *Waouh*, déclara-t-elle. Sans déconner ? ... Pardon, Maman.

Je souris et lui serrai la main.

— *Sans déconner*. La Forza nous a entraînés à chasser des démons. Et c'est ce qu'on a fait pendant des années, puis on a pris notre retraite quelques années avant ta naissance.

— Oh, d'accord.

Elle acquiesça lentement, comme si elle essayait toujours d'encaisser notre discussion.

— Tu voulais me demander autre chose ?

Je pouvais lui dire beaucoup de choses au point où j'en étais. Je pouvais décrire mon voyage en Europe avec Eric pour la chasse aux types de créatures qu'elle avait rencontrées dans le musée. Je pouvais parler du fait que je vivais dans les dortoirs de la Forza, que je restais debout toute la nuit et que je partageais le genre d'histoires effrayantes que tous les gamins racontent. Sauf que mes récits étaient vrais. Je pouvais lui parler de Wilson Endicott, mon premier *alimentatore*, qui nous aidaient, Eric et moi, en faisant les recherches alors que nous sortions armés jusqu'aux dents.

Je pouvais lui raconter tout cela, mais je ne le ferais pas. Pas à moins qu'elle le demande. Parce que c'était quelque chose d'énorme. Et je savais qu'elle devait y aller à son propre rythme.

Du moins, c'était ce que je me disais. Et je pensais vraiment que j'étais honnête. Mais tout de même, je devais admettre qu'une petite part de moi espérait qu'elle ne serait pas trop curieuse. Parce qu'une fois que l'on connaissait réellement le Mal, il était difficile de demeurer un enfant. Et je ne voulais pas être la mère qui arracherait ce qui restait d'innocence à sa fille.

Elle regarda le paysage, observant le belvédère en bois et le chemin de cailloux. Des oiseaux de paradis et autres fleurs tropicales poussant en Californie étaient alignés sur le sentier, marquant le retour vers le musée d'un côté et la route vers le parc de San Diablo de l'autre. À part nous, il n'y avait personne dans le coin et après quelques instants de silence, Allie avait dû décider que nous avions le temps d'évoquer de nouveaux points importants.

— Alors Papy et M. Long, commença-t-elle, comment se fait-il qu'ils aient été avec toi ? Ils appartiennent à cette Forza ?

— Papy en faisait partie, dis-je en faisant référence à Eddie Lohmann.

Ce chasseur de démons retraité de quatre-vingts et quelques années avait élu domicile temporairement dans notre chambre d'ami et de façon permanente dans nos vies. Allie pensait qu'Eddie était son arrière-grand-père perdu de vue et retrouvé, et ce n'était pas une illusion que je me sentais obligée d'éclaircir.

— Il a pris sa retraite depuis longtemps, achevai-je.

— Et M. Long ?

N'était-ce pas une question chargée de sens ? Je répondis du mieux que possible, expliquant que David Long n'était pas simplement un gentil professeur de lycée, mais également un chasseur de démons solitaire. En d'autres termes, un chasseur qui n'était pas affilié à la Forza. J'ajoutai qu'il fut aussi un ami du père d'Allie. Ce qui, d'après ce que je savais, était la pure vérité. Parce que même si je soupçonnais qu'Eric était d'une façon ou d'une autre tapi dans le corps de David, j'étais peut-être juste en train de me raccrocher à une chimère, souhaitant désespérément croire que mon premier amour n'avait pas réellement péri lors de cette nuit brumeuse à San Francisco. Que d'une manière ou d'une autre, l'homme qui avait été mon amant et mon partenaire pendant tant d'années pouvait toujours être vivant.

Je ne pouvais pas en espérer autant. En même temps, si David était Eric, qu'est-ce que cela signifierait pour moi ? Pour mes enfants ? Pour mon second mariage ?

Je n'en savais rien et chaque fois que j'essayais d'y penser, je me perdais dans un bourbier d'émotions tellement épais que j'étais certaine de me noyer dedans si je ne faisais pas attention.

Allie recommença à marcher et je mis la mélancolie de côté avant de lui emboîter le pas, obligeant mes pensées à se focaliser sur ma fille et non sur Eric.

— Al ?

Ses bras étaient serrés autour d'elle et son regard porté sur le musée. Alors que je la détaillais, elle frissonna, son dos et ses épaules se raidissant comme si le doigt froid de la Mort venait de tracer une ligne sur sa colonne vertébrale.

— Al ! répétai-je d'une voix plus inquiète.

Je posai une main sur son épaule.

— Tu vas bien ?

Elle se retourna vers moi, l'air hanté.

— Tu n'es pas toujours... Enfin, ce truc aurait pu te tuer, Maman.

— Mais il ne l'a pas fait, dis-je gentiment.

J'essayai désespérément de ne pas pleurer. Ma fille avait perdu son père bien trop tôt. L'idée qu'elle ait désormais peur de perdre sa mère me brisait le cœur.

— Tu as pris ta retraite, aujourd'hui ? demanda-t-elle avec une urgence qui ne lui ressemblait pas dans la voix. Comme tu l'as dit. Papa et toi vous avez pris votre retraite avant que je sois née.

J'hésitai, sachant que je devrais lui dire la vérité. Que j'étais

sortie de ma retraite quelques mois plus tôt et que dernièrement, j'étais plongée jusqu'au cou dans le monde démoniaque.
Ma tête me poussait à dire ces mots, mais mon cœur ne voulait
pas coopérer.

Alors je mentis. Ou, pour être plus technique, je répétai
une vérité et négligeai d'en mentionner une autre.

— C'est vrai. Ton père et moi avons pris notre retraite.

Tout son corps se détendit et je sus que j'avais pris la bonne
décision. Oui, il fallait que je lui dise la vérité. Mais étant
donné ce qu'elle venait de traverser, celle-ci pouvait attendre
un moment. C'était une chose qu'Allie connaisse la vérité sur
mon passé et sache que j'y avais survécu. C'en était une autre
de la voir s'inquiéter constamment en imaginant que je sortais
la nuit. Puisque je me souciais déjà d'elle chaque seconde où
elle était hors de ma vue, je savais de quel fardeau il s'agissait. Et
ce n'était pas quelque chose que je souhaitais mettre sur les
épaules de ma petite. Pas tant que je pouvais l'empêcher, en
tout cas.

Nous continuâmes à marcher en silence avant qu'elle se
retourne vers moi.

— Alors ce que je ne comprends pas, c'est comment tu es
arrivée ici, dit-elle. Au musée, je veux dire.

— Je suis venue pour te sauver, chérie.

Elle leva à nouveau les yeux.

— Ouais, j'avais compris cette partie-là. Mais si tu n'es plus
dans cette Forza, alors comment tu savais où me trouver ? Et
comment tu savais que j'avais été enlevée par des démons et pas
juste par un tas de mecs flippants ?

— Nous devons remercier David pour ça.

Ce n'était pas entièrement vrai. Mais dire la vérité serait
admettre que j'étais de retour en service actif avec la Forza et
j'avais déjà réglé ce problème.

— Et pour Stuart ? s'enquit-elle. Il ne le sait pas, si ?

Quelle enfant maligne.

— Non, admis-je. Il ne le sait pas.

— Pourquoi ?

C'était une autre grande question, mais j'étais prête à y répondre.

— Parce que quand j'ai rencontré Stuart, mes jours de chasseuse de démons étaient loin derrière moi. Il est tombé amoureux d'une mère célibataire avec une fille géniale, qui s'avérait être une horrible cuisinière et une médiocre maîtresse de maison.

— Médiocre ? Oh, s'il te plaît.

— Comparé à la façon dont tu tiens ta chambre, ripostai-je en riant, je suis médiocre. Et l'essentiel, c'est que mon passé ne faisait pas partie de l'équation. Donc j'ai toujours cru que ce serait injuste de lui avouer tout ça.

— Ouais, déclara-t-elle après avoir réfléchi un moment. J'imagine que c'est logique.

J'étais ravie qu'elle le pense, parce qu'il me fallait son aide pour garder mon secret. En réalité, je m'attendais à devoir dire la vérité à Stuart bientôt, de toute façon. Même si je craignais que la vérité creuse un fossé dans notre mariage, j'avais aussi peur que garder des secrets ait exactement le même effet.

— Tout cela est assez bizarre, remarqua-t-elle.

Nous repartions vers le parking.

— Mais c'est aussi assez cool, ajouta-t-elle avec un large sourire. Ma mère, cette superhéroïne.

Un petit frisson de satisfaction me surprit. C'était assez rare que votre ado vous dise que vous étiez cool, je devais donc savourer le moment.

— Et pour Tante Laura ? Elle le sait ?

Laura Dupont vivait directement derrière notre maison et s'avérait également être ma meilleure amie.

— Oui, admis-je. Laura est au courant.

— Hmm.

Elle se mordit la lèvre inférieure en digérant cette petite information.

— Alors, je peux le dire à Mindy ? s'enquit-elle enfin.

Elle faisait référence à *sa* meilleure amie et c'était assez pratique puisqu'elle était aussi la fille de Laura.

— Je ne sais pas. Laisse-moi y réfléchir. Et laisse-moi en discuter avec Laura. Ce n'est pas rien de connaître l'existence des démons. Tu n'as peut-être pas envie de mettre tout ça sur les épaules de ton amie.

Je n'avais pas voulu en partager autant avec Laura, mais elle était tombée sur mon secret et je n'avais pas eu le choix. Désormais, j'étais ravie qu'elle soit au courant. Tout le monde avait besoin d'un confident et même si les règles de la Forza exigeaient une grande confidentialité, certaines lois étaient faites pour être brisées.

Nous continuâmes à marcher en silence jusqu'à ce qu'Allie s'arrête brutalement, l'anxiété marquant son visage.

— Oh mon Dieu, Maman.

Je craignis alors le pire.

— Je peux toujours retourner à Coronado après les vacances de Noël, hein ? Enfin, ce n'est pas parce qu'il y avait un démon dans le club de surf que je dois partir dans une école privée ni rien, si ?

— C'est tout ? m'enquis-je.

J'étais totalement incapable de m'empêcher de m'émerveiller et d'être soulagée. Je venais tout juste de lui dire que non seulement des démons avaient infiltré son école, mais qu'en plus sa mère, son père et son – pseudo – arrière-grand-père, ainsi que son professeur de chimie étaient tous chasseurs de démons de métier. Et la première question qui lui venait en tête, c'était si elle pouvait rester ou non dans le même lycée ?

— C'est ça qui t'inquiète ?

Traitez-moi de folle, mais je m'attendais... Je ne sais pas. À de la peur, oui. Mais une fois qu'elle se serait apaisée, je pensais qu'il y aurait plus d'étincelles. De la colère adolescente, des soupirs, des pieds qui tapent et une crise de colère. Des accusations parce que je lui avais caché ce secret. Peut-être même qu'elle ne m'aurait plus adressé la parole.

Je m'y étais attendue, je m'y étais même préparée. Et j'avais aussi pensé qu'une fois le choc passé, elle allait supplier de suivre les pas de ses parents. Je m'étais dit qu'elle me presserait pour se rendre à Rome. Qu'elle aimerait rencontrer le père Corletti. Au moins qu'elle insisterait pour garder un couteau et une fiole d'eau bénite dans son sac.

Honnêtement, c'était l'une des raisons pour lesquelles je m'étais retenue si longtemps de lui parler de cela. Parce que ce n'était pas la vie que je souhaitais pour ma fille. Je voulais qu'elle soit en sécurité à la maison, qu'elle soit dans son lit la nuit et qu'elle ne s'inquiète ni des monstres dans son placard ni du simple fait de marcher dans la rue. J'avais été d'accord pour sortir de ma retraite afin de faire de San Diablo une ville plus sûre, après tout. Jeter ma fille dans la mêlée ne faisait pas partie de ce que j'espérais accomplir.

Néanmoins, apparemment, je m'étais monté la tête pour rien. Puisqu'elle ne me dit rien de tout cela. Ni dans l'instant ni quand nous continuâmes de marcher vers le parking du musée ni pendant les quatre semaines de vacances de Noël. Au lieu de ça, j'avais juste... eh bien, *Allie*. Une version un peu plus introspective de ma fille, peut-être, mais rien qui suggérait qu'il y avait eu ces dernières semaines une discussion mère-fille qui avait changé nos vies.

— Elle doit encaisser beaucoup de choses, déclara Laura.

Nous étions un jeudi de janvier et les températures étaient douces. Dans quelques jours, l'école reprendrait.

— Accorde-lui du temps. Avant que tu t'en rendes compte, elle te suppliera d'avoir un couteau à cran d'arrêt et d'apprendre à identifier un démon rien qu'en le voyant.

Lorsqu'elle utilisa le mot *démon*, je me retournai vers l'embrasure de la porte, ma réaction étant automatique puisque je savais parfaitement que la maison était vide. Lors d'un rare moment de vie domestique, Stuart avait emmené Allie et Timmy au centre commercial pour une après-midi à échanger des cadeaux et à faire les soldes. Eddie était quant à lui à la bibliothèque, plus intéressé par la bibliothécaire que par les livres.

— Merci, dis-je.

Kabit, notre chat, s'entortilla entre mes jambes dans l'espoir vain d'avoir un peu de crème.

— Ça me réconforte carrément.

Laura me jeta un coup d'œil par-dessus le bord d'une tasse à la décoration hivernale, débordant actuellement d'une chantilly recouvrant un chocolat chaud.

— C'est une adolescente, Kate. Ce n'est pas parce qu'elle a peur pour toi qu'elle a peur pour elle-même. Après tout, tu es vieille et has-been. Elle est jeune et invincible.

Elle passa son doigt dans la crème fouettée et le tendit à Kabit, qui m'abandonna immédiatement pour trottiner vers elle.

— Et elle t'a dit que chasser des démons était cool, non ?

J'acquiesçai. Oui, elle l'avait dit.

— Elle digère encore, annonça Laura. En plus des garçons et de son entraînement de pom-pom girl à l'époque, elle doit maintenant accepter le fait qu'elle a été kidnappée par un démon et que sa mère était auparavant une chasseuse de démons.

Elle me lança un regard significatif. J'avais confié à Laura mon mensonge quant au fait que je n'étais plus en service actif et ma meilleure amie ne soutenait pas exactement ma décision.

— Une fois qu'elle aura tout analysé dans sa tête, elle voudra en savoir plus. Et si tu ne veux pas lui dire que tu chasses encore, tu vas t'enfoncer encore plus.

Je fronçai les sourcils vers ma tasse Père Noël. En vérité, Laura marquait un point. Un point intense et douloureux que je ne pouvais plus ignorer, même si j'en avais envie. J'avais vu la peur dans le regard d'Allie, donc j'avais menti à propos de la chasse. J'avais essayé d'améliorer les choses et pour cela, j'avais probablement empiré la situation.

— Tout ira bien, déclarai-je fermement.

J'essayais de me convaincre, plus que je n'essayais de convaincre Laura.

Le coin de sa bouche se tordit.

— Quoi ? m'enquis-je d'un air revêche.

Elle sourit dans son chocolat.

— J'imagine juste la bataille entre Allie et toi quand la vérité éclatera.

— Et c'est marrant ?

Elle haussa légèrement les épaules.

— Les probabilités le sont. Parce qu'entre un démon et toi, je parierai sur toi sans réfléchir. Mais entre Allie et toi ? Kate, tu n'as aucune chance.

Je vivais à San Diablo depuis quinze ans désormais. Eric et moi avions déménagé ici depuis Los Angeles pendant que j'étais enceinte d'Allie. Et même si je connaissais assez bien la ville, ce n'était que l'été dernier que j'avais vraiment senti ses vibrations. Toutes les vibrations, les bonnes et les mauvaises.

San Diablo était surtout une agréable petite ville. C'était la raison pour laquelle Eric et moi étions venus, au départ. Nous cherchions une zone dépourvue de démons, dans laquelle vivre notre retraite et élever notre bébé. À ce moment, nous pensions que San Diablo était l'endroit parfait puisque la cathédrale historique qui était le point central de la ville était si infusée de sang et d'os de saints que nous étions certains qu'aucune créature démoniaque ne voudrait mettre un pied là-bas.

Clairement, nous avions tort.

J'avais rencontré mon premier démon de San Diablo avant le début de l'année scolaire. Depuis, j'avais passé la majeure partie de mon temps libre à déambuler dans des allées sombres, à marcher sur la passerelle bien après que les humains respectables s'étaient mis au lit, et je vagabondais à la fois dans les couloirs de l'hôpital et de la maison de retraite.

Pendant les vacances, j'étais passée à une patrouille par semaine seulement. Pour être honnête, après m'être battue avec le démon Asmodée et ses disciples pour la vie de ma fille, je faisais un petit burn out de chasseuse de démons. De plus, je ne voulais pas qu'Allie se réveille et découvre que je n'étais pas là. Les policiers m'avaient prévenue qu'un stress post-traumatique pouvait résulter du kidnapping. Je me disais qu'ils n'imaginaient même pas à quel point. Elle allait visiblement bien à l'extérieur, mais je m'inquiétais de ce qu'elle ressentait à l'intérieur, aussi.

Le samedi avant que l'école reprenne, Allie passait la nuit chez Mindy et je ressentais le besoin de me remettre dans l'action.

J'avais tendance à envisager la patrouille de deux façons. La première était de rôder occasionnellement dans la ville, gardant l'œil ouvert à la recherche de quoi que ce soit de suspicieux. Comme on pourrait s'y attendre, cette méthode produisait rarement des résultats. J'avais de la chance, de temps en temps, mais surtout, le seul but que ces patrouilles larges servaient était de rappeler aux démons qu'il y avait un chasseur en ville. Je leur suggérais ainsi subtilement de sauter sur la barque de Charon et de voguer jusqu'aux Enfers.

Généralement, j'avais plus de chance avec la seconde méthode. Chaque matin, je parcourais le journal à la recherche d'un article sur des gens ayant loupé la mort de peu – des accidents de voiture lors desquels les conducteurs survivaient miraculeusement, des nageurs qui manquaient de se noyer, des victimes d'arrêt cardiaque ramenées à la vie après une réanimation incroyablement longue.

La plupart des gens se réjouissent de ce genre de miracle. Moi, je me méfie ; les corps morts depuis peu de temps sont des démons potentiels. L'âme humaine s'en allait et le démon emménageait. Croyez-moi. Cela arrive bien plus souvent que vous ne l'imaginez.

J'étais presque certaine, en fait, que c'était arrivé la veille. Ce matin, j'avais remarqué un court article près de la fin de la rubrique locale. Un homme d'affaires du coin du nom de Jacob Tomlinson avait récemment avalé un flacon entier de somnifères avant de décider de nager en direction d'Hawaï. Un pêcheur avait sorti le corps et avait réussi à ressusciter un M. Tomlinson apathique. Le journal parlait d'un sauvetage « miraculeux ». J'avais un point de vue différent.

Puisqu'il fallait quelques jours pour qu'un démon obtienne sa véritable force une fois qu'il était entré dans un corps frais, je suivais toujours ces articles. C'était la raison pour laquelle j'avais décidé d'aller à la plage samedi soir. Les démons, comme les criminels, avaient tendance à retourner sur les lieux.

Plus froid, l'extrême-nord de la côte de San Diablo est rocailleux, et c'est sur les collines de ce relief accidenté que se dressent la cathédrale Sainte-Mary comme la maison de retraite Brumes Littorales. Les pierres irrégulières et la topographie hostile s'évanouissent cependant en plage de sable traditionnelle quand la côte s'étend vers le sud, s'ouvrant finalement sur des étendues larges et accueillantes inondées de touristes et d'habitants du coin pendant l'été.

Cette partie de la côte s'agrémente de parcs, de plages

publiques et de marinas privées. Puisque le pêcheur avait mis son bateau à l'eau depuis la plage près de l'ancienne ville de San Diablo, c'était là que je prévoyais d'aller, une fois que tout le monde serait endormi à la maison.

Je pensais franchir la porte à une heure.

Naturellement, je m'étais fait des illusions.

— Moins d'une semaine, déclara Stuart.

Il se glissa derrière moi et passa ses bras autour de ma taille. J'étais occupée à récurer une casserole, essayant de retirer l'amas gras et gluant au fond puisque je savais que notre lave-vaisselle était incapable de combattre ce niveau de vase immonde. Sous le contact de mon mari contre moi, je fus rapidement moins inquiète quant à l'état de propreté de notre vaisselle.

— Encore quelques jours, déclara-t-il, et je l'annoncerai formellement. Difficile de croire que l'année prochaine à cette époque, je pourrais être le procureur du comté de San Diablo. Ou pas.

J'entendis le fond d'hésitation dans sa voix et me retournais pour lui faire face. J'attrapai un torchon pour m'essuyer les mains afin de ne pas le tremper.

— Ne pense pas comme ça, dis-je.

Je levai mes bras humides pour les passer autour de son cou.

— Tu as plus de soutien que quiconque.

— Peut-être, déclara-t-il.

Néanmoins, je vis dans ses yeux qu'il n'était pas convaincu par ma déclaration.

Je le fouettai avec le torchon.

— Ne dis pas ça. Tu vas gagner cette élection et tu le sais. Pour tous les membres de l'association des parents d'élèves, c'est déjà réglé. Si tu échoues maintenant, tu me feras perdre mon avantage à choisir les comités en premier. Et je ne veux vraiment pas être chargée du nettoyage pour le bal de printemps.

Ma tactique fonctionna et il rit.

— Ce n'est pas faux. Pour toi, je gagnerai l'élection.

Il se pencha et m'embrassa sur le bout du nez.

— Et je vais le faire même si tu préférerais que je perde.

Je niai immédiatement. Mais en même temps, je me raidis légèrement. Parce que même si je savais à quel point gagner le siège de procureur était important pour Stuart, j'étais aussi assez égoïste pour vouloir que mon mari me revienne. Dernièrement, ses nuits et ses week-ends étaient consacrés à sa campagne plutôt qu'aux câlins. Et ces derniers me manquaient.

Néanmoins, s'il avait plus de temps pour moi, il serait peut-être plus enclin à comprendre ce qu'il se passait dans la maison. Oh, de petits riens, comme sa femme qui chasse des démons pendant son temps libre.

Dans l'ensemble, ce serait peut-être pour le mieux si Stuart remportait l'élection. En fait, ses nuits tardives au bureau me permettaient de protéger mes secrets plus facilement.

Je me retournai vers la vaisselle, juste au cas où il pouvait analyser mon expression. Je me rendis compte assez rapidement qu'une conversation profonde et introspective n'était pas à l'ordre du jour.

— Timmy dort profondément, déclara-t-il.

Ses lèvres effleurèrent mon lobe d'oreille, la douce sensation m'envoyant un frisson dans la colonne vertébrale.

— Et Allie est chez Mindy.

— C'est une information très intéressante, répondis-je.

J'étais incapable de m'empêcher de sourire.

— Nous avons une bouteille de Merlot pas encore ouverte.

— C'est aussi bon à savoir.

— Et si tu te décales, je peux t'aider avec la vaisselle.

— *Ça*, c'est une façon de conquérir le cœur d'une femme, déclarai-je.

Je me décalai sur la gauche pour lui faire de la place.

Fidèle à sa parole, il m'aida et la cuisine passa rapidement de désastreuse à présentable. Ce n'était pas *Maison & Jardin*, mais ça ne serait probablement jamais le cas.

— Il se fait tard, déclarai-je en espérant qu'il comprendrait.

Il était déjà plus de vingt-deux heures. Si je voulais patrouiller, il fallait qu'il soit bientôt endormi.

Cependant, Stuart ne coopéra pas.

— On est samedi, dit-il. Et c'est un peu le calme avant la tempête. On devrait en profiter. Le vin. Peut-être un peu de fromage. Un film.

Il m'attira contre lui et passa ses index sur ma lèvre inférieure.

— Qui pourrait savoir où cela nous mènera ? ajouta-t-il doucement.

Son ton sous-entendait au moins une destination délicieuse.

Je me rapprochai, inclinai la tête en arrière et battis des cils en le regardant.

— Eh bien, Monsieur Connor, déclarai-je d'une voix essoufflée, êtes-vous en train de me séduire ?

— Je crois que c'est sur mon planning.

Il m'embrassa alors et quand il s'éloigna, son sourire m'en promettait davantage.

— Va chercher le vin, dit-il. Je vais nous trouver un film.

Nous finîmes blottis ensemble sur le canapé à regarder Sean Connery et Jill St John en train de faire leurs trucs de James Bond. Stuart était un fan de Ian Fleming et je regarderais n'importe quel film avec Sean Connery, donc ce n'était pas vraiment de la séduction, mais ce n'était pas de la torture non plus. Dans tous les cas, les scènes d'action me firent clairement passer du mode séductrice à celui de chasseuse. Et lorsque le générique défila, j'étais à nouveau prête à y aller.

Tout comme mon mari, en fait, mais nous ne pensions pas à la même chose. Tout de même, je devais admettre qu'il me conquit assez rapidement. Comment cela aurait-il pu se passer différemment ? C'était l'homme que j'aimais, après tout. Et cela m'avait manqué.

Il m'attira contre lui, ses lèvres effleurant les miennes et ses doigts me touchant de façon à la fois délicate et possessive. Je gémis légèrement, pensant comme j'étais chanceuse d'avoir trouvé l'amour deux fois dans ma vie.

Je savais qu'il était naturel pour une veuve de penser à son premier mari. Donc même si les souvenirs d'Eric commençaient à apparaître au coin de mon désir, je ne me sentais pas coupable. Stuart savait que j'avais aimé Eric et qu'il aurait toujours une place dans mon cœur.

Ce que Stuart ignorait, c'était qu'Eric était peut-être toujours en vie. Il vivait peut-être même à San Diablo.

Je chassai cette pensée, n'étant pas prête à gérer cette possibilité, puis j'attirai Stuart près de moi.

Et alors que je me perdais dans les baisers de mon mari, j'essayai de ne pas trop songer à quel point ma vie pourrait devenir compliquée.

La pleine lune illuminait le ciel alors que je progressais sur la passerelle en bois. J'avais une lampe torche dans ma poche arrière, mais je n'en avais pas besoin. La nuit était claire et la lumière de la lune était bien plus que suffisante pour me montrer le chemin.

Je patrouillais depuis une quinzaine de minutes. Je m'étais garée dans la rue principale, devant l'une des nombreuses galeries d'art de San Diablo. J'avais parcouru la petite distance jusqu'à la grande route de la côte, passant devant des pizzerias et des cafés fermés pour la nuit. Il y avait un feu piéton entre la grande route et la rue principale, mais il était tard et il clignotait en jaune. Je traversai sans voir une quelconque trace d'un autre habitant éveillé en cette nuit froide de janvier, que ce soit un humain ou un démon.

J'espérais sérieusement que je n'avais pas commis d'erreur en venant ici. Le voyage vaudrait la peine si j'achevais effectivement un démon. Sinon, je risquais la paix familiale si Stuart se réveillait.

L'air était froid et chargé, mais je combattis l'envie urgente de serrer mes bras autour de moi pour avoir plus chaud. Il fallait que j'aie les mains libres, que je sois prête à me défendre si Tomlinson me sautait dessus.

Ainsi, je gardais mes sens en alerte, mes yeux étant entraînés à repérer tout ce qui sortait de l'ordinaire et mes oreilles entendaient tout ce qui ne ressemblait pas à l'écrasement des vagues.

Même si on ne tombait pas sur un démon, patrouiller n'était pas facile. Il fallait être prêt, l'adrénaline tambourinant dans vos veines. Sinon, si vous vous détendiez un tout petit peu, c'était le moment où ils vous attrapaient. Et c'était ainsi que des chasseurs mouraient.

Puisque la mort n'était pas un état convenable pour moi, j'étais véritablement en alerte. Je faillis tout de même passer à côté du *pa-poum, pa-poum* discret indiquant des pas derrière moi. Le bruit était négligeable et je pouvais presque croire que je l'avais imaginé. Ou que j'avais simplement entendu un chat traverser la passerelle à la recherche d'un poisson échoué pour le dîner.

Pa-poum, pa-poum.

Mon pouls accéléra, les battements se multipliant avec le tempo des pas. Je tentai d'évaluer la distance entre moi et cette personne, mais j'en fus incapable. Quiconque se trouvait derrière moi était un maître de discrétion.

Je ne ralentis pas, ne trahissant aucun signe montrant que j'avais conscience d'être suivie. Mais alors que je marchais, je tournai mon poignet gauche, afin de faire glisser le couteau coincé dans la manche de ma veste pour le préparer.

Silence.

Et ce n'était pas un bon silence. Je fis volte-face, ma main droite attrapant le manche du couteau alors que je bondissais sur mon harceleur. Il était derrière et faisait au moins une tête de plus que moi. Son visage était caché par la capuche de son pull gris. Sans hésiter, j'attaquai, puis vacillai en voyant ses yeux. Il profita de mon hésitation, esquivant comme un expert et jetant sa canne pour me faire trébucher et tomber de la passerelle.

— David ! hurlai-je alors que je perdais l'équilibre et m'effondrais, le dos dans le sable.

Il ne fit pas mine de battre en retraite. Au contraire, à califourchon sur moi, il bloqua mes poignets de ses mains puissantes, son visage à quelques centimètres du mien. Je respirai de plus en plus vite, mais je n'aurais su dire si c'était sous le coup de la peur, de l'effort physique ou d'autre chose.

— Bon sang, David !

— Vous manquez d'entraînement, déclara-t-il le visage toujours contre le mien. Et ça vous rend dangereuse.

— Seulement pour moi-même, grommelai-je. Dégagez de là, maintenant.

Il m'adressa un rapide sourire en coin.

— Vous avez de la chance que ç'ait été moi.

— J'ai mordu la poussière *parce que* c'était vous. C'est vous qui avez de la chance. Si je n'avais pas vu votre visage, vous auriez un poignard dans l'œil à l'heure qu'il est.

— Aucun risque, répondit-il, vous êtes trop douée pour faire une erreur pareille.

Je levai un sourcil.

— Vous ne venez pas de dire que je manquais d'entraînement ?

Il rit, puis, pour récupérer sa canne, déplaça le poids de ses hanches dont la pression se fit plus qu'un peu distrayante. Une seconde plus tard, il était sur ses pieds. Moi, toujours par terre, je tentais de récupérer un peu de ma dignité abîmée.

À mon corps défendant, j'attrapai la main qu'il me tendit pour me relever.

— Et puis, qu'est-ce que vous fichez là, bon Dieu ? demandai-je.

— Je vous cherchais.

— Ici ?

— J'ai vu l'article sur Tomlinson. Je me suis dit que vous viendriez jeter un coup d'œil.

— Lundi, c'est la rentrée, rétorquai-je en balayant le sable de mon jean. Vous auriez eu plus de chances de me trouver dans la file du dépose-minute.

— Pas vraiment propice à la conversation que je veux avoir.

— Ah ? À propos de quoi ?

Il se pencha près de moi, et dit d'une voix basse :

— Vous m'évitez.

— Je ne vois pas de quoi vous parlez.

Mais comme je fuyais son regard et partais dans l'autre sens, ce n'était sans doute pas très convaincant. Il me rattrapa en un rien de temps malgré sa jambe boiteuse et sa canne.

— Kate, attendez.

Je me retournai.

— David, je suis fatiguée. Vous m'avez sauté dessus dans le noir et vous m'avez fichue à terre. Désolée de ne pas être d'humeur à la parlotte, d'accord ?

— Bon, d'accord, admit-il. Mais vous ne m'avez toujours pas répondu.

— Je suis à peu près sûre d'avoir répondu, rétorquai-je. Mais pour vous faire plaisir, je peux être plus précise. Je ne vous évite pas. Pas volontairement, en tout cas.

— Vous m'évitez involontairement ?

— Bon sang, David.

Il me faisait rire, et ce n'était pas bien.

— Ce que je veux dire, continuai-je, c'est que je patrouillais toute seule avant de vous rencontrer, et maintenant je patrouille de nouveau toute seule. Ce n'est pas une fourberie de ma part, c'est juste plus simple, logistiquement parlant.

— Si vous patrouilliez toute seule, c'est parce qu'il n'y avait aucun autre chasseur en ville. Vous devriez avoir quelqu'un pour surveiller vos arrières.

Il fit un pas de plus vers moi. Je reculai jusqu'à me retrouver presque en équilibre sur le bord de la promenade en bois, quelques centimètres au-dessus du sable. Un pas de plus, et c'était une nouvelle dégringolade sur mon postérieur. Vraiment pas la meilleure façon de se montrer en contrôle de la conversation.

J'ouvris la bouche pour répondre, m'aperçus que je n'avais rien à répliquer, et le bousculai pour passer. J'étais là pour patrouiller, alors j'allais le faire, plutôt que de rester plantée à me chamailler.

David et moi avions chassé ensemble pour arrêter Asmodée. Mais avant cela, je n'avais jamais chassé qu'avec Eric. Il avait été mon partenaire dans tous les sens du terme : mon ami, mon amant, mon mari. Il me connaissait mieux que quiconque m'avait jamais connue, et probablement mieux que quiconque me connaîtrait jamais.

Il y a quelque chose d'intime à chasser avec quelqu'un : il doit exister un lien fort et une confiance quand on se dresse ensemble contre le mal. Je m'étais ouverte à cette confiance avec David, et par cette fente, une mélancolie désespérée s'était engouffrée. *Ça*, je l'avais fait avec Eric, songeais-je. Et puis ça, et puis ça aussi.

J'avais été prise en traître par mes souvenirs et ma tristesse, aussi vifs que cette nuit glaciale où j'avais appris la mort d'Eric.

Ces émotions avaient été bien assez douloureuses comme ça, mais quand j'avais commencé à me dire que David n'était peut-être pas l'ami d'Eric mais Eric lui-même, eh bien... elles étaient parties en vrille. J'avais aimé ma vie avec Eric, mais j'aimais aussi ma vie présente : ma fabuleuse fille, mon adorable petit garçon, mon merveilleux mari qui m'adore même si mes plats ne valent pas un pet de lapin et même s'il me reste encore à trouver un moyen de nous garantir du linge propre au jour le jour.

L'idée de faire du mal à Stuart me paralysait. Et pourtant je craignais de m'être engagée sur ce chemin, je craignais que rien qu'en réfléchissant au mystère Eric-David, je lui fasse déjà du mal. Peut-être pas en vrai, mais en moi, dans mon cœur.

Cela faisait plusieurs semaines maintenant que je me tenais sur le fil du rasoir. J'avais désespérément envie qu'Eric soit bel et bien revenu et le craignais tout à la fois. Parce que si Eric s'était véritablement échappé de son corps en cette funeste journée à San Francisco, alors il avait été une âme désincarnée jusqu'à il y avait plusieurs mois de cela, le jour où David Long avait eu un accident de voiture. Ça voulait dire que, le « vrai » David mort et son âme disparue, Eric s'était introduit dans son corps par la même méthode que celle utilisée par les démons.

« Magie noire », d'après Eddie. Il était convaincu que nulle bonne âme ne pouvait jouer avec les forces du mal et s'en sortir indemne. Je ne voulais pas y penser, encore moins y croire, mais il fallait admettre que l'argument devait être considéré. Quoi qu'il en soit, David m'avait aidée à sauver Allie, et il n'avait jamais rien fait pour me blesser. Alors peut-être Eddie avait-il tort ? Ou peut-être David n'était-il pas Eric, mais tout bonnement l'homme qu'il prétendait être : un professeur de chimie ayant survécu à un méchant accident de voiture. Un chasseur de démons solitaire qui avait été l'ami d'Eric, il y a bien longtemps.

Ou peut-être que les ténèbres grandissaient en lui, et que le jour où j'aurais le plus besoin de lui, David se retournerait contre moi.

J'eus un léger frisson en repoussant cette pensée. Dans cette vie, il y avait trois choses sur lesquelles je pouvais compter : ma famille, ma force et ma foi. Qu'il soit Eric ou non, je savais que cet homme que je connaissais sous le nom de David était bon, qu'il ne me ferait jamais de mal. Je le croyais de toute la force de mon âme, et je m'y accrochais. Car sans cette foi, cet espoir, je savais que je pouvais me perdre tout à fait.

J'avais peut-être confiance en David et je rêvais peut-être de retrouver Eric, mais je n'étais pas prête pour autant à apprendre la vérité. Vraiment pas. Si David était réellement Eric, je n'étais pas prête à tout ce que ça impliquait, pour l'âme d'Eric comme pour ma famille.

Et s'il était vraiment David ? Eh bien, je n'étais pas prête à abandonner l'espoir que, je ne sais où, je ne sais comment, mon Eric était toujours en vie.

J'avais donc fait la seule chose en mon pouvoir. J'avais évité le problème en évitant David. Pour avoir grandi au sein de la Forza Scura, je savais que les choses qu'on essaie d'éviter avec le plus d'ardeur sont celles qui vous sautent dessus dans le noir.

Le rythme de son pas accéléra, le son amorti de ses semelles appuyé de celui, plus distinct, de sa canne.

— Kate, appela-t-il, Kate, attendez.

Je continuai à avancer.

— Katie ! Bon sang de...

Son juron s'éteignit sur ses lèvres mais je l'entendis accélérer. J'envisageai de partir dans une petite foulée mais décidai que ça serait me dérober lâchement, alors je me retournai pour lui faire face.

— Je n'ai pas besoin d'aide, annonçai-je. Je peux parfaitement patrouiller toute seule.

— Pourquoi le faire toute seule si je peux vous aider ?

— Vous n'êtes pas un chasseur de démons.

— Bon Dieu, qu'est-ce qu'il faut pas entendre...

Je le fixai d'un air peu amène.

— Vous m'avez dit vous-même ne pas être avec la Forza. Vous êtes solo. Et ça, c'est une complication dont je n'ai pas besoin.

— C'est une excuse de merde et vous le savez, répondit-il en se rapprochant d'un pas. Ce qui complique les choses, ce n'est pas que je sois solo.

— Ah non ? rétorquai-je d'une voix plus chuchotée que je l'aurais voulu. Alors quoi ?

Je regardai ses yeux, le vis hésiter, et décidai de mettre les pieds dans le plat.

— Jusqu'où est-ce que vous comptez aller, *David ?* insistai-je en mettant l'accent sur son nom. Quand est-ce que les choses seront assez compliquées ?

Je regardai son visage, composé de colère et de frustration. Ce fut la pitié, cependant, qui me surprit.

— Katie, je suis désolé. Je le jure, je n'ai jamais voulu vous blesser ainsi.

Je titubai sous le choc de ses mots inattendus.

— David, bégayai-je, vous n'êtes pas obligé de...

— J'aurais dû vous dire la vérité au musée. J'aurais dû en finir à ce moment-là.

Je restai interdite. Mes jambes ne répondaient plus à ma tête. Soit ça, soit mon corps s'était transformé en glace. Je l'ignorais. Tout ce que je savais, c'était qu'en moi j'avais beau crier de prendre mes jambes à mon cou, celles-ci restaient plantées sur la promenade.

— Je sais ce que vous pensez, Kate, mais ce n'est pas vrai.

Il prit mon menton dans le creux de sa main et me fixa droit dans les yeux, ajoutant sans ciller :

— Je ne suis pas lui, Kate. Je suis désolé, mais je ne suis pas l'homme que vous avez aimé.

C'était comme s'il parlait sous l'eau, et quand j'essayai de me déplacer, j'eus l'impression de bouger dans de la gelée. J'étais passée du monde réel à un endroit surréel où rien n'avait de sens, même pas les mots que David m'adressait.

— Quoi ? arrivai-je enfin à prononcer. Mais... Mais vous...

— Je le connaissais, dit David. C'est tout. Je connaissais cet homme, plutôt bien, même. Je suis désolé, Kate. Vraiment désolé.

J'aurais voulu dire quelque chose mais les mots ne me venaient pas. Les larmes, par contre, n'eurent aucun scrupule. Elles tombèrent en filets le long de mon visage dans le deuil silencieux d'un fantasme qui m'abandonnait enfin.

— Je me suis aperçu ce jour-là au musée que vous vous étiez mis cette idée en tête. J'aurais dû vous le dire à ce moment-là mais je n'ai pas pu. Je me suis dit que vous aviez peut-être besoin de croire qu'Eric était revenu pour vous aider à sauver Allie. Je pensais qu'au bout d'une semaine et quelques, vous vous rendriez à l'évidence. Mais vous avez commencé à m'éviter et j'ai compris qu'il fallait que je vous dise la vérité une bonne fois pour toutes.

— Oh, dis-je puisque ce c'était là tout ce que j'étais capable de prononcer. D'accord. Je comprends.

Je tentai un pas, décidai que je disposais de nouveau d'une stabilité relative, et me mis à marcher lentement sur la promenade. J'avais besoin de bouger, de sentir le sol ferme sous mes pieds, de m'ancrer à nouveau dans la réalité.

Il avança à mes côtés.

— Est-ce que ça va ?

J'inspirai et réfléchis à la question.

— Non, répondis-je. Mais ça va aller.

Ses paroles avaient tué quelque chose en moi. Mais elles m'avaient peut-être libérée aussi, car bien que je répugne à l'admettre, le spectre d'Eric avait hanté mon mariage.

— Sûre ?

— Oui.

Et parce que je le pensais, j'ajoutai :

— Merci.

Il ne dit rien de plus, et je compris son silence comme une acceptation et un signe que nous pouvions tourner la page. Il pressa le pas pour me dépasser et j'essuyai mes dernières larmes du plat de mon pouce.

Nous patrouillâmes encore environ une demi-heure, chacun dans ses pensées, et nous faisions davantage attention à ce qui nous entourait et à ce qui pouvait bien se trouver là dans le noir plutôt que l'un à l'autre.

Une fois revenue sur nos pas, j'étais prête à laisser tomber.

— Pas de démons, déclarai-je autant pour briser le silence que parce que je le pensais. Ils sont peut-être passés à autre chose ?

Je ne faisais qu'énoncer mon découragement, mais David sembla considérer sérieusement cette éventualité.

— Peut-être, oui. Vous avez vécu... quoi, quatorze ans ici, avant de sentir la présence d'un démon ?

— Littéralement, répondis-je en me rappelant l'odeur de mon premier démon dans le rayon pâtées pour animaux à Walmart.

— Et puis deux, l'un juste après l'autre.

— Et les deux fois les démons voulaient quelque chose qui se trouvait à San Diablo, ajoutai-je.

— Ils le voulaient assez fort pour passer outre la cathédrale qui rend cette ville rien moins qu'attirante pour le démon moyen.

Je haussai une épaule.

— C'était notre théorie en tout cas. À Eric et moi.

— Je la trouve plutôt bonne.

Nous avions atteint l'aire de jeux pour enfants et il s'adossa nonchalamment à l'échelle de suspension.

— Alors, shérif, demanda-t-il. Maintenant que vous avez

viré tous les méchants de la ville, qu'est-ce que vous allez faire de votre temps libre ?

Je ris et me mis à compter sur mes doigts.

— La vaisselle, le linge, la guéguerre contre les moutons de poussière... jouer à Serpents et Échelles avec le gnome... faire la médiatrice dans les disputes avec les amoureux... surveiller les achats de maquillage, et survivre au rite de passage périlleux qu'est l'Adolescente à Permis de Conduire Provisoire.

Un sourire s'afficha sur ses lèvres.

— Dire que je croyais que vous alliez vous ennuyer.

— Ça, jamais, répondis-je.

Je commençai à partir vers la voiture. Il fallait que je rentre. Patrouiller, ça pouvait se justifier. Le papotage, pas vraiment.

Je n'arrivai jamais à la voiture. J'avais à peine atteint la promenade quand quelque chose de sombre et vif envoya voler David dans le sable.

— Alors c'est toi ? interrogea son agresseur en le flairant comme un limier sur une piste.

Je me précipitai vers eux.

— Si c'est toi, reprit-il en sifflant, relâche Andramelech. Libère-le de ses fers, et sache qu'alors, ta dernière heure aura sonné.

Il était encore en train de parler quand je l'atteignis. Il tenait David par le col de sa chemise, mais un solide coup de pied dans le ventre le mit hors combat. Le démon vacilla et je bondis. Sans hésitation, j'enfonçai mon poignard dans l'orbite de son œil gris et froid. Le corps devint flasque lorsque le démon le quitta. Seul le miroitement de l'air indiqua son passage.

— Monsieur Tomlinson, je suppose ? demanda David en se remettant sur ses pieds.

— J'imagine, répondis-je. Mais pourquoi vous attaquer ainsi ? Il n'avait pas d'arme et j'étais juste à côté. C'était une situation désespérée.

— C'était un tout nouveau démon, dit David. Il était peut-être stupide, tout simplement ? Il m'a confondu avec quelqu'un d'autre ?

— « Si c'est toi »... répétai-je, mais *qui* ?

David me regarda, la mine grave.

— Je ne sais pas. Mais j'imagine qu'il est à la recherche de celui qui a capturé Andramelech.

— À sa recherche pour le tuer, finis-je en frémissant. Mais qui est Andramelech ?

— Aucune idée, répondit-il, perplexe. Mais il y a une chose dont je suis sûr...

— C'est qu'il y a toujours des démons à San Diablo ?

— Exactement, dit-il, et ils sont sur un coup.

2

— Oh, Kate, dit Laura quand je lui eus répété les révélations de David. Comment ça va ?

Je ne me laissai pas atteindre par son empathie.

— Ça va. Vraiment, répondis-je en prenant une gorgée de café.

Je pensais même que c'était la vérité. Après tout, j'avais eu quelques heures pour me faire à l'idée.

J'avais appelé Laura tout de suite en me levant ce dimanche matin et elle était venue aussitôt. Nous étions donc en train de prendre le café et de manger le gâteau qu'elle avait fait dans la matinée dans un accès d'enthousiasme domestique. Eddie n'arrêtait pas de passer dans la cuisine pour « en reprendre juste un petit bout ». Mais Allie et Stuart étaient à l'étage, en train de s'habiller pour la messe. C'était une bonne chose, je n'avais pas envie qu'ils entendent cette conversation.

Timmy était dans le salon, il faisait rouler Thomas le Petit Train – il l'avait eu pour Noël – en écoutant *Frosty le Bonhomme de Neige*. Il avait déjà regardé le dessin animé au moins une douzaine de fois au cours des dernières semaines, mais il ne semblait toujours pas s'en être lassé. J'espérais qu'il conserverait ce niveau de concentration quand il serait à la fac. Auquel cas, j'avais enfanté un futur major de promo de Harvard.

— Franchement, dis-je en réponse au regard inquisiteur de Laura. Je vais bien, vraiment. C'est pour le mieux, ajoutai-je avec une joie forcée. Je vais pouvoir reprendre le cours normal de ma vie.

Le truc, c'est que je croyais à ce que je disais. Mais savoir sur le plan intellectuel que c'était pour le mieux ne voulait pas dire que c'était facile émotionnellement.

— Ce n'est peut-être pas vrai, dit Laura.

Je la regardai avec curiosité.

— Tu penses qu'il me ment ?

Elle haussa les épaules.

— Il y a tellement de petits trucs, tu sais ? Toutes ces choses que tu m'as dites, pour lesquelles tu pensais que c'était Eric.

Elle avait raison. La façon dont il m'appelait « Katie », et la façon dont il se mouvait pendant un combat. Tellement de petits indices qui s'étaient accumulés jusqu'à ce que je soupçonne que mon premier mari était revenu pour moi.

Même alors, je n'en avais jamais été certaine. Jusqu'à la nuit précédente, en tout cas.

— Il ne m'aurait pas menti, dis-je. C'est une chose de garder le silence. De ne rien dire et de me laisser avec mes doutes. Mais me mentir carrément ?

Je déglutis en me rendant compte que c'était ce que j'avais fait avec Allie. Je secouai la tête pour me débarrasser de cette pensée.

— Non. Je connais Eric. Il ne m'aurait jamais fait ça.

Je voyais bien que Laura n'était pas d'accord, mais elle eut la grâce de changer de sujet et de passer au démon que nous avions vu la veille.

— Alors qui est cet Andramelech que le démon veut libérer ? demanda-t-elle alors qu'Eddie revenait prendre du gâteau.

J'exprimai mon doute d'un hochement de tête.

— J'aimerais le savoir.

Concentré sur le gâteau, Eddie grogna. Je lui jetai un regard de biais.

— Vous savez qui est Andramelech ?

Il répondit d'un triste hochement de tête.

— Je ne sais pas à quoi pensait la Forza quand elle a formé votre génération de chasseurs, marmonna-t-il. Ne pas savoir qui est Andramelech... C'est juste pathétique, Kate.

J'étais partie pour lui répondre que mon souci principal avait été de les tuer, pas de connaître leurs vrais noms pour pouvoir leur envoyer des cartons d'invitation à des soirées chics, mais je me mordis la langue. Il valait mieux passer outre les récriminations à l'encontre de la Forza et obtenir les informations que possédait Eddie. Étant donné qu'il avait été trahi – et qu'il avait ensuite passé plusieurs décennies en tant que chasseur solo puisqu'il n'avait plus confiance dans ses contacts – je comprenais son point de vue. Mais ça ne voulait pas dire que j'avais envie de l'entendre le rabâcher.

— Dites-moi juste ce que vous savez.

— Il est mauvais.

— Je m'en doute. Je n'ai encore rencontré aucun démon qui soit bon.

Ses sourcils broussailleux se haussèrent et il pouffa de rire.

— C'est pas faux. Ce que je veux dire, c'est qu'il est *pire* que la plupart. Un des hauts chanceliers de l'Enfer. Un Démon du Trône.

Je grimaçai parce que ça, c'était une mauvaise nouvelle. Apparemment, San Diablo n'intéressait pas les démons de base. Tous ceux que j'avais rencontrés jusqu'à maintenant étaient soit des Hauts Démons, soit là pour obéir aux ordres d'un Haut Démon.

— Une seconde, intervint Laura. C'est quoi un Démon du Trône ?

— Il y a une hiérarchie chez les démons, expliquai-je. Comme pour les anges.

— Avec les archanges ? demanda-t-elle.

— Tout à fait. Donc les Hauts Démons sont les pires du pire, et les chanceliers de l'Enfer sont grosso modo les bras droits de Satan.

— En d'autres termes, abominablement, horriblement mauvais, dit Laura. C'est tout ce que je voulais savoir.

— Alors, qu'est-ce que vous savez d'autre ? dis-je à Eddie en me levant pour reprendre du café.

— Pas grand-chose qui puisse t'aider, dit-il. Apparemment, les anciens Assyriens lui sacrifiaient des enfants. Mais ce que ça a à voir avec le type qui a agressé David ? J'en sais fichtrement rien.

Je frissonnai et fis un pas en arrière pour voir ce que faisait Timmy. Je ne le trouvai pas tout de suite et une terreur glaciale s'empara de moi. J'ouvris la bouche pour l'appeler quand je vis un petit train en bois foncer depuis l'entrée dans le salon, et s'arrêter avec un *bam* en percutant le pied de la table basse où il laissa une éraflure que je voyais à cinq mètres de là.

Sa trajectoire provenait de la porte d'entrée et je ne pouvais que supposer que mon petit garçon s'y trouvait.

— Timmy ?

Rien.

— *Timmy !*

Des petits pas, et puis la bouille innocente du concerné apparut à l'angle.

— Quoi, Maman ?

— Tu penses que c'est normal de faire taper ton train dans les meubles, jeune homme ?

Il parvint à écarquiller les yeux encore davantage et sa bouche forma une légère moue. Il secoua à peine la tête.

— J'ai pas fait ça, Maman.

— Timmy…

— C'est pas moi ! protesta-t-il en serrant les poings.

Je fronçai les sourcils et marchai jusqu'à la table basse pour ramasser le train coupable.

— Alors comment il s'est retrouvé là, lui ?

Son visage se plissa dans un effort de concentration.

— Il a roulé, Maman, finit-il par dire – ce qui était, techniquement, la pure vérité. J'étais là-bas.

Il pointa la porte d'une main ferme. Je soupirai et envisageai de le prendre sur mes genoux pour lui faire un discours sur la responsabilité, accompagné d'un cours de physique niveau maternelle – qui se concentrerait sur le principe de cause et conséquence.

Mais j'étais davantage préoccupée par la population démoniaque locale que par le fait que mon fils détruise mon mobilier avec son petit train. Il n'y aurait qu'à nouer des chiffons autour des pieds des meubles pour les épargner. Sauver le monde des forces du mal requérait un peu plus de subtilité.

— Fais plus attention, dis-je.

— D'accord, Maman, dit-il en levant les deux pouces.

Je secouai la tête, amusée, et rejoignis Eddie, non sans avoir appelé Stuart et Allie au préalable. Il était presque dix heures et il fallait partir bientôt si on voulait être à l'église pour onze heures.

— Vous allez à la bibliothèque après la messe ? demandai-je à Eddie.

Il avait rencontré la bibliothécaire juste avant les vacances et, même s'il ne l'avouerait jamais, je voyais bien qu'il était sous le charme. Elle travaillait le dimanche après-midi, et Eddie avait donc tendance à y aller après la messe.

— Peut-être, dit-il en feignant le détachement.

— Eh bien, si vous y allez, dis-je, peut-être que vous pourriez en profiter pour faire quelques recherches ? Aller sur Internet. Regarder les encyclopédies ?

— C'est pour ça que tu as Ben, dit-il.

Il parlait du père Ben, mon nouvel *alimentatore* qui était encore assez débutant.

— Et celle-ci aussi, ajouta-t-il en pointant son pouce vers Laura. Moi, je ne chasse plus. On a déjà eu cette conversation.

Il étrécit les yeux en me regardant.

— Ou bien tu perds la mémoire ?

— Ma mémoire va très bien. Et j'en ai parlé à Ben hier soir en allant à la cathédrale avec David pour cacher le corps.

Malheureusement, la Forza n'envoie plus d'équipe pour récupérer les cadavres. Et comme les démons ne disparaissent pas dans un nuage de fumée quand on les tue, c'est moi qui dois me débrouiller pour nettoyer. Et je peux vous dire que ce n'est pas la partie la plus fun du boulot, même si le père Ben a trouvé une solution très maligne : on cache les cadavres dans les catacombes de la cathédrale. Ce n'est pas parfait, mais c'est mieux que de creuser dans mon potager. Surtout que je ne suis pas assez bonne ménagère pour avoir un potager.

— Alors Ben s'en occupe, dit Eddie.

Il se tourna vers Laura.

— Tu fais courir tes doigts sur le clavier, mignonne ?

— Si vous demandez si je suis partante pour faire des recherches sur Internet, la réponse est oui.

Eddie émit un reniflement satisfait.

— Et voilà, me dit-il. Tu as tout ce qu'il te faut.

— J'espérais un peu plus de données. Le père Ben et Laura sont tous les deux des débutants. Vous êtes un vétéran.

— Je n'ai jamais été très doué pour les recherches. Et je ne suis plus dans le coup. Je te l'ai dit, je te l'ai dit un millier de fois.

— Oh, vraiment ? Je crois me rappeler vous avoir vu vous

précipiter au milieu d'une cérémonie démoniaque il y a seulement quelques semaines.

Je croisai les bras sur ma poitrine et le regardai de haut.

— Ou bien c'est *vous* qui perdez la mémoire ?

— Ce n'était pas de la chasse, dit-il. C'était pour Allie.

— Ça aussi, contrai-je. Si des démons envahissent San Diablo...

Il me coupa d'un geste de la main.

— Bah, renifla-t-il. Ce n'est pas pour Allie. C'est pour David.

Il me regarda par-dessus ses lunettes.

— Ou peut-être que c'est pour ton petit popotin, ajouta-t-il.

— Mon petit *quoi* ?

— Tu m'as entendu. Tu te mets dans tous tes états à te demander *c'est lui, c'est pas lui* ? On dirait une bergère qui effeuille des pâquerettes dans les prés. Arf. On aurait pu croire que tu avais été mieux formée que ça, mais vu le bazar qui règne à la Forza ces temps-ci, je suppose que ça ne devrait pas me surprendre.

— David n'est *pas* Eric, dis-je en leur jetant un regard dur, à lui et à Laura. Je vous l'ai déjà dit.

Eddie secoua tristement la tête.

— Bon sang, les femmes, c'est juste trop crédule, marmonna-t-il dans sa barbe.

Je poussai un juron dans la mienne et contrôlai ma mauvaise humeur pour ne pas exploser.

— Vous savez quoi ? finis-je par dire. Ça n'a même pas d'importance. Tout ce qui importe en ce moment, c'est qu'on a de nouveau des démons. C'est comme si toute la ville était infestée et on n'a toujours pas réussi à trouver le nid pour les éradiquer. Que David soit Eric ou non, ce n'est pas pertinent.

Il me jeta un regard dur.

— J'espère bien, mignonne. Parce que je ne sais peut-être pas tout, mais il y a une chose dont je suis sûr.

— D'accord, dis-je en faisant toujours de mon mieux pour ravaler ma hargne après sa remarque sur la crédulité. Quoi ?

— Rien de bon, dit Eddie. Ce type ne nous apportera rien de bon.

Je n'eus pas l'occasion de cuisiner Eddie quant à cette déclaration car ce fut le moment que choisit Stuart pour débouler dans le salon. Je n'avais pas vraiment besoin d'interroger Eddie ; il était certain que David était Eric depuis le début, et ce n'était pas les dénégations du concerné qui allaient y changer quoi que ce soit.

Stuart entra dans la cuisine, une cravate dans chaque main, et Laura en profita pour s'éclipser.

— Mindy est partie à l'aube pour aller peindre des morceaux du décor pour la comédie musicale du lycée, dit-elle. Alors comme j'ai la maison pour moi quelques heures, je ferais aussi bien d'aller, hum, me mettre à ce petit projet.

Stuart était trop absorbé par son dilemme en matière de cravates pour être interpellé par cette remarque furtive.

— Laquelle ? demanda-t-il en les posant sur la table devant moi.

Je me trouvai forcée d'arrêter d'essayer de sonder les mystères de l'univers pour me concentrer sur ceux, bien plus terre à terre, de la mode masculine.

Je pris la bleue avec de petites rayures grises et la tins sous son menton. J'échangeai ensuite pour la grise avec les petites rayures bleues.

— Celle-ci, dis-je en lui tendant la grise. Clairement.

— Merci, ma puce.

Il se mit ensuite en mesure de passer la bleue autour de son cou. Il vit mon visage exaspéré et me fit un grand sourire.

— Que veux-tu ? Après toutes ces années de mariage, j'ai appris ma leçon.

— Alors rien que pour ça, c'est toi qui gères toutes les urgences de Timmy sur le pot cette semaine.

— Tu es dure, chérie.

Je lui soufflai un baiser et sortis de la cuisine pour monter à l'étage. S'il savait…

Je n'avais pas battu en retraite juste pour avoir le dernier mot. Je voulais aussi mettre la pression à ma fille. Il fallait que nous soyons partis dans quinze minutes, sinon nous devrions nous faufiler dans la salle de l'évêché par le fond après le début de la messe. Ce genre de faux pas est déjà gênant en soi dans n'importe quelle église. Quand le prêtre est votre *alimentatore,* ça l'est d'autant plus.

La porte d'Allie se trouvait en haut des escaliers et – comme d'habitude depuis qu'elle est entrée dans l'âge merveilleux de l'adolescence – elle était fermée. Je frappai doucement, n'eus pas de réponse, et tambourinai un peu plus fort.

Toujours rien.

Je réfléchis brièvement à si je devais entrer ou non. Elle a presque quinze ans – elle a dû grandir pendant que j'avais le dos tourné – et respecter son intimité est une Affaire Capitale. La règle, c'est qu'après avoir frappé une fois, je peux entrer. Mais même avec cette permission tacite, je préfère attendre qu'elle me dise que c'est bon.

Mais aujourd'hui, je n'avais pas de réponse du tout.

Je fronçai les sourcils. Il y avait d'assez bonnes chances qu'elle ne m'ait même pas entendue frapper. Elle avait télé-chargé tout un tas de nouvelles chansons sur son iPod pendant les vacances, alors elle l'avait sûrement sur les oreilles, et ne se rendait pas du tout compte que d'ici dix minutes, nous serions officiellement en retard.

Je tournai la poignée et poussai la porte. De cinq centimètres.

— Allie ? Tu es prête ?

Encore cinq centimètres, la même question, et toujours le même silence.

Et puis zut. J'ouvris la porte en grand et me figeai sur le seuil. Le fait qu'elle était toujours en pyjama aurait suffi à me foutre en rogne. Mais ce qui m'arrêta net, c'était le reste : ma fille en pyjama, postée devant son miroir, en position de combat, la musique à fond dans ses oreilles, et une réplique d'épée de la guerre de Sécession qui appartenait à Stuart dans les mains.

Avant que je puisse dire quoi que ce soit, elle plongea vers le miroir. Le mouvement changea sa perspective et elle dut m'y voir apparaître. Elle glapit, fit volte-face et parvint à dissimuler l'épée dans son dos dans le même mouvement.

— Je l'ai vue, Allie, dis-je dès qu'elle eut retiré les écouteurs de ses oreilles. Tu veux m'expliquer ce que tu fais avec ?

— Je... eh bien... tu sais...

J'avais très peur de savoir, en effet.

— Tu veux en parler ?

Elle secoua la tête.

— Ce n'est rien d'important. Vraiment.

Au contraire, je pensais que c'était quelque chose de très important. Mais la question, c'était comment gérer ça. Pour le moment, je n'avais pas de réponse.

— Stuart est au courant que tu as son épée ? demandai-je, surtout parce que c'était la première chose qui m'était venue à l'esprit. Ce n'est pas celle qui est accrochée dans son bureau ?

— Euh, peut-être ?

— Eh bien, va la remettre avant qu'il se rende compte

qu'elle a disparu. Et habille-toi, ajoutai-je en prenant mon air de maman sévère. Il faut qu'on y aille.

— D'accord. Bien sûr. Pas de problème.

Elle commença à fouiller dans son placard, visiblement soulagée d'avoir échappé à un interrogatoire complet.

Quant à moi, je me glissai hors de sa chambre et refermai la porte derrière moi. Je m'appuyai au chambranle et fermai les yeux, certaine que j'avais complètement foiré, mais trop à vif sur le plan émotionnel pour retourner dans sa chambre et reprendre depuis le début.

À une époque, j'avais pensé que chasser des démons était compliqué. Mais c'était avant de devenir mère.

Croyez-moi. Comparé à être un parent, pister et tuer des démons, c'est du gâteau.

— Plus haut, Maman ! Plus haut ! glapit Timmy.

Ses petites jambes pendouillaient au-dessus des graviers alors qu'il volait dans les airs, installé sur une balançoire siège bébé.

— Eh, minus, dit Allie qui se propulsait dans les airs à côté de lui. Balance tes jambes comme moi et tu n'auras même plus besoin de Maman.

— Merci beaucoup, dis-je avec un petit pincement au cœur.

Parce que c'était vrai. Allie était presque arrivée à un âge où elle n'avait plus besoin de moi. Et même si Timmy n'avait que trois ans pour le moment, un jour, il arriverait à ce stade lui aussi. C'est le côté doux-amer de la vie de maman. Vous les couvez d'amour et d'attention pour qu'ils soient forts, assurés, indépendants. Et si vous faites bien votre boulot, vous aurez produit des adultes capables de s'en aller et de se débrouiller sans vous.

Nous étions sur les jeux, dans le parc de la cathédrale, après être allés chercher Timmy à la garderie – un élément essentiel, d'après moi, et malheureusement bien trop rare dans les églises catholiques. Nous étions désormais entourés d'enfants de tous âges. Ils faisaient de la balançoire et du tape-cul, escaladaient les barres et brûlaient toute l'énergie qu'ils avaient accumulée en restant – à peu près – immobiles pendant la messe qui avait duré plus d'une heure.

Nous étions venus à deux voitures et Stuart était déjà reparti au bureau. Techniquement, c'était son dernier jour de vacances mais j'aurais dû savoir qu'il serait incapable de résister à l'appel du travail. De mon côté, j'attendais que le père Ben finisse de saluer ses ouailles après la messe pour pouvoir discuter quelques minutes avec lui d'Andramelech.

— Il a une couche, dis-je à Allie. Mais si tu as besoin de le changer, il y en a d'autres dans le monospace. Et des lingettes et des vêtements propres aussi.

— Mam-*man*.

Elle planta ses pieds dans le sol pour s'arrêter, et se tourna sur sa balançoire pour me regarder.

— Comment ça se fait que je doive le garder ?

— Je te l'ai déjà dit. Il faut que j'aille parler au père Ben.

Vu la profondeur de son soupir, on aurait cru que je venais de lui dire qu'il fallait qu'elle redouble tout le collège.

— Ce sera juste quelques minutes, Allie. Tu as mieux à faire ?

Elle haussa une épaule tandis qu'elle enfonçait le bout de son pied dans le gravier.

— Chais pas. Pourquoi je peux pas venir avec toi ?

Mon cœur se mit à tambouriner et je me demandais ce qu'Allie soupçonnait de ma vie secrète. Après tout, les ados n'étaient-ils pas plus ou moins programmés pour complètement ignorer tout ce que leurs parents leur disaient ? Si elle pensait que j'étais toujours dans la chasse aux démons, alors c'était logique que j'aie un prêtre comme contact.

Et même si je me sentais relativement coupable de lui avoir menti, je ne pouvais pas lui dire la vérité. Je n'étais pas prête et je suppose que je m'accrochais toujours à l'espoir qu'elle soit juste une ado grognon, à la recherche d'une excuse pour éviter de devoir garder son petit frère.

— Je dois juste lui parler des archives. Ce n'est pas intéressant du tout, et Timmy ne tiendrait pas en place.

Je donnai un nouveau petit coup dans la balançoire en réponse au cri assourdissant qu'il venait de pousser pour avoir mon attention.

— Juste les archives.

— Oui. Et je doute franchement que tu aies envie de laisser tomber l'entraînement de pom-pom girls pour venir m'aider à trier des cartons infestés de cafards. Mais si tu en as envie...

Je tournai ça comme une proposition, à peu près sûre qu'elle se défilerait. Si je me trompais, il faudrait que je revoie l'ordre du jour de ma discussion avec Ben. Mais le bon côté, c'est que j'aurais quelqu'un pour m'assister dans les tâches hyper ennuyantes que je faisais pour le comité.

Je m'étais inscrite avant l'été, et même si le projet était censé être terminé à l'automne, ça traînait toujours – le propre du travail bénévole. On aurait pu croire qu'après des années dans l'association des parents d'élèves, je m'y serais attendue.

Allie s'accrocha aux chaînes de la balançoire et se laissa aller en arrière en poussant un gémissement profond et douloureux. Ses longs cheveux atteignirent le gravier et je vis sa poitrine se soulever et retomber alors qu'elle soupirait. Franchement, je ne savais pas si elle était frustrée ou s'entraînait pour devenir contorsionniste. Je ne savais pas non plus ce qu'elle pensait. Je n'avais pas envie de le reconnaître, mais je ne pouvais plus me contenter de la regarder pour savoir ce qui lui passait par la tête. En matière de compétences, je supposais qu'elle avait appris des meilleurs. Après tout, je suis maître en l'art de mentir à ma famille.

— Allie ?

Elle se hissa en position assise puis sauta de la balançoire.

— D'accord. Très bien. Je reste ici avec Timmy.

Elle tendit les mains.

— Les clés.

J'hésitai, et elle s'en rendit compte.

— Au cas où j'aie besoin de le changer. Allez, franchement. Tu crois que je vais prendre le monospace et partir faire du rodéo ou quoi ?

Non, mais je ne pensais pas non plus qu'elle se faufilerait dehors alors que je lui avais dit très clairement que je ne voulais pas qu'elle sorte. Mais elle l'avait fait. Et les conséquences en avaient été très, très, très mauvaises.

Elle leva les yeux au ciel, apparemment capable de lire mes pensées.

— J'ai compris, Maman. J'ai retenu la leçon.

— C'est bien. Et comme je sais que c'est un calvaire de surveiller ton frère, tu veux qu'on passe par le centre commercial sur le retour ?

— C'est toi qui paies ? demanda-t-elle, soudain intéressée. Parce que j'ai plus un rond.

— Je pensais rester sur le parking, expliquai-je. Tu pourras bientôt t'inscrire pour le permis. Si tu veux t'entraîner un peu, je resterai sagement sur le siège passager et j'essaierai de ne pas paniquer.

— Vraiment ? s'écria-t-elle, les yeux brillants.

— Pourquoi pas ?

— Merci, Maman, dit-elle en me récompensant d'une étreinte.

C'était rare.

— Et ce n'est pas si affreux de le surveiller, reconnut-elle en venant prendre ma place derrière la balançoire. Pour un petit frère, il n'est pas si mal.

Pour des enfants, les miens sont plus que corrects, et je sentis un léger pincement de fierté maternelle alors que je les laissais aux jeux pour partir retrouver le père Ben. Mon timing était parfait et nous nous retirâmes dans son bureau au sein du presbytère.

— Du neuf ? demandai-je dès qu'il eut fermé la porte.

— Possiblement. J'ai appelé le père Corletti hier soir, et il m'a recontacté ce matin.

— Qu'est-ce qu'il a dit ?

— Il y a environ sept ans de cela, des sectes sont apparues en Europe et en Asie. Des sectes qui vénèrent Andramelech… et lui offrent des sacrifices.

Je grimaçai en me souvenant de ce qu'Eddie m'avait révélé des Assyriens.

— Des enfants ? demandai-je, à peine capable de formuler la question.

— J'en ai peur.

— Qu'est-ce qui s'est passé ?

— Dans plusieurs zones, la police a fait des enquêtes sur des morts et des disparitions, comme on peut s'y attendre. Et, évidemment, les activités des sectes étaient secrètes, si bien que les autorités locales n'ont pas fait le lien au départ.

— Mais la Forza l'a fait.

— Exactement, dit-il avec un petit hochement de tête. Je suis toujours assez épaté par les ressources de l'organisation.

— Si les ressources sont si bonnes que ça, comment ça se fait qu'on cache des cadavres dans les catacombes ?

Il me sourit.

— Ah, Kate. L'âge vous désabuse.

— Vraiment ? Ou bien c'est vous qui êtes novice et naïf ?

Tout ce qui concernait la Forza était assez neuf pour le

père Ben. Il avait été informé de l'existence de l'organisation en même temps qu'on l'avait recruté pour être mon nouvel *alimentatore*. Pour l'instant, il avait trois mois en tout à son actif. Dans l'ensemble, je trouvais remarquable la façon dont il s'était adapté. Même s'il était effectivement un peu naïf.

— Je suis peut-être un novice, mais c'est moi qui ai les informations dont vous avez besoin, dit-il en levant une liasse de papiers.

Je me fis aussitôt contrite.

— Je reprends tout ça : vous débutez peut-être, mais vous amenez une fraîcheur et une exubérance qui font plus que rattraper votre manque d'expérience.

Nous nous taquinions, mais je pensais vraiment ce que je disais.

— Quelle flatteuse !

Il me fit signe de prendre place sur un des fauteuils alors qu'il s'installait derrière le bureau.

— Le reste de l'histoire est plutôt intéressant, même si je n'ai rien que je puisse qualifier de concret.

— Qu'est-ce que vous avez ?

— Un nom, répondit-il. Nadia Aiken.

— C'est censé m'évoquer quelque chose ?

— Pas forcément. C'est une chasseuse et on lui a demandé d'enquêter sur ces sectes. Pour voir si les membres obéissaient réellement aux demandes d'Andramelech.

— Et ?

— D'après ses comptes-rendus, le démon était effective-ment actif. Il cherchait à lever une armée constituée de forces démoniaques et de disciples humains. Elle a rencontré plusieurs de ses sbires – des démons sous forme humaine – et s'en est débarrassée.

Je n'avais jamais entendu parler de tout cela, mais ce n'était pas étonnant. Il y a sept ans de cela, Allie était en CE1, en avance sur son âge, et le seul combat qui me préoccupait, c'était celui que je devais livrer pour qu'elle range sa chambre et fasse ses devoirs. Les démons à l'origine d'activités sectaires n'étaient pas en haut de ma liste des priorités à l'époque. Pour tout dire, ils n'étaient même pas sur la liste.

— Et qu'est-ce qui s'est passé ?

— Apparemment, la secte a continué à gagner du terrain et s'est implantée dans d'autres pays, y compris aux États-Unis. La chasseuse est venue ici tandis que ses collègues restaient en Europe. Elle a trouvé des sectes à San Francisco, la Nouvelle-Orléans, New York, ainsi qu'en Floride.

— Seigneur Dieu, dis-je. Est-ce qu'elle a pu faire quelque chose ?

— Son dernier compte-rendu était assez cryptique. Elle disait avoir contacté un *alimentatore* qui serait peut-être capable de l'aider. Mais elle ne disait pas qui, et elle n'a pas rapporté cet entretien à l'*alimentatore* qui lui était assigné.

— Alors qu'est-ce qui s'est passé ?

— Nous ne savons pas, reconnut-il en refermant le dossier.

Je me renfonçai dans mon siège, frustrée.

— C'est tout ?

— Non, Kate. Ce n'est pas tout. Nous savons que la secte a commencé à se déliter. Certains de ses membres ont été interrogés par des enquêteurs de la Forza plus tard, et ils ont dit avoir ressenti une sorte de craquement, comme si à un instant, ils étaient liés à Andramelech, et que d'un coup, ils avaient été libérés. Plusieurs des membres de la secte se sont tournés vers l'Église. Mais certains ont tenté d'invoquer le démon à nouveau.

— Mais ils n'y sont pas parvenus.

— Non, confirma-t-il. En effet.

— Les fers d'Andramelech, murmurai-je. C'est ce que le démon de la plage a dit.

Je regardai le père Ben.

— Alors, il y a sept ans, il était libre – probablement même sous forme humaine – et il parcourait la terre pour rassembler des adeptes et faire ses trucs de démon. Mais quelqu'un est parvenu à l'emprisonner, et son emprise sur les membres de son culte a été brisée. C'est bien cela ?

— Il semblerait, d'après nos informations.

— Alors qui l'a emprisonné ? Nadia ?

— C'est ce que nous supposons, mais nous ne pouvons en être certains.

— Elle est morte ?

Je ressentis une vague de tristesse pour cette chasseuse que je n'avais jamais rencontrée.

— Nous n'en savons rien. D'après le père Corletti, elle a interrompu toute communication il y a environ cinq ans. Il pense que ce qu'elle a fait pour piéger Andramelech l'a tuée.

— Qu'est-ce que vous en pensez ?

Il eut un petit sourire et secoua la tête.

— Peut-être que c'est parce que je suis tellement naïf – ou peut-être est-ce parce que je ne peux supporter la pensée qu'il vous arrive quelque chose – mais j'ai choisi de croire que Mlle Aiken est toujours vivante.

— Mais si elle est vivante, pourquoi se cache-t-elle ?

Ben croisa mon regard.

— Nous parlons d'un des chanceliers de l'Enfer, et elle s'est donné pour mission d'abattre l'armée qu'il était en train de lever. Si je devais émettre une supposition, je dirais qu'elle est terrifiée.

3

— Mais terrifiée de quoi ? demanda Laura quand je lui répétai cette conversation. Si ce Andrema-chin a été emprisonné, qu'est-ce que Nadia craint ?

— C'est ce que je ne comprends pas non plus, reconnus-je perchée sur une échelle devant la maison alors que j'essayais de démêler les guirlandes de Noël que Stuart avait accrochées avec tant de soin quelques semaines auparavant. Et je n'ai pas eu l'occasion de demander à Ben ce qu'il voulait dire parce que Delores s'est pointée pour parler du comité avec moi.

Je fis une grimace.

— Apparemment, Allie l'a vue dehors et lui a dit que le père et moi parlions des archives, alors...

Le rire de Laura monta du pied de l'échelle.

— Tu es grillée.

— Je sais, reconnus-je.

J'avais très envie de me dire qu'Allie essayait juste de m'aider, mais je ne pouvais m'empêcher de penser qu'envoyer Delores nous rejoindre avait été une manière passive-agressive de me faire savoir qu'elle était consciente que je me fichais d'elle.

— Il faut que tu lui dises. C'est une chose de garder le silence sur ton passé. Les gosses comprennent ça. Je veux dire, encore aujourd'hui je refuse de reconnaître devant Mindy que je mettais un de ces bandeaux ridicules dans mes cheveux au lycée. Mais mentir sur quelque chose qui se passe maintenant...

Elle s'interrompit et jeta un regard triste vers la maison, où nos filles étaient installées sur le canapé, captivées par les derniers magazines de mode.

— Crois-moi, dit-elle. Pour ça, c'est beaucoup plus difficile de se faire pardonner.

Je passai aussitôt en mode meilleure amie.

— Comment elle va ? Du mieux ?

Le mari de Laura, Paul, avait récemment demandé le divorce. Ils avaient décidé de garder ça pour eux jusqu'à ce que les fêtes de fin d'année soient passées, mais ce plan n'avait pas hyper bien fonctionné. En plus des pleurs dus au divorce lui-même, Mindy avait été super énervée qu'ils « la traitent comme un bébé et fassent semblant d'être une famille » à Noël. Étant donné que Laura et Paul avaient essayé de faire en sorte que Mindy ait au moins un Noël correct, la réaction de leur fille avait été quelque peu décevante, à tout le moins.

— Elle a recommencé à m'adresser la parole, dit Laura. Mais pas à Paul.

Elle eut un sourire carnassier.

— Et ça, ça ne me pose pas un gros problème.

— Ça va continuer à s'améliorer.

En dépit du commentaire ironique sur Paul, j'entendais bien la douleur contenue dans sa voix.

— Je sais. Parce qu'on avait une bonne raison pour ne pas lui dire la vérité tout de suite. Elle peut ne pas être d'accord avec la raison, mais c'est légitime.

— J'avais une raison d'attendre, dis-je en comprenant le sous-entendu.

— Peut-être, reconnut-elle. Mais tu ne peux pas remettre cette discussion indéfiniment.

— Je sais. Je sais. Tu as raison.

Je décrochai le dernier morceau de guirlande et le laissai tomber dans les bras de Laura.

— Je n'ai juste pas envie qu'elle chope la fièvre de la chasse, tu vois ? Et sa petite démonstration avec l'épée ce matin ne m'a pas franchement fait plaisir.

— Tu es sa mère, Kate. Si elle veut chasser, tu vas devoir t'en remettre à cette bonne vieille tradition : dire non.

— Merci. Tu m'aides beaucoup.

Elle se mit à rire mais continua à bien tenir l'échelle alors que je descendais avec précaution.

— De rien, c'est un plaisir.

Elle regarda sa montre.

— Même si...

— Je sais. Il faut que vous filiez.

— Crois-moi, dit-elle, je préférerais rester ici. Mais le frigo est vide.

Je faillis lui demander si elle voulait laisser Mindy ici pendant qu'elle allait faire les courses, mais je connaissais déjà la réponse. Même si Mindy habitait quasi chez nous ces temps-ci, Laura la gardait dans les parages pour rabibocher leur relation. Il fallait que j'en fasse de même. Parce que même si je n'avais pas envie de le croire, je savais que le secret que je gardais causerait plus que quelques tensions entre moi et Allie.

Laura alla chercher sa fille pendant que je rassemblais les guirlandes. Le temps que je rentre, elles étaient déjà en train de sortir et Allie se disputait avec Timmy pour avoir la télécommande.

— Je veux regarder *Dora*, dit-il.

Et puis il laissa tomber la télécommande par terre et s'assit dessus. Il avait eu une poussée de croissance au cours des dernières semaines, et non seulement il avait pris plusieurs centimètres, mais son vocabulaire et sa prononciation s'étaient améliorés aussi. Malheureusement, il utilisait cette éloquence récemment acquise pour râler.

— Timmy...

Elle le fixa avec une mine que j'avais vue une centaine de fois sur mon propre visage. Telle mère, telle fille.

— Donne-moi la télécommande.

— *Dora*, dit-il d'un air buté, les bras croisés devant son torse.

Elle émit un petit bruit frustré qui partit dans les aigus quand elle releva la tête et me vit.

— Mère, glapit-elle. Fais *quelque chose.*

— Timmy, dis-je de ma voix de maman la plus sévère. Donne-moi la télécommande. *Personne* ne regarde la télé.

— Mais Maman ! geignit Allie.

— *DORAAAAA !* hurla Timmy.

Je pris une grande inspiration et me demandai s'il était trop tard pour faire demi-tour et retourner dehors. Il devait bien y avoir encore une ou deux décorations à décrocher. Un buisson à tailler. Un massif à désherber. Un démon à tuer.

Mais, hélas, c'est toujours quand on a besoin d'eux que les démons se font absents.

— Toi, dis-je en pointant l'index vers Allie, tu vas chercher sa boîte à bricolage. Et toi, ajoutai-je en tournant mon doigt vers Timmy, j'ai une belle surprise qui t'attend dans la cuisine.

Ce n'était pas tout à fait vrai, mais cela piqua son intérêt. En moins de dix minutes, Allie et moi l'eûmes installé à la table de la cuisine avec une pile de restes de papier cadeau, un bâton de colle et une collection de petits cartons colorés étalés devant lui.

— Fais une étoile, Maman, exigea-t-il.

— Vas-y, dit Allie. Je vais récupérer la télécommande.

— Pas de télé, dis-je alors qu'elle partait dans le salon.

Elle s'arrêta, me fit *ce regard-là* et attendit que je lui explique cette mascarade.

— Il faut qu'on termine de défaire le sapin, dis-je. Va chercher les cartons dans le grenier et rejoins-moi dans le salon.

Elle haussa les sourcils.

— Tu le laisses seul avec un bâton de colle ? Ouah. Et moi qui pensais que le courage, c'était ce que tu avais fait au musée.

— Très drôle, dis-je en essayant de ne pas me montrer ravie qu'elle soit capable de plaisanter à ce sujet.

Je pointai le couloir de l'index.

— File, maintenant.

Elle m'obéit, et je passai les quelque cinq minutes suivantes à dessiner une étoile sur du carton, à la découper avec les ciseaux à papier de Timmy et à aider mon artiste en herbe à coller des petits bouts de papier cadeau dessus.

— Fabuleux, dis-je en la soulevant.

— Non, Maman. C'est pas fini.

Il la reprit de mes mains et se mit en demeure d'y ajouter davantage de papier.

— Paillettes ? S'il te plaît, paillettes ? Rouges et bleues et argent et vertes et...

— Oh-là, oh-là, dis-je en riant.

Les paillettes feraient des saletés dans la cuisine, mais les bonnes manières, ça vaut beaucoup, alors je me laissai convaincre. De toute façon, je serais en train d'aspirer des aiguilles de sapin d'ici une heure. Quelques paillettes en plus, ça ne pouvait pas être si grave, hein ?

Le temps qu'Allie redescende du grenier avec les cartons de décoration, je me rendis compte de mon erreur. Le sol sous la table était couvert d'une fine couche de paillettes, comme si une neige colorée était tombée dans la cuisine. Il y avait des paillettes dans la moindre encoche, le moindre creux, des paillettes qui collaient aux pieds de la table et des chaises, des paillettes sous l'étagère en fer forgé, dans le coin près de la baie vitrée. J'avais foi dans mon aspirateur, mais c'était au-delà de ses capacités.

Même Eddie remarqua le désastre. Ses sourcils broussailleux se soulevèrent avec amusement et il fit le tour de la pièce en souriant comme un chat qui viendrait d'avaler un canari. Ou, plus précisément, comme un vieil homme qui viendrait d'obtenir un rendez-vous avec une beauté.

— Tu mets des paillettes sur l'étoile, gamin ? Ou tu décores juste le sol ?

Timmy fendit son visage d'un grand sourire en s'extrayant de sa chaise et il s'assit par terre, le bâton de colle à la main. Il s'en enduisit la paume et la pressa sur le sol. Quand il releva sa main, elle était couverte d'argent, d'or et de vert. Et mon petit garçon se mit à rire, à rire...

Je regardai Eddie.

— Vous, vous allez me payer ça.

Il agita la main, l'air de ne pas se sentir concerné par la menace.

— Eh bien, quoi, le petit se salit les mains. Ça pourrait être pire.

Ce n'était pas faux, et j'eus une vision soudaine de paillettes dans les meubles, dans les cheveux de Timmy, dans les conduits de l'air conditionné...

— C'est sûr, dis-je.

J'eus un sourire charmant.

— Mais comme je vais devoir nettoyer de la colle sur le sol, vous m'en devez bien une, vous ne croyez pas ?

— Ça dépend. Qu'est-ce que tu veux ?

— Surveillez-le pendant qu'Allie et moi on défait le sapin.

Il prit son menton dans sa main, le mode négociateur enclenché.

— Qu'est-ce que *moi* j'en retire ?

— Ça veut dire que vous n'avez pas à vous occuper du sapin. Et vous aurez mon amour et ma dévotion.

Il renifla.

— *Et*, ajoutai-je, je vous donnerai un des beignets à la pomme que j'ai achetés en revenant de la messe.

— Ah, là on arrive quelque part.

Il fit un signe de tête vers Timmy.

— D'accord, gamin. Voyons ce qu'on peut salir ensemble.

— Salir ! répéta Timmy en jetant une poignée de paillettes en l'air.

Je quittai la pièce en me disant qu'il valait mieux ça que de faire une crise de nerfs devant eux.

Pendant qu'Eddie et Timmy ravageaient la cuisine, je défis le sapin avec Allie et nous empaquetâmes avec précaution toutes les boules, les guirlandes, et les diverses décos de Noël que nous avions amassées au fil des années. Nous rassemblâmes les cartons et les conteneurs en plastique et montâmes dans le grenier. Quant à l'arbre mis à nu, il ne me resterait plus qu'à demander à Stuart de le sortir ce soir. Après ça, je passerais l'aspirateur dans le salon et la cuisine. Les deux en auraient douloureusement besoin.

Notre maison peut s'enorgueillir d'un merveilleux grenier, auquel on accède par une porte normale qui ouvre sur des escaliers normaux, qui conduisent à une grande pièce. Celle-ci est plus ou moins terminée – mais elle n'est pas peinte – et Allie jure qu'elle me convaincra de la laisser y avoir sa chambre quand elle aura seize ans. Je n'ai pas encore dit oui, car je sais que garder ça en réserve me donne des munitions pour d'autres sujets de négociation. Oubliez les avocats, les mamans sont les meilleures négociatrices du monde.

Nous grimpâmes l'escalier, à peine capables de voir devant nous avec tout ce nous avions dans les bras. Allie laissa tomber sa pile sur le sol, ce qui lui valut une grimace de ma part car quelques boules sont non seulement en verre, mais ont aussi une valeur sentimentale.

— Désolée ! s'écria-t-elle, contrite.

— Elles ont survécu à Timmy. Essayons de voir si elles peuvent tenir jusqu'à l'an prochain.

— Je sais, je sais. J'ai dit que j'étais désolée.

À sa décharge, je n'eus pas besoin de lui dire quoi faire ensuite. Elle prit ses cartons et les plaça sur les étagères au bout de la pièce, là où nous gardons nos décorations de saison. Et puis, comme pour prouver qu'elle méritait la récompense de la Meilleure Fille, elle se chargea de mes cartons à moi aussi.

— Merci, dis-je. Plus que onze mois, et on pourra ressortir tout ça.

Nous repartîmes vers les escaliers, mais je me rendis vite compte qu'Allie ne me suivait pas. Je me retournai et la trouvai accroupie devant ma malle de chasse. Je la dissimule sous une pile de vieux draps, mais ça n'avait pas arrêté ma fille. Elle les avait déjà retirés, et maintenant, elle regardait le verrou en laiton de la malle en bois poli et cuir verni.

— Alors, qu'est-ce que tu caches vraiment là-dedans ?

Par le passé, j'avais vaguement laissé entendre que c'étaient des souvenirs. Rien d'important. Juste un ou deux objets que je gardais par sentimentalité.

Vu ce qu'elle avait récemment appris, sa question était légitime. Mais ce n'était pas de la curiosité naturelle que j'entendis. C'étaient des accusations : *C'est tes affaires de chasseuse ? Tu les utilises toujours, hein ? Et si oui, alors pourquoi tu m'as menti ?*

J'ordonnai fermement aux voix dans ma tête de se taire, et je rejoignis ma fille.

— Ce sont mes anciens outils de la Forza, dis-je.

Et puis, comme je savais que je n'avais pas le choix, j'ajoutai :

— Tu veux voir ?

Ses yeux pétillèrent et elle hocha la tête.

— D'accord, allons-y.

Je ferme la malle à clé pour des raisons évidentes, et je cache celle-ci sur un petit clou enfoncé sur une poutre. Je la récupérai et revins auprès d'Allie pour la lui donner, afin qu'elle puisse avoir l'honneur d'ouvrir elle-même.

Elle introduisit la clé dans la serrure, presque révérencieusement, et ouvris le gros verrou en laiton. Elle me regarda et je hochai la tête. Sur cet encouragement silencieux, elle attrapa le couvercle et le souleva.

— Oh, *franchement*, Maman, siffla-t-elle d'un ton agacé et accusateur. Tu te fiches de moi ou quoi ?

Elle plongea la main à l'intérieur et en ressortit une fiche recette.

— Comme si tu comptais faire un jour un soufflé mangue et fraises.

Je ris, parce que j'avais oublié qu'elle ne verrait pas mes instruments immédiatement. La malle a un petit compartiment sur le dessus, et dans une tentative de camouflage, je l'avais rempli de recettes, conseils déco et autres trucs ménagers arrachés à des magazines.

— Ce n'est pas un piège, Al, dis-je en me penchant pour retirer le compartiment.

Dessous se trouvait un tissu en velours noir. Je l'attrapai par un coin et le retirai également. Mes instruments polis reflétèrent la faible lumière du grenier.

— Ouah, dit-elle d'un ton émerveillé. *Ça*, c'est cool.

— Je sais, dis-je en m'agenouillant à côté d'elle.

Peut-être aurais-je dû moucher son enthousiasme, mais oui, ils sont cool. Et je ne peux pas vraiment mentir à ma propre fille.

— Alors, c'est quoi tous ces trucs ?

— Eh bien, voyons voir...

Je changeai de position pour attraper ma fidèle arbalète.

— Elle, elle m'a sauvé la vie plus d'une fois.

— Génial.

Elle tendit la main avec hésitation puis la retira.

— C'est bon, dis-je en lui passant l'arme. Tu peux la prendre.

Je faillis ne pas la lui donner, comme si le virus de la chasse au démon s'attrapait par contact. Mais je savais bien ce qu'il en était. Ce n'était pas un virus, c'était un gène. Et maintenant que sa peur s'estompait, ce qu'il me fallait gérer, c'était le timing.

Étonnamment, elle n'inspecta pas l'arbalète aussi long-temps que je l'aurais cru. Elle l'examina de près, caressa le bois qui avait été huilé jusqu'à ce qu'il soit tout brillant, et puis la posa de côté pour regarder ce qui restait dans la malle.

— Tous ces trucs... reprit-elle d'une voix pleine d'admira-tion. C'est comme si tu étais dans une guerre du Moyen Âge, ou une époque comme ça.

— D'une certaine façon, c'est le cas, dis-je. La guerre entre les forces du bien et du mal dure depuis très longtemps.

Je m'attendais à ce qu'elle lève les yeux au ciel, une mimique qu'elle aurait presque pu placer sous copyright, mais au lieu de ça, elle hocha sagement la tête, comme si elle avait médité sur la nature du bien et du mal toute sa vie.

— Comment tu sais ? demanda-t-elle au bout d'un moment. Je veux dire, à moins qu'il ressemble à ces monstres qu'on a vus, comment tu sais qui est un démon et qui n'en est pas un ?

Je m'étais demandé quand est-ce qu'elle poserait cette question. Si elle allait voir des démons à chaque coin de rue, dans les visages de ses amis ou des passants. Franchement, ce n'est pas si éloigné de la vérité. Les démons sont parmi nous. En permanence.

Heureusement, ils sont surtout désincarnés, ce qui veut dire qu'ils flottent juste dans l'éther en souhaitant posséder un corps humain.

— Mais parfois, ils en ont un, remarqua Allie après que je lui eus expliqué tout ça. De corps, je veux dire.

— C'est vrai, reconnus-je. Ils ont plusieurs solutions pour ça. Soit ils choisissent la bonne vieille possession, mais ce n'est pas très fun parce que la tête qui tourne comme dans l'*Exorciste*, ce n'est pas ultra discret.

Allie parvint à sourire.

— Oui, j'imagine.

— Les possessions, ce sont les prêtres qui s'en occupent. Mais ton père et moi étions des chasseurs. Nous nous occupions des démons qui parviennent à se fondre dans la masse.

— Comment ?

— Ils prennent l'enveloppe d'un corps qui a été récemment libéré. L'âme sort, le démon rentre.

Un mélange de peur et de dégoût emplit son regard.

— Attends, attends, attends. Tu es en train de dire qu'après ma mort, mon corps pourrait...

— Non, non, lui assurai-je. Un démon ne peut s'emparer du corps des fidèles. Nos âmes luttent. Il y a une très courte fenêtre pour que le démon se glisse à l'intérieur. S'ils la manquent, le corps reste un cadavre. Rien de plus.

C'est pour cela que les invasions démoniaques ont tendance à se concentrer dans des endroits où leurs chances sont meilleures. Les hôpitaux sont numéro un pour ça. Et à San Diablo, les démons ont mené une attaque en règle sur la maison de retraite.

— Mais s'ils se glissent dans un corps, poursuivis-je, ils peuvent se balader comme toi et moi, et personne ne s'en doute. Enfin, personne, sauf les chasseurs de démons.

— Ce qui est exactement la question que je t'ai posée à la base. Comment tu fais pour les reconnaître alors que personne d'autre ne le peut ?

Je lui fis le cours abrégé de « Comment reconnaître un démon pour les débutants » et passai en revue les différents tests sur lesquels un chasseur se base, l'haleine étant tout en haut de la liste.

L'haleine d'un démon est plus que putride. Mais en cette époque de pastilles Listerine et de chewing-gum Trident Blancheur Éclatante, même la pire puanteur peut être masquée.

L'eau bénite est plus efficace, mais ça peut être délicat d'en asperger un démon potentiel pour voir si l'eau le brûle. Et bien sûr, un démon ne peut fouler un sol sacré. Et comme dit le proverbe, on ne peut pas faire boire le démon qui ne veut pas entrer dans une église.

Ou un truc du genre.

— Alors une fois que tu es sûre, demanda Allie. Qu'est-ce qui se passe ? Tu les plantes avec un carreau d'arbalète ?

— C'est une méthode, dis-je. Mais pour tuer un démon, il faut viser l'œil.

— Berk.

Son visage refléta un dégoût légitime.

— Et c'est bon, ils sont morts après ça ?

Je secouai la tête.

— Non. Mais ils n'ont plus de corps.

La seule vraie façon de tuer un démon, c'est de l'abattre alors qu'il a pris sa vraie forme. Mais une fois infiltré dans un corps humain, les démons révèlent très rarement leur véritable nature. Allie est une des rares personnes au monde à avoir vu un démon de ses yeux et à y avoir survécu.

Elle reporta son attention vers la malle.

— Alors, pour tuer le démon, il faut être assez proche pour lui enfoncer ça dans l'œil ? demanda-t-elle en désignant mon poignard.

— Ou avoir appris à le lancer avec précision.

Elle me regarda avec respect.

— Tu sais faire ça ?

— Oui, dis-je avec un petit rire. Je suis incapable de faire un gâteau au chocolat maison, mais je peux atteindre un démon à vingt pas de distance.

— Trop cool, dit-elle.

En effet.

Je souriais quand elle sortit le poignard de la malle et lui expliquai qu'Eric me l'avait offert pour notre troisième anniversaire de mariage. Il l'avait fait faire exprès pour moi, et il avait un double système de cran d'arrêt. Ce que je ne lui dis pas, c'est tout le travail que la lame avait eu ces derniers temps. Je ne peux pas me balader dans San Diablo avec une arbalète, mais le poignard se dissimule très bien dans la manche de ma veste en cuir préférée.

Elle s'intéressa un peu plus à la dague qu'à l'arbalète, et l'abattit dans le vide une ou deux fois.

— Trop cool, répéta-t-elle. Et romantique.

Cette fois, il y avait du sarcasme dans la voix.

— Eh, c'était vraiment romantique, dis-je en riant devant la tête qu'elle faisait. Attentionné et utile. Qu'est-ce qu'une femme pourrait vouloir de plus ?

— Stuart t'offre plutôt des fleurs et des bijoux.

— Ce qui me fait plaisir aussi.

— Ce n'est pas utile.

— Mais c'est attentionné, répliquai-je. Et comme je n'ai pas assez de bijoux pour toutes ces fêtes auxquelles je vais avec lui, au final, c'est utile aussi.

— Je suppose, dit-elle.

Mais elle regardait le poignard et je ne pus m'empêcher de penser qu'elle était en train de comparer son père et Stuart dans sa tête. Je ne pouvais pas le lui reprocher : en cet instant, c'est ce que je faisais aussi.

Mais ma vie amoureuse ne suffit pas à retenir son attention et elle recommença à farfouiller dans la malle. Elle en sortit avec précaution divers objets : des bouteilles en verre qui contenaient de l'eau bénite, des crucifix, des couteaux aux poignées décorées. Elle examina chacun d'eux avant de passer à la suite, inexorablement.

À un moment donné, elle sortit un petit sac en velours. Elle le regarda avec curiosité avant de se mettre à défaire le lacet qui le tenait bien fermé. Je le lui pris délicatement des mains et secouai la tête.

— Prudence avec ça.

— C'est quoi ?

J'hésitai.

— Oh, *allez*, Maman. Soit tu me dis la vérité, soit pas. Je veux dire, tu ne peux pas juste...

Je levai la main pour faire taire sa diatribe – et ma culpabilité.

— Très bien. Tu as gagné. Regarde, mais fais attention en l'ouvrant.

Elle obéit, ses gestes étaient lents et révérencieux. Elle jeta un coup d'œil dans le sac et je vis son front se plisser. Elle releva la tête vers moi, et son incompréhension était évidente.

— C'est de la poussière, dit-elle.

— De la poussière puissante, contrai-je.

C'était un petit échantillon de la relique que Goramesh était venu chercher à San Diablo cet été. J'avais réussi à le contrer, mais cela n'avait pas été simple.

Je ne savais pas trop pourquoi je gardais ces cendres. Par superstition, peut-être. Un souvenir de ma victoire contre un Haut Démon alors que j'avais arrêté de m'entraîner et de me garder en forme. Et, surtout, un rappel de pourquoi j'avais accepté de sortir de ma retraite à la base. Pour garder mes enfants, ma famille, en sécurité.

— Alors elle fait quoi ta poussière ? demanda-t-elle. Ce

n'est pas comme si tu ne pouvais pas en trouver vingt sacs de plus sous le canapé du salon.

— Très drôle, Miss. Je n'oublierai pas de te demander de t'occuper un peu plus du ménage.

— Sérieux, dit-elle en refermant le sac et en le soulevant vers moi. Ça fait quoi ?

— Oh, trois fois rien. Ça ramène juste les morts à la vie.

Elle écarquilla les yeux.

— Ouah. *Put...* Punaise.

— Punaise.

En tout cas, c'est ce que je croyais. Je n'avais jamais vu les cendres en action, et la plus grande part était bien en sécurité au Vatican.

— Où est-ce que tu as eu ça ? demanda-t-elle en fixant le petit sac avec perplexité.

Je le lui pris doucement des mains et le remis dans la malle.

— C'est une longue histoire, dis-je. Je te la raconterai un jour.

Je m'attendais à ce qu'elle insiste, mais les mystères de la malle devaient être trop captivants car elle passa à la suite.

— C'est quoi, ça ? demanda-t-elle.

— Quoi ?

Je me penchai pour essayer de voir ce qu'elle avait trouvé sous une pile de vieux comptes-rendus de la Forza qui s'étaient échappés d'un dossier en cuir dans le fond de la malle. Elle bougea et je vis le sac en papier marron dans sa main. Mon cœur se serra et je dus émettre un petit son, parce qu'elle me jeta un regard interrogatif.

— C'est les affaires de Papa, dis-je d'une voix mal assurée. Ce qu'il avait sur lui quand il est mort.

— Oh.

Même pas un vrai mot, mais il resta suspendu entre nous. Elle me regarda et je vis l'orage dans ses yeux. Je me rapprochai et la serrai contre moi. Nous restâmes assises comme ça un moment, en pensant à Eric toutes les deux. Je finis par la regarder, ma main sur le sac.

— Tu veux l'ouvrir ?

Elle se contenta d'un petit hochement de tête.

— Vas-y alors.

Elle ouvrit le sac avec précaution et regarda à l'intérieur. J'en connaissais le contenu par cœur. Son portefeuille. Une carte postale du Golden Gate Bridge qui émergeait triomphalement du brouillard – pas de texte dessus. Une chevalière avec un rubis entouré de petits diamants, l'une des nombreuses bagues qu'Eric collectionnait et portait, même si celle-ci était un peu plus grosse et plus voyante que son style habituel.

Quand la police m'avait envoyé le sac, j'avais contemplé son contenu tous les jours, le cœur serré en pensant à lui. Il était préoccupé par son quotidien et n'avait pas remarqué son tueur jusqu'à ce qu'il soit trop tard. À l'époque, je m'endormais en pleurant chaque nuit en me demandant quelles avaient été ses dernières pensées, et en me lamentant à l'idée qu'il ne verrait jamais sa fille grandir.

Mais dernièrement, je pleurais pour une autre raison. Parce qu'Allie et moi avions récemment appris que la mort d'Eric n'avait pas été le fruit d'une agression fortuite, comme nous l'avions cru. C'était délibéré. C'était un assassinat.

Et, sans aucun doute, le résultat de son passé de chasseur de démons.

Elle enfila la chevalière et leva la main. Les pierres étincelèrent malgré la lumière faible.

— Je me souviens de cette bague, dit-elle.

— Ah bon ?

Je fronçai les sourcils, surprise. Après tout, moi je m'en rappelais à peine. Eric avait toujours été intéressé par les bagues, et je trouvais ça marrant, car moi je portais très peu de bijoux. Il en possédait au moins trois douzaines qu'il avait ramenées d'un peu partout autour du globe, et il en portait une différente chaque jour.

— Je cherchais mon cadeau d'anniversaire et je l'ai trouvée dans son tiroir à chaussettes. Je la trouvais très belle.

Il y avait tellement de choses qui n'allaient pas dans cette déclaration que je ne savais même pas par où commencer.

— Tu cherchais des cadeaux dans le tiroir de ton père ?

— Allez, Maman. Il y a prescription sur ce genre de bêtises.

Pas faux.

— Oui, mais comment je peux avoir confiance en ton jugement, maintenant ? Je veux dire, tu viens d'avouer que tu trouvais ça *beau*.

— Oui, bon, comme je disais : j'étais petite.

Elle retira la chevalière et la remit dans le sac dont elle sortit le portefeuille. Je savais ce qu'elle verrait en l'ouvrant : il y avait toujours son permis de conduire dans le petit compartiment plastifié, même si l'argent avait été enlevé.

Je regardai ma petite fille déglutir et passer un doigt sur la photo de son père. Une larme solitaire dévala son visage, s'accrocha au bout de son nez avec ténacité, avant d'atterrir avec un « plop » sur le portefeuille. Ce n'est qu'alors qu'elle releva la tête vers moi.

— Tu crois qu'il me surveille toujours ?

— Oh, ma puce. J'en suis certaine.

— Je n'arrive même plus à me souvenir de son visage. Quand je ferme les yeux, tout ce que je vois, c'est cette photo de nous dans ma chambre. Ce n'est pas un souvenir du passé, tu vois ? C'est juste un souvenir d'une photo, c'est pas la même chose.

— Tu te souviens de *lui*, ma chérie. Qui il était, et à quel point il t'aimait. Si tu peux garder ça dans ton cœur, ce à quoi il ressemblait, ça n'a pas vraiment d'importance.

Je lui tapotai le bout du nez.

— Tout ça, c'est juste une coquille de toute façon, hein ? C'est ce qu'il était à l'intérieur que tu aimais.

Ma voix craqua un peu alors que je parlais, et ce que j'avais perdu la veille avec l'annonce de David me frappa à nouveau. Pendant des semaines, j'avais entretenu le fantasme que même si la forme d'Eric avait changé, lui était toujours là. À veiller sur Allie.

Maintenant, je savais qu'il n'y avait que moi.

Ma poitrine sembla se remplir de plomb, le poids du deuil et de l'inconnu me courbait vers la terre. Je serrai Allie contre moi et l'instant s'étira, toutes les deux que nous étions, perdues dans nos souvenirs.

Au bout d'un moment, elle bougea un peu, avant de soulever le sac et de jouer avec.

— Alors comment ça se fait que tu aies gardé ça ici ? Papa avait pris sa retraite quand il a été tué, non ? Alors pourquoi garder ses affaires ici avec tes trucs de chasseuse ?

Je commençai à répondre, mais elle le fit la première, en penchant la tête de côté.

— Il n'avait *pas* pris sa retraite, annonça-t-elle triomphalement. Papa chassait toujours des démons, jusqu'au jour où il a été tué.

— Je crois que c'est possible, en effet, reconnus-je, même si ce n'était pas la raison pour laquelle je gardais ses affaires dans la malle.

Cela semblait juste être le bon endroit pour ça, avec les autres objets de mon passé qui avaient une signification spéciale.

— Tu crois ?

— À cause des notes qu'on a trouvées, expliquai-je. Cela me fait penser que ton père chassait peut-être à nouveau.

Juste avant Noël, Allie et moi avions découvert deux messages cryptiques d'Eric. Il nous avait semblé clair à toutes les deux que sa mort avait été préméditée. Mais j'avais aussi eu l'impression qu'il avait repris contact avec la Forza. Pour autant, est-ce que ça voulait dire qu'il s'était remis à chasser ?

Je n'en étais pas certaine, et cela faisait des semaines que cette simple question me tracassait. J'avais vécu pendant des années en croyant connaître Eric sous toutes les coutures, comme lui me connaissait. Et voilà qu'avec un message difficile à décrypter, tout avait changé. J'avais compris d'un coup qu'Eric avait des secrets. De gros secrets.

La réalité m'avait frappée en plein visage, et je n'avais toujours pas accusé le choc.

— Si on a emménagé à San Diablo, commençai-je pour répondre au regard interrogateur d'Allie, c'est parce qu'on avait pris notre retraite. On ne voulait plus chasser. Ce n'est pas le genre de carrière qu'on garde sur le long terme. Le taux de mortalité est assez haut, et on voulait fonder une famille.

Elle se retourna et colla son dos à la malle. Elle releva ses genoux sous son menton et puis hocha la tête pour me signaler de poursuivre.

— J'ai complètement arrêté de chasser, et je pensais que ton père en avait fait de même. Je suis restée à la maison pour m'occuper de toi. Lui, il a trouvé du travail à la bibliothèque, dans le département des livres rares. On invitait les voisins à dîner, on allait aux fêtes d'anniversaire de tes amis, on passait des week-ends à la plage. On avait une vie normale.

— Sauf que celle de Papa ne l'était pas vraiment...

— Il semblerait. Mais laisse-moi raconter à ma façon.

Elle hocha la tête et je continuai :

— Je ne le savais pas à l'époque, mais apparemment, ton père s'était formé pour devenir *alimentatore*.

— Devenir quoi ?

— C'est comme un entraîneur pour chasseur. Il fait les recherches. Il te dit où aller et contre qui te battre. Ce genre de choses.

— Et tu ne le savais pas.

Je secouai la tête.

— Je viens juste de l'apprendre, pour tout te dire. J'ai appelé le père Corletti il y a quelques semaines. C'est lui qui me l'a dit. Et il m'a dit que ton père voulait garder ça secret.

— Oh.

Elle avait une petite voix, peu assurée, qui reflétait ce que je ressentais. Savoir qu'Eric avait fait ça sans m'en parler était douloureux, d'autant plus parce que je ne pouvais m'empêcher de me demander si cela voulait dire que la vie que nous avions ensemble ne lui suffisait pas. Si *je* ne lui suffisais pas.

Je pris une grande inspiration, déterminée à garder le contrôle de mes émotions pour ménager Allie.

— Alors, quand il est parti pour ce voyage d'affaires à San Francisco, poursuivis-je, je n'avais pas de raison de penser qu'il s'agissait d'autre chose que ce qu'il m'avait dit. Mais maintenant...

Je m'interrompis et ma voix craqua. Allie se pencha en avant et prit ma main.

— C'est pas grave, Maman. Tu as le droit d'être en colère contre lui.

Je clignai des yeux, surprise. Parce qu'elle avait raison. J'étais en colère. Je n'avais aucune idée qu'il était en danger, aucune idée qu'il s'était tourné à nouveau vers le monde de la Forza. Quand nous chassions ensemble, j'étais préparée au risque. Mais dix ans plus tard, alors qu'il avait soi-disant pris sa retraite ? Sa mort m'avait anéantie. Et apprendre maintenant ce que j'aurais dû savoir à l'époque... eh bien oui. Dire que j'étais en colère, c'était un euphémisme.

La main d'Allie était toujours dans la mienne. Je la tirai vers moi et la serrai de toutes mes forces.

— Je t'aime, Allie. N'oublie jamais ça.

— Je sais, Maman, murmura-t-elle.

Elle me rendit mon étreinte avec la même force.

— Papa t'aimait aussi, dit-elle après une longue pause.

— Oh, ma puce, je sais. Je suis un peu en colère, mais je suis surtout perplexe. Et peut-être un peu vexée. Mais je n'ai jamais douté, pas une seconde, que ton père m'aimait. On peut ne pas confier un secret à quelqu'un, et toujours aimer cette personne. Le monde est ainsi fait.

Elle y réfléchit seulement un moment avant de se tourner vers moi. Il y avait dans son regard une froideur et quelque chose de délibéré.

— Je veux savoir, Maman. Je veux savoir pourquoi Papa a été tué.

— Moi aussi. Mais on a essayé. Ça fait cinq ans. Il n'y a pas grand-chose à faire maintenant.

Eric nous avait laissé une série d'indices, mais ils avaient tous débouché sur des impasses.

— J'ai essayé, ma puce. Mais je n'ai rien trouvé.

— Il y a forcément quelque chose, dit-elle.

Sa voix tremblait des larmes qu'elle n'avait pas versées.

— Je veux dire, on peut au moins continuer à chercher. Hein, Maman ? Encore un peu ?

La douleur dans sa voix me déchira. Je déposai un baiser sur son front alors que les larmes me montaient aux yeux.

— Bien sûr, murmurai-je. On fera tout ce qu'on pourra.

4

—

Tout ce qu'on pourra.

Cette déclaration résonna dans ma tête tout le reste de l'après-midi, comme un nuage noir qui aurait plané au-dessus de moi alors que j'accomplissais mes tâches quotidiennes : plier la lessive, balayer le porche, faire à manger. Je franchis l'arche qui séparait la zone petit déjeuner du reste de la pièce à vivre. Allie se trouvait là avec Timmy et Eddie. Ils jouaient à Cueille-Cerises tous les trois. Timmy était sur les genoux d'Allie et Eddie grognait parce que l'oiseau venait de voler ses cerises. C'était une scène familiale adorable, et je voulais que ça ne change jamais. Je refusais de la peindre du rouge de la peur ou du gris de la défiance.

Plus que tout, je ne voulais pas qu'Allie attende ses dix-huit ans avec hâte pour pouvoir rompre tout lien avec moi et s'en aller. Pendant deux ans, après la mort d'Eric, nous avions été la force l'une de l'autre, et même maintenant que nous avions Stuart et Timmy, il y avait toujours un lien indicible entre nous. Mère et fille, oui, mais quelque chose de plus encore.

Les révélations à propos d'Eric avaient planté des graines

84

de défiance dans mon âme, et même si je ne le voulais pas, j'étais désormais en train de remettre en question toute notre relation. Savoir qu'Allie risquait bientôt de ressentir la même chose à mon propos – savoir que le fil de la confiance pourrait commencer à se dévider – cela me terrifiait et me brisait le cœur tout à la fois.

Il fallait que je lui dise la vérité. Il fallait que je lui dise que je chassais toujours des démons. Et il fallait que je le lui dise vite.

Le poids de cette obligation s'abattit sur moi, un peu contrebalancé par le soulagement d'avoir pris une décision. Mais avoir pris la décision sans la faire suivre de l'action me mettait sur les nerfs en beauté. Et je passai le reste de l'après-midi à faire des corvées domestiques juste parce que je savais qu'il y avait peu de chance que quiconque dans cette maisonnée me propose de l'aide. J'avais besoin d'être seule, et briquer le sol des toilettes était le meilleur moyen d'y parvenir.

Quand cinq heures sonnèrent, les salles de bain n'étaient plus des laboratoires à moisissures et j'avais bien travaillé mon cardio en traînant deux cartons de jouets négligés dans la cabane à jardin. J'avais aspiré tout l'étage et expulsé au moins une douzaine de familles de moutons de poussière au passage.

Quand je revins dans le salon, ma propre famille était passée à d'autres activités. Timmy était dehors à jouer dans son bac à sable. Allie lisait sous le porche, et Eddie était calé sur son fauteuil inclinable, ses lunettes perchées sur son nez, et marmonnait de vagues obscénités à l'encontre des mots croisés du jour.

Je m'occupai en découpant un brocoli pour accompagner le simple ragoût de poulet que j'avais concocté une heure auparavant. J'avais appris depuis longtemps à m'en tenir aux basiques pour nos repas. Pain de viande, pancakes, pâtes, bolognaise toute faite. Ça, je savais gérer. Du saumon braisé avec un chutney de mangue ? Pas vraiment.

J'étais juste en train de mettre le brocoli dans le cuit-vapeur quand le téléphone sonna. Je l'attrapai et le coinçai entre mon oreille et mon épaule tout en versant de l'eau dans l'appareil.

— Kate, dit David. Vous pouvez parler ?

J'entendis l'urgence dans sa voix et abandonnai mon brocoli.

— Qu'est-ce qui se passe ? Est-ce que ça va ?

— Ça va maintenant, dit-il. Mais ce matin...

— Quoi ? Qu'est-ce qui s'est passé ?

— J'ai été attaqué. Dans mon propre appartement, bon sang.

— Par un démon ?

C'était idiot de demander ça, mais c'était la première chose qui m'était venue à l'esprit.

— Étant donné que je ne suis qu'un chasseur solitaire, reprit-il, je me dis que je ne devais pas avoir à gérer ce genre de conneries.

Il y avait de l'humour dans sa voix et je me raccrochai à ça, car ça voulait dire qu'il allait vraiment bien.

— Est-ce qu'il...

— Il est mort, dit David, ce qui était la façon abrégée de dire que le corps avait été fichu à la casse et que le démon était de retour dans l'éther. Il existait donc toujours, techniquement, mais il n'était plus un problème.

— Vous avez besoin que je vienne vous donner un coup de main ?

Cette fois, il rit pour de bon.

— Il est déjà mort, Kate.

Je fis la moue.

— Je vous proposais de l'aide pour vous débarrasser du corps, dis-je, mais du coup je crois que je vais vous laisser vous débrouiller.

— C'est déjà fait. J'ai décidé d'en profiter pour essayer une nouvelle méthode de nettoyage. La place dans le caveau de la cathédrale n'est pas infinie, vous savez.

— J'avais espéré que San Diablo ait un nombre fini de démons, répliquai-je en essayant de ne pas réfléchir à quel genre de méthodes un professeur de chimie avait pu inventer pour se débarrasser d'un corps.

— Je crois qu'on peut s'asseoir sur cet espoir.

Il n'avait pas tort.

— Une idée de la raison pour laquelle il vous a attaqué ? Il voulait quelque chose ?

— Apparemment, dit David, c'est *moi* qu'il voulait. Et vivant. Il m'a pris par surprise, Kate, mais à aucun moment il n'a tenté de me tuer. S'il l'avait voulu, je serais mort.

Je resserrai mes bras autour de moi-même. J'avais froid, soudain.

— David, il faut que vous...

— Que je sois plus prudent. Oui. J'ai compris ça. Vous aussi, je veux que vous soyez prudente.

Je fus aussitôt en alerte.

— Il a dit quelque chose ?

— Non, mais plus j'y réfléchis, plus je m'inquiète. C'est vous la chasseuse, ici, et si c'est une chasseuse qu'ils veulent...

Sa voix était basse, rauque, et très sincère.

— Promettez-le-moi, Katie. Promettez-moi que vous ne baisserez pas votre garde.

Je frissonnai, très perturbée par le ton qu'il avait pris.

— Promis, murmurai-je. Et, David ?

— Quoi ?

— Je suis heureuse que vous alliez bien.

Cette déclaration semblait un peu plate, mais j'étais sincère. J'avais perdu Eric deux fois – à San Francisco, et une nouvelle fois la veille. Je ne pensais pas pouvoir supporter de perdre David. Il n'était peut-être pas l'homme que j'avais aimé autrefois, mais je devais reconnaître que je tenais à lui, peut-être plus que je ne l'aurais dû. Peut-être que mon attachement pour lui était coloré par toutes ces semaines où j'avais cru qu'il était Eric, mais cela ne changeait rien au fait qu'il était devenu important pour moi. Et, oui, petit à petit, il commençait à se glisser dans le rôle de partenaire de chasse.

Je raccrochai, un peu étourdie. J'entendis la porte du garage entamer sa laborieuse montée et je m'aspergeai le visage d'eau, en essayant de faire disparaître de mon expression toute trace d'inquiétude ou de peur pour David.

Quelques minutes plus tard, Stuart fit son entrée, un paquet de chamallows dans une main et un sac de courses avec des Teddy Graham et des barres chocolatées dans l'autre.

— Une envie de sucre ?

Il sourit.

— Et j'ai du bois pour la cheminée dans le coffre.

— Il fait vingt-cinq degrés dehors, dis-je, imitant ce qu'il me répond toujours en hiver quand je le supplie de faire du feu en dépit du climat californien.

Il hocha la tête d'un air sérieux.

— Bien vu. Je vais baisser la température dans la maison avec l'air conditionné.

Il commença à sortir de la pièce mais je le rattrapai et plantai un baiser sur ses lèvres.

— Merci, dis-je. Tu sais comment me mettre de bonne humeur.

Plus que cela, Stuart était mon roc – une zone sans démons dans une vie qui se trouvait à nouveau pleine d'incertitudes. Je le serrai fort, comme pour absorber en moi ce sentiment de normalité. J'avais tellement voulu avoir une vie normale et sûre avec Eric, et j'avais pensé l'avoir obtenue. Sauf que depuis, j'avais appris que cela n'avait été qu'une illusion.

Je soupirai, le visage enfoui contre l'épaule de Stuart. En vérité, ma petite vie tranquille avec Stuart était une illusion aussi. Mais cette fois, c'était moi qui amenais le danger dans notre foyer.

Il me serra un dernier coup avant de reculer pour bien me regarder. Même, il me dévisagea.

— Tu veux me raconter ce qui te préoccupe ?

Je secouai doucement la tête.

— Un peu mélancolique. Ce n'est rien. Ça doit être mon syndrome prémenstruel.

Il posa les courses sur le plan de travail et me prit les mains.

— C'est Eric ?

Je me dérobai parce que ce n'était vraiment pas une question à laquelle je m'attendais.

— Je... non, balbutiai-je. Pourquoi tu penses ça ?

Est-ce que j'avais l'air de penser à Eric ? Est-ce qu'Allie avait dit quelque chose ?

— C'est la période, dit-il. Tu es toujours un peu déprimée à cette époque de l'année.

— Ah bon ? Oh, oui, je suppose.

Eric avait été tué début janvier, juste après les fêtes. Cette année, j'avais été si accaparée par mes autres problèmes touchant à Eric – sans mentionner le fait d'avoir failli perdre ma fille par la main d'un démon sorti tout droit de l'enfer – que j'étais passée outre ma dépression annuelle.

Je me penchai en avant et embrassai Stuart.

— Merci d'être aussi compréhensif.

Il me caressa la joue.

— Ça fait partie de la fiche de poste, hein.

Je haussai un sourcil.

— Tu veux dire que c'est le « pour le pire » ?

Ses yeux brillèrent d'une lueur malicieuse.

— Non, chérie. Ça, c'est ta cuisine.

Je lui donnai un coup avec le paquet de chamallows en me retenant très fort de rire.

— File, mari. Va faire le feu.

— Ugh, dit-il avec un impeccable accent d'homme des cavernes.

Je levai les yeux au ciel quand il partit, mais je me rendis compte que j'avais un grand sourire. Stuart ne connaissait peut-être pas mon passé, mais il me connaissait moi. Et plus important encore, il savait comment me faire sourire.

Je regardai avec satisfaction Timmy courir en rond comme un fou pendant que Stuart essayait de faire un feu. J'avais une belle vie, et une famille qui m'aimait.

Et je ne pouvais m'empêcher de me demander si, en me lançant à la poursuite d'un mystère du passé, je ne risquais pas de perdre tout cela.

Les matins chez nous ne sont jamais calmes et le premier jour d'école après les vacances est toujours le pire moment. Et si jamais c'est moi qui suis en charge du covoiturage ce jour-là, le quotient de démence se retrouve automatiquement multiplié par trois.

Je fus réveillée par le refrain du *Monde d'Elmo*, chanté *a capella* et à tue-tête par mon petit Pavarotti en herbe. Les *la-la-la la-la* explosèrent dans le babyphone et même en tirant la couette sur mes oreilles, je sus que je ne pouvais plus échapper au matin.

Stuart me donna un coup de coude.

— Llezvalchercher, marmonna-t-il.

— Vas-y, toi, rétorquai-je. Mon réveil n'a pas encore sonné.

Celui de Stuart avait sonné, et il avait déjà appuyé deux fois sur le bouton *Répéter*. Il me semblait que j'avais encore droit au lit et je comptais bien m'y accrocher.

Stuart grogna et se hissa sur un coude. Il cligna des yeux plusieurs fois d'affilée. Mon mari n'a jamais été du matin.

— Quelle heure il est ?

— Sept minutes après la dernière fois où tu as appuyé sur le bouton *Répéter*, dis-je alors que son réveil se remettait à sonner.

— Merde, dit-il soudain bien réveillé. Je vais être en retard. Tu peux aller chercher Timmy ? Il a l'air debout.

Et voilà comment la journée commença.

Je décidai de mettre les choses au point avec mon étourdi de mari une autre fois. Je roulai hors du lit, attrapai ma robe de chambre, et traversai le couloir jusqu'à la chambre de Timmy. Il avait récemment commencé à escalader son berceau pour en sortir et nous l'avions fait passer dans un petit lit à la place. Je le trouvai perché dessus, visiblement convaincu qu'il s'agissait d'un trampoline.

— Je vole, Maman ! glapit-il. Je suis Super Timmy !

Je l'attrapai au milieu d'un saut.

— Par ici, Super Monsieur. Même les super-héros doivent prendre un petit déjeuner. Tu as faim ?

— Tartine beurre crème, exigea-t-il alors que je lui retirai son bas de pyjama et lui faisait enfiler une couche propre.

— Fort bien, dis-je.

Pour une raison que j'ai oubliée, Timmy a commencé à appeler la margarine « beurre crème » à peu près depuis qu'il sait parler. Comme c'est trop mignon, nous n'avons pas pris la peine de le corriger. Tant qu'il apprend le vrai mot à la fac, je me dis que ça ira.

Je l'habillai et le conduisis à la chambre d'Allie. Je frappai une fois, n'entendis rien, et frappai à nouveau. De vagues sons indiquant la présence de vie me parvinrent à travers la porte close. Je considérai que c'était un bon signe et frappai à nouveau.

— Quoi ?

— C'est l'heure de se lever. La rentrée. Stylos. Profs. Livres.

Pas de réponse.

— Pom-pom girls. *Garçons.*

Voilà qui fonctionna.

— Je suis déjà debout.

— Vingt minutes, Allie, dis-je. Je veux que tu sois en bas dans vingt minutes.

— J'ai dit d'accord !

Mon harcèlement maternel accompli, je conduisis Timmy jusqu'en haut des escaliers, ouvris le portail de sécurité bébé, et le laissai glisser en bas sur les fesses.

Je trouvai Eddie endormi dans le fauteuil inclinable, exactement dans la même position que la veille au soir. Je passai une couverture autour de ses épaules et décidai de ne pas le déranger. J'avais envisagé de lui demander de surveiller Timmy quelques heures – la crèche suit les horaires de l'école primaire et ça ne rouvrirait que le lendemain – mais le voir ainsi me fit changer d'avis. Il est facile d'oublier qu'il a quatre-vingts ans passés quand il débarque pour tuer des démons avec autant de zèle qu'il en met à courtiser la bibliothécaire.

Quand la tartine de Timmy fut prête, Stuart était dans la cuisine, en train de se servir un café. Quand Allie se pointa enfin, Stuart était parti, avec une tasse thermos, et un bisou sur ma joue.

Au cours des dix minutes qui suivirent, je lavai Timmy, je fis entrer Mindy par la porte de derrière, j'aidai Allie à trouver sa carte d'élève, je négociai son maquillage avec elle – mascara, oui, fard à paupières, non –, je courus à l'étage enfiler un jogging et un tee-shirt, et je parvins à faire sortir toute la famille et à les faire monter dans le monospace.

— Deux minutes d'avance, dis-je en faisant marche arrière. Et dire que j'aurais pu prendre une douche.

Les autres filles que je conduis au lycée, Susan et Emily, étaient prêtes à partir quand je klaxonnai, ce qui était un petit miracle. Le volume sonore de l'habitacle augmenta alors qu'elles s'installaient.

Mindy est la rédactrice en chef du journal du lycée, et Susan fait partie de son équipe. Elles se lancèrent aussitôt dans une discussion sur l'idée d'intégrer un article « histoire vécue » au prochain numéro.

— L'histoire de San Diablo, dit Mindy. C'est cool, non ?

— Je suppose, dit Allie. Mais ce n'est pas comme s'il y avait grand-chose d'intéressant dans cette ville.

— Tu blagues ? répliqua Mindy. La ville est super cool, non, Madame Connor ?

— Attends une minute, ma grande, dis-je en riant. Depuis quand je suis censée faire la liaison entre vous ?

Je n'avais même pas besoin de regarder dans le rétroviseur pour savoir que Mindy levait les yeux au ciel.

— Croyez-moi, dit-elle. On est dans un endroit trop hype de la Californie. Y a tout ce qui concerne l'âge d'or d'Hollywood, à l'époque où les stars partaient de Los Angeles pour venir sur nos plages. Et toutes ces maisons fabuleuses construites sur la pointe d'Émeraude. Je veux dire, c'est pas cool, ça ?

J'acquiesçai.

— Et on a de l'histoire plus ancienne aussi, poursuivit Mindy. Il y a au moins trois peintures rupestres des Chumash dans les environs. Et la table de pierre, hein ? Je veux dire, c'est un peu notre Stonehenge à nous. Certains experts pensent qu'elle était utilisée pour des sacrifices humains il y a des milliers d'années de ça.

Je doutais qu'une pierre plate posée sur deux pierres perpendiculaires soutienne la comparaison avec Stonehenge, mais je voyais où elle voulait en venir.

— Tu as raison, dis-je. San Diablo est un sujet fascinant pour un article.

— Et les trucs modernes sont cools aussi, assura-t-elle,

même si on venait d'arriver devant le lycée avec quelques minutes d'avance.

Je m'adressai un bravo silencieux. J'avais conquis l'univers sans pitié du covoiturage de lycéennes. Avec un peu de chance, j'aurais le même succès quant aux mystères concernant Andramelech et Eric.

Les filles sortirent – Mindy nous promit de nous en dire plus sur l'histoire locale lors de ma prochaine session de covoiturage – et j'envisageai à moitié de me garer là et de rentrer dans le lycée. Je voulais savoir si David avait trouvé quelque chose. Ou, tant qu'à y être, si d'autres démons l'avaient attaqué. Mais ce n'était ni le moment ni le lieu, et je savais que s'il apprenait quelque chose il m'appellerait. Et si un autre démon était venu finir le travail que celui qui l'avait agressé dans son appartement avait commencé… eh bien, j'étais sûre qu'Allie me préviendrait si David n'était pas en cours.

Ce regain d'activité démoniaque m'avait rappelé que je ne pouvais vraiment pas me permettre de tirer au flanc sur mon entraînement. Cela faisait deux semaines que je n'étais pas passée au dojo de Cutter, mais je trouverais un moyen d'y aller malgré mon emploi du temps de la journée.

— Bon, mon grand, dis-je à Timmy en redémarrant. Tu es prêt pour cette journée ?

— Rock and roll, Maman, cria-t-il en projetant son petit poing en l'air.

Et ça, me dis-je, c'était plutôt un bon résumé.

J'ai un calendrier géant avec les événements familiaux dans la cuisine, mais à part ça, je ne suis pas assez disciplinée pour tenir un agenda. Au lieu de cela, j'ai une liste gribouillée sur un de ces petits carnets à spirale qu'on trouve devant les caisses à

Walmart. Nombreux éléments essentiels à mon existence ont été acquis alors que je faisais la queue à la caisse.

La liste du jour était assez basique. Un passage rapide à l'épicerie pour ramener du lait, un produit qui disparait à une vitesse grand V chez nous. Retour à la maison pour me doucher. Faire le tour de ce que je sais sur la mort d'Eric et essayer de déterminer par où commencer mon enquête si longtemps après. Passer l'aspirateur dans toute la maison parce que j'avais invité d'autres enfants à venir jouer avec Timmy à treize heures trente. Faire les soldes d'après Noël avec Timmy pour lui trouver des chaussures vu qu'il grandit à une vitesse épatante. Attendre patiemment – ha ! – que Ben m'appelle avec des infos sur Andramelech et la chasseuse mystérieuse. Aller voir Cutter pour une séance de sport rapide. Faire à manger. Manger.

Des trucs de la vie normale – enfin, sauf le meurtre et les démons – que nous accomplîmes assez vite. Il me restait encore une heure avant que nos invités arrivent et – incroyable mais vrai – le salon et la salle de jeu étaient suffisamment bien rangés pour y recevoir. Vraiment, les miracles arrivent. Je me retrouvai par terre avec Timmy à jouer avec ses cubes Duplo pendant qu'arrivait l'heure du rendez-vous.

J'eus droit à quinze minutes de calme avant que Timmy commence à réclamer quelque chose à grignoter. Je lui mis des raisins et des tranches de pomme dans un bol avant de l'envoyer voir Eddie dans le salon. Pendant qu'il mangeait, je me postai devant l'évier et commençai à découper d'autres fruits et à les disposer artistiquement sur une assiette. Laura avait promis de passer avec ses célèbres cookies au chocolat tout à l'heure, mais je voulais au moins donner l'illusion d'offrir quelque chose de diététique à mes invités.

J'étais appuyée à l'évier en train de gober quelques raisins quand j'entendis un grattement à l'extérieur, un bruit léger, comme des branches qui viendraient frotter contre la maison.

Je fus aussitôt en alerte. Le bruit venait de la zone petit déjeuner et j'étais bien consciente que la baie vitrée qui couvrait le mur ne suffisait pas à empêcher un démon déterminé de rentrer.

J'avais fait une réserve de pics à glace lors des dernières soldes et j'en attrapai un dans un tiroir avec une fermeture de sécurité pour enfants. J'avançai vers la fenêtre, dos au mur, pour éviter d'être vue par quelqu'un qui se trouverait dehors.

Gratte gratte.

Je me figeai. Les bruits recommencèrent, moins étouffés cette fois. Je jetai un coup d'œil par la fenêtre, tendue, m'attendant à ce que le verre explose sous le poids d'un démon.

Rien.

Merde.

Je restai là, à me demander quoi faire. J'avais encore l'avertissement de David bien en tête. Au final, il n'y avait pas vraiment de débat. S'il y avait un démon dehors, il fallait que je tue le problème dans l'œuf immédiatement. Parce que si je ne le faisais pas et que M. Chien de l'enfer en personne décidait de se ramener pendant le goûter de Timmy... eh bien, cela risquait de gâcher un peu la fête.

La vitre de la salle du petit déjeuner donne sur le côté de la maison plutôt que sur le jardin, et de là, on voit la clôture et le jardin de notre voisin. Comme il n'y a pas d'accès à ce côté de la maison depuis le jardin, je traversai le salon et partis vers la porte d'entrée.

— Vous me gardez Timmy. *Ne le lâchez pas d'une semelle,* ajoutai-je avec un ton et un regard significatif.

Je dois admettre qu'Eddie comprit aussitôt.

— C'est l'heure de sortir les ordures, ma grande ?

— Un truc du genre.

— Besoin d'un coup de main ?

Je haussai un sourcil.

— Vous n'avez qu'à rester avec Timmy, dis-je en désignant

le petit. Après tout, ce n'est plus à vous de donner les ordres, hein ?

Il se renfonça dans son fauteuil.

— C'est bien vrai, ça, dit-il en attrapant la télécommande. Va leur faire leur fête.

Je levai les yeux au ciel et continuai jusqu'à la porte. Je me glissai sans un bruit à l'extérieur et puis je contournai la maison jusqu'à arriver à la fenêtre et au buisson qui pousse juste sous la vitre. De l'angle, à côté du garage, je vis qu'il était toujours là. Le buisson bougeait, et ce n'était pas le vent. Ce qui voulait dire qu'on avait soit un démon, soit un nid de ratons laveurs très en forme.

Je pariais sur un démon.

Lentement, très lentement, j'avançai le long du mur jusqu'à ce je ne sois plus qu'à quelques centimètres. Je ne parvenais pas à voir ce qui s'y trouvait – le feuillage était trop dense – mais les feuilles s'étaient arrêtées de bouger. Le démon savait que j'étais là et il s'était figé.

Le monde semblait sur pause lui aussi. Je respirai à peine, en attendant un quelconque signe, un indice de l'endroit où attaquer. Si je fonçai comme ça, je ne pouvais être sûre de rien. Et si je me plantais, ne serait-ce que d'un centimètre, je perdrais l'avantage de ma taille et de mon élan.

Non, le meilleur plan était d'attendre. Un mouvement, un son qui me permettrait de cibler mon attaque.

Parce que j'allais attaquer. Il n'y avait pas moyen qu'un démon vienne chez moi et en reparte vivant.

Là !

Un mouvement infime, mais ça me suffisait. Je m'élançai, les bras en avant pour tirer le démon hors du buisson. Les branchages et lui-même griffèrent mes bras nus, mais les doigts de ma main gauche se refermèrent sur un membre. Les branches claquèrent contre le démon alors que je tirai, et son glapissement me perça les oreilles.

Le pic à glace était prêt dans ma main droite, et dès que le démon émergea, je le brandis vers lui.

— Aïeuhhhhhhhh !

Je me figeai, le pic à seulement quelques centimètres de son visage. Mes doigts le relâchèrent et je sautai en arrière.

— Brian ? Brian Dufresne ? *Qu'est-ce que tu fiches caché dans mon buisson ?*

Devant moi, Brian, neuf ans, fixait avec des yeux écarquillés le pic à glace qui avait failli mettre fin à ses jours.

— Je... Je...

Je poussai un juron et remisai mon arme dans ma poche de derrière.

— Pour l'amour de Dieu, Brian ! J'ai cru que tu étais un... J'aurais pu te tuer !

— Vous pensiez que j'étais un quoi ? chuchota-t-il en fixant toujours la main avec laquelle j'avais tenu le pic.

— Un coyote, dis-je.

C'était la meilleure excuse qui m'était venue.

— Il y a un coyote qui terrorise Kabit. J'ai cru que tu...

Je m'interrompis, posai les mains sur mes hanches, et essayai de me rappeler qui commandait, ici.

— La question, ce n'est pas ce que *moi* j'ai cru, jeune homme. C'est ce que tu faisais ici.

Je pointai du doigt le buisson et haussai les sourcils.

— Pourquoi tu n'es pas sorti ? Tu te cachais exprès ?

Son visage vira au rouge vif.

— Vous ne le direz pas à ma mère, hein ?

— Brian...

Il soupira et fourra ses mains dans ses poches.

— J'ai fait tomber ma balle de votre côté. Et je n'ai pas le droit d'aller dans le jardin des voisins, alors je ne voulais rien dire. Je suis vraiment désolé. Je ne voulais pas...

— Je sais, je sais.

Je soupirai, très soulagée de ne pas avoir empalé le gamin.

Je me sentais plus qu'un peu bête. Je fis un geste vers le buisson.

— Ta balle est là-dedans ?

Un bref hochement de tête.

— Bon, va la chercher alors.

Il commença à le faire, mais il s'arrêta et me regarda avec des yeux de chiot battu.

— Je ne le dirais pas à ta mère. Mais elle a raison, Brian.

Je le regardai droit dans les yeux.

— Tu dois rester dans ton jardin à toi, d'accord ? Dehors, quelque chose de mal pourrait t'arriver.

Après tout, il y avait beaucoup de choses terribles par ici. Des mauvais conducteurs, des agresseurs, des voleurs, des démons. Et, oui, il y avait aussi des mères tarées avec des pics à glace.

Et celles-là, pensais-je, il fallait les éviter à tout prix.

Mon rythme cardiaque n'était toujours pas revenu à la normale quand Fran arriva avec sa fille de trois ans, Elena – un vrai petit ange. Fran et moi avons pris l'habitude d'arriver l'une chez l'autre avec dix minutes d'avance sur les autres mamans juste pour pouvoir papoter un peu avant que la conversation passe aux manucures et aux boutiques de luxe.

Timmy et Elena partirent jouer dans le parc à balles gonflable que mon fils avait eu pour Noël, tandis que Fran et moi traînions dans la cuisine. Kabit se faufila entre mes jambes et je me baissai pour lui gratter la tête.

— Comment va Allie ? demanda Fran avec empathie. Ce cauchemar au musée. C'est tellement horrible.

— Elle s'en sort plutôt bien. Elle est résistante. Je suis inquiète, bien sûr, mais franchement ça a l'air d'aller.

Certainement mieux que je m'y attendais, pensai-je en moi-même.

— Tant mieux. Je n'arrive pas à croire qu'il y ait des gangs et du trafic de drogue comme ça, ici, à San Diablo.

Elle était lancée sur le sujet, désormais.

— Je veux dire, qui aurait pu s'imaginer ça ?

— Je vois tout à fait ce que tu veux dire.

Et comme il n'y avait pas de moyen élégant de changer la conversation, je passai du coq à l'âne :

— Tu te rappelles la dernière fois où tu es venue ici ? Comment Elena a aimé ce cheval à bascule rose ?

— J'en ai cherché un partout pour Noël, avoua Fran. Où est-ce que tu l'as trouvé, bon sang ?

— C'était celui d'Allie, dis-je. Mais Timmy pousse tellement vite qu'il est déjà trop petit pour lui. Et puis il m'a dit que le rose, c'était pour les filles.

Fran se mit à rire.

— Bon, il n'a pas tort.

— Je lui ai dit que c'était une ponette mais que les garçons pouvaient monter dessus. Je ne sais pas trop si ça l'a convaincu, mais ça ne change rien parce qu'il ne s'intéresse plus aux poneys. Il est passé aux avions et aux fusées. Alors on lui a acheté un nouvel appareil à bascule pour Noël. Un avion qui vibre, avec des ailes qui montent et descendent.

— Oh, ouah, dit-elle, ça a l'air super.

Je lui assurai que c'était le cas.

— Mais je me demandais si Elena voudrait l'ancien ? Elle a encore un peu de temps avant qu'il soit trop petit pour elle, et sinon, il va juste prendre la poussière dans la cabane à outils.

— Vraiment ?

Ses yeux brillaient, et je comprenais pourquoi. Fran était une mère célibataire qui travaillait comme transcriptrice médicale de chez elle. Elle ne l'avait jamais dit clairement, mais je me doutais que les fins de mois n'étaient pas faciles. Et même si je ne pensais pas qu'elle accepterait la charité de quiconque, un jouet récupéré d'un autre enfant était beaucoup plus concevable.

— Carrément. Sinon, je finirai par l'emmener à Emmaüs d'ici un an ou deux.

— Oh, ben si tu es sûre. D'accord, alors.

— Super.

Et comme je ne voulais pas que la conversation revienne au musée et l'inévitable question de ce pour quoi je me trouvais là-bas, je partis vers le salon.

— Je vais aller le chercher avant que les autres arrivent.

Parce qu'une fois qu'elles seraient là, il était évident que Fran ne parlerait plus du musée. Pas devant Marissa, dont la fille aînée s'était aussi retrouvée au milieu du combat démoniaque. Heureusement, JoAnn ne se souvenait de rien. C'était déjà ça, pas grand-chose en comparaison de l'horreur des faits, mais tout de même.

Je déguerpis avant que Fran puisse protester, et la laissai arranger les petites choses à grignoter.

Notre terrain est pour moitié du gravier, pour moitié une pelouse, ce qui nous donne à la fois une zone de jeux et une zone de détente. La cabane à outils est au fond de l'aire de gravier, et dès que je fus sortie – Elena et Timmy m'ignorèrent complètement – je me rendis compte que j'avais oublié la clé. Heureusement, Stuart est paresseux *et* inventif. Après être sorti pour chercher des affaires de jardin et avoir oublié la clé trois fois de suite pendant les vacances de Noël, il a eu l'idée lumineuse d'en cacher un double au milieu des faux cailloux.

Je fis le tour de la cabane et me retrouvai sur le côté, là où nous gardons un vieil établi de jardin. Il s'y trouve une collection de pots de fleurs en plastique et terre cuite, un tas de terreau protégé d'une bâche depuis cinq mois, et un petit massif oublié, coincé dans l'angle formé par la cabane et la haie.

Je suis pleine de bonne volonté pour ce printemps, et je compte bien insuffler un peu de vie à ce jardin.

Si, si.

En attendant, Timmy utilise cette zone pour y planter ses « trucs ». C'est-à-dire qu'il vient avec sa pelle en plastique et son râteau pour faire des trous qu'il remplit d'une grande variété de jouets. Je ne sais pas trop dans quel but – peut-être qu'il pense que ça fera pousser un arbre à jouets – mais ça le tient occupé le week-end.

Stuart a caché sa pierre creuse sous le coin de la cabane le plus près de la clôture, derrière un des agglos qui forment les fondations du cabanon. Je me frayai un chemin à travers les débris (les jouets de Timmy, les sacs de terreaux, les pots ébréchés, le tuyau de jardin enroulé sur lui-même, l'arrosoir rouillé) et me penchai pour récupérer la clé. Une douce brise venue de l'océan agita les feuilles de l'arbre au-dessus de moi, et je me dis que ça serait une bonne journée pour faire jouer les enfants à l'extérieur. Peut-être que je proposerais à Fran de les faire passer sur la terrasse.

J'étais en train de me demander s'il faisait assez chaud pour remplir les bacs à eau et à sable de Timmy – et surtout dans quelles mesures les autres mamans me détesteraient en récupérant des enfants sales et mouillés – quand j'entendis le gravier crisser derrière moi.

— Désolée d'être aussi lente, dis-je. J'ai oublié la...

Mais les mots moururent dans ma gorge. Parce que ce n'était pas Fran qui fonçait sur moi. Cette fois, c'était vraiment un démon.

5

Le démon se jeta sur moi et, vu ma position à demi courbée, je parvins à peine à me défendre. Une manœuvre offensive était hors de question.

Les pots de fleurs s'entrechoquèrent alors que je basculai contre l'établi. L'un d'eux se cassa et entailla profondément le haut de mon bras. J'essayai de trouver des appuis, mais le sol était humide et mes pieds glissaient dans la boue.

Le démon profita de mon équilibre précaire et plongea en avant, me plaquant contre l'établi dont le rebord rentra dans mon dos, juste au-dessus de la taille de mon jean. Quelques minutes auparavant, j'avais eu un pic à glace dans ma poche de derrière. Mais, comme une idiote, je l'avais balancé dans l'évier quand Fran et Elena étaient arrivées.

Je n'étais pas très fière de moi.

D'une main, le démon me tint le cou, de l'autre, il brandit un couteau dont il vint appuyer la pointe contre le coin de mon œil. Je me fis parfaitement immobile. Mon cœur cognait contre mes côtes, et mon corps hurlait de douleur à cause du bois plein d'échardes qui rentrait dans la peau nue de mon dos.

Le démon m'avait soulevée aussi, si bien que mes pieds

touchaient à peine le sol. J'aurais voulu lui donner un coup de genou, mais je savais que ça n'aurait servi à rien. Je n'avais pas de force dans cette position. Et il avait un morceau d'acier aiguisé à quelques millimètres de mon œil.

— Où ? gronda-t-il d'une voix basse et haletante.

Ses cheveux noirs étaient assortis à ses yeux qui l'étaient presque complètement et qu'il rivait dans les miens. Je lui aurais donné une trentaine d'années – enfin, au corps qu'il occupait, en tout cas. Et ce corps avait été sacrément en forme quand il était mort. Vu la prise qu'il avait, je crois qu'on pouvait supposer que son précédent propriétaire était un sportif.

— Où est la pierre ? Qu'est-ce que tu as fait de la pierre ?

Je gardai le silence, à la fois parce que j'étais en plein calcul de mes chances dans ce combat, et aussi parce que je n'avais pas la moindre idée de ce dont il parlait.

— Réponds ! ordonna-t-il.

Son haleine âcre balaya mon visage, une puanteur d'œufs pourris et de bile. Je luttai contre un haut-le-cœur et parvins à tousser ma réponse.

— Quelle pierre ? demandai-je avec une perplexité non feinte.

Je gardai les yeux sur lui et surveillai sa réaction autant que j'essayai de le captiver. Parce que tant que c'était mon visage qu'il regardait, il ne voyait pas ce que faisait ma main. Celle que j'étais en train d'étirer lentement, très lentement, vers une petite truelle en inox.

— *Salope.* Tu crois ne pas pouvoir mourir, chasseuse ? Tu crois qu'on ne peut la trouver qu'en te gardant en vie ?

— Eh bien, dis-je quand mes doigts se refermèrent enfin autour du manche de la truelle, ce n'est pas moi qui vais mourir.

Cette déclaration faite, je donnai un coup de pied vers le haut, avec le peu d'élan que j'avais. Je n'avais pas besoin de grand-chose, juste assez pour le distraire. En même temps, je projetai la truelle vers son visage, en visant son œil. J'étais terriblement consciente du couteau pointé vers *mon* œil, et je tournai vivement la tête dans le même mouvement. Je risquai l'étouffement s'il resserrait sa prise sur mon cou, mais je préférais parier ma respiration que mon œil.

Son cri de douleur fit écho au mien alors que je sentais la brûlure de la pointe du couteau qui dessinait une ligne du coin de mon œil jusqu'à mes cheveux.

Mais j'y voyais toujours. Et même mieux, je respirais aussi.

Malheureusement, ma truelle avait manqué sa cible, et j'avais frappé l'os de son orbite plutôt que le globe oculaire. Le démon n'était pas mort, mais il relâcha sa prise sur ma gorge alors qu'il hurlait de douleur.

Je luttai pour garder l'avantage et je me jetai sur lui. L'établi vacilla à nouveau, et cette fois il s'effondra dans un grand bruit. Je m'en aperçus à peine. J'étais trop occupée à viser l'œil du démon avec la pointe métallique de ma truelle.

— Kate !

La voix de Fran. Je me figeai l'espace d'une seconde – et il ne lui en fallut pas plus. Le démon se tortilla sur le côté, m'arracha la truelle, et utilisa ses cinquante kilos de muscles à bon escient pour me renverser et coller l'arme improvisée contre ma gorge.

— Kate ? réessaya-t-elle. C'était quoi ce bruit ? Est-ce que ça va ?

Je jetai un coup d'œil au démon. Il hocha la tête et relâcha quelque peu la pression sur ma gorge.

— Tout va bien, criai-je. J'ai juste renversé un truc.

— Tu as besoin d'aide ?

— Non, non, répondis-je, sans doute avec trop de hâte. Je m'en sors.

En vérité, j'avais terriblement besoin d'aide. Je n'arrivais pas à croire que je m'étais laissée distraire comme ça, mais le fait était que je n'étais toujours pas habituée à chasser avec des civils autour. Il n'y avait pas moyen que je laisse Fran se mêler de ça. Ma vie, j'en prenais la responsabilité. Mais les camarades de jeu de mon fils ? Pas moyen.

— Bon, d'accord, répondit-elle, pas convaincue.

— Les autres devraient arriver d'ici une minute ou deux, dis-je. Surveille la porte pour moi, tu veux bien ? Je n'en ai plus pour longtemps.

Ma voix était joyeuse, mais mes yeux étaient rivés à ceux du démon.

Il ne perdit pas de temps. Dès que Fran eut refermé la porte, il se colla à nouveau à mon visage.

— La pierre, gronda-t-il. Tu vas nous rendre la pierre.

— Je ne sais pas de quoi tu parles.

Ce qui était la vérité devant Dieu. Vu la truelle collée contre ma gorge, je n'étais pas vraiment en position de faire la fière. Mais je ne pus m'en empêcher.

— Et même si c'était le cas, je ne te la donnerais pas.

Je retins ma respiration – ce qui n'était pas difficile vu qu'elle était presque entièrement coupée par sa prise sur ma gorge – en me demandant si j'étais allée trop loin. À l'évidence, il pensait que je possédais quelque chose dont il avait besoin. Je pariais sur le fait qu'il voulait assez cette chose pour me garder en vie.

— Idiote de chasseuse, siffla-t-il.

La puanteur de son haleine aurait presque suffi à me tuer, sans l'aide de la truelle.

— Ses disciples se rassemblent. Nous le libérerons des fers de sa prison. Nous le rendrons entier.

Le libérer. Mon cœur manqua un battement alors que je me rappelais des paroles de Tomlinson.

— Libérer qui ? Andramelech ?

Il montra les dents et ses yeux brûlèrent de rage.

— Où est-il ? insistai-je. Où est-il emprisonné ?

Tout en parlant, je me tordis pour tenter de lui faire perdre l'équilibre ou d'obtenir assez de liberté de mouvement pour attraper le râteau en plastique vert de Timmy, abandonné dans la boue à seulement quelques centimètres de mes doigts. Mais on est vite limité avec un bord en métal bien aiguisé plaqué contre la gorge, et m'échapper n'était pas au programme pour le moment.

— Donne-la-nous, insista-t-il. Ou la vengeance sera nôtre.

Il bougea la truelle de façon à ce que le manche plutôt que la pointe soit plaqué contre mon cou. Il était toujours assis sur moi, mes mains et mes hanches étaient écrasées par son poids. Je luttai pour respirer, le monde se fit flou, et passa du rouge au gris, comme si on avait appuyé sur un interrupteur.

Je perdais conscience, et j'avais beau essayer, je n'arrivais plus à tenir. Je n'avais plus de force. Plus d'énergie. Plus de…

— Aaaaaaaaaah !

Soudain la truelle quitta mon cou, et je pris une grande inspiration haletante. Une pluie de cookies aux pépites de chocolat me tomba dessus.

Je ne perdais pas de temps à m'interroger sur cette bizarrerie. Je me relevai vivement, en toussant et en m'étouffant, mais j'attrapai quand même le râteau de Timmy. Laura se tenait derrière le démon, figée, l'air absolument terrifiée. Apparemment, elle l'avait assommé avec un plat à cookies en grès, et ça n'avait pas eu l'air de lui faire plaisir.

Il plongea vers ma meilleure amie, mais je me lançai dans la bataille avec pour seule arme le râteau en plastique de mon fils. Le démon avait atteint Laura et l'avait fait reculer derrière la cabane à outils.

— Laura, attention ! criai-je.

Trop tard. Elle marcha sur un morceau de poterie courbe, bascula en arrière, et atterrit lourdement sur son bras.

J'entendis l'os craquer, même à plusieurs mètres de là. Le démon aussi, et il fut sur elle en une fraction de seconde. Mais je fus tout aussi rapide, et je le plaquai au sol avant qu'il puisse l'atteindre. Nous roulâmes encore et encore. La colère me donnait de l'énergie. La colère contre moi, pour avoir été aussi mal préparée à une attaque sur mon propre terrain. La colère contre le démon, pour avoir osé s'attaquer à ma meilleure amie.

Il tendit la main, les griffes vers mon cou, mais cette fois je parvins à garder mon équilibre. Et j'étais en rogne.

Je repoussai vivement son bras, et fis tournoyer le râteau comme un bâton d'art martial, jusqu'à ce que le manche soit face à lui. Un bon coup de poing dans la face de ma main libre – juste comme ça – et bim, j'enfonçai le râteau.

Cette fois, je ne le manquai pas. Le plastique dense s'enfonça dans son orbite, et le démon fut aspiré hors du corps qu'il avait volé.

Je m'autorisai un soupir de satisfaction, avant de ramper dans la boue jusqu'à Laura.

— Mince, ça fait mal, dit-elle, le visage un peu verdâtre.

— Tu aurais pu te faire tuer, contrai-je.

Elle serra son bras contre sa poitrine.

— Oui, grinça-t-elle. En comparaison, ce n'est pas si mal.

Je l'enlaçai maladroitement et la serrai fort.

— Merci. Tu m'as foutu une trouille atroce, et si jamais tu recommences un truc pareil, c'est moi qui te tue. Mais merci.

— Quand tu veux. Et désolée pour les cookies. Je sais que Timmy adore les pépites de chocolat.

— C'est pas grave.

Je me redressai pour l'aider à se lever.

— Je crois qu'on va arrêter l'après-midi jeux ici.

— La dernière fois, j'avais onze ans, dit Laura en contemplant avec dépit le plâtre blanc qui couvrait son avant-bras.

Le médecin pouffa de rire.

— Cela prouve que vous avez gardé une âme d'enfant.

— Ça prouve surtout que je suis une empotée, rétorqua-t-elle.

La version officielle était qu'elle avait dérapé dans mon jardin. On aurait voulu trouver quelque chose d'un peu plus original, mais Fran et les autres étaient chez moi, et elles avaient été témoins de son entrée dans la maison. Bien sûr, avant ça, nous avions caché le corps du démon sous la bâche que Stuart utilisait pour couvrir la pile de terreau. Dès que j'en aurais l'occasion, j'appellerais le père Ben pour le supplier de venir le chercher avant que mon mari ne rentre.

J'avais conduit Laura aux urgences, tandis que Fran ramenait Elena et Timmy chez elle. Je n'étais pas contente que Laura ait été blessée, mais je savais aussi que ça aurait pu être bien pire. Pour cela, je prononçai une rapide prière de remerciement.

Cela faisait environ vingt minutes que je n'avais pas dit grand-chose. Parce que mon amie, qui serait très bientôt officiellement célibataire – et était droguée à la Vicodin en cet instant – papotait joyeusement avec le médecin de tout et de rien.

— Eh bien, dit-il. Je crois que je vais pouvoir vous laisser partir.

— Et maintenant ? demanda-t-elle en levant son bras.

— Je vais demander à une infirmière de vous apporter une prescription pour un spécialiste, et une ordonnance pour des analgésiques. Je veux que vous alliez voir le Dr Kline dans quelques jours pour vérifier comment ça évolue.

Il se tourna vers moi.

— Et vous ? demanda-t-il en se tapotant la tempe.

Je portai machinalement la main à ma propre blessure.

— Ce n'est rien.

— Vous êtes tombée aussi ?

Laura pouffa de rire, probablement à cause de la Vicodin.

— Plus ou moins, dit-elle.

— Mmh.

Le médecin finit par hocher la tête.

— Mettez une pommade antibiotique dessus. Et pensez peut-être à faire un rappel de vaccin contre le tétanos.

— D'accord. Bien sûr. Pas de souci.

Il me fit un signe de tête et se tourna pour partir. Il s'arrêta sur le seuil et le sourire qu'il adressa à Laura était aussi éclatant que sa blouse immaculée.

— Tenez-moi au courant, dit-il.

Là-dessus, il nous laissa.

Laura poussa un gros soupir. Je me mis à rire.

— Attention, Laura. Tu n'es pas encore célibataire.

— Je suis très proche de l'être, répliqua-t-elle. On a rempli les papiers, et dès que les soixante jours seront écoulés, ce sera définitif.

Je fronçai les sourcils et fis rouler un tabouret pour venir m'asseoir en face d'elle.

— Laura, tu es sûre ? Après toutes ces années. Peut-être que vous pouvez trouver une solution.

Elle secoua la tête.

— Non. Ça fait un long moment que j'y pense, maintenant.

Elle haussa une épaule.

— C'est terminé. Il m'a trompée. Fin de l'histoire. Je ne peux pas passer outre. Je peux pardonner beaucoup de choses, mais pas l'infidélité. Jamais.

— Je comprends, dis-je. Je ne pourrais pas non plus.

Elle se pencha en avant et posa son front dans sa main, du côté de son bras valide.

— Bon Dieu, Kate. Comment je me suis retrouvée là ?

Qu'est-ce que j'ai fait de ma vie pour me retrouver à flirter avec les toubibs ?

Elle leva une main avant que je puisse faire un commentaire.

— Non, ne réponds pas. Je n'ai pas envie d'en parler.

— D'accord, dis-je, incapable de cacher le sourire dans ma voix. De quoi tu veux parler alors, peut-être qu'on peut prendre des paris sur le Dr Kline, s'il est plus ou moins mignon que cet urgentiste beaucoup trop jeune pour toi.

— Il a au moins trente ans, dit Laura.

— Mmh-mmh.

Elle me pointa du doigt.

— Sois gentille avec moi. Je connais tes secrets.

— Mince. Tu as raison. Je suis coincée avec toi pour de bon.

Cela me valut un vrai rire.

— Je dirais qu'on est coincées l'une avec l'autre. Qui d'autre serait capable de nous supporter ?

Je jetai un coup d'œil vers la porte.

— Dr Beau Gosse avait l'air intéressé...

Elle me donna une tape de sa main libre et je me tus.

— Pour passer à un sujet un peu moins dangereux, dit-elle. Pourquoi est-ce que j'ai décidé de fracasser la tête d'un démon avec mon plus joli plat en grès ?

— Parce que tu m'aimes et que tu ne voulais pas que je meure de la main de quelqu'un dont l'haleine était pire que du brocoli décomposé ?

— Eh bien, oui. Évidemment. Mais qu'est-ce que Brocoliman faisait dans ton jardin ?

— Je ne sais pas trop, dis-je, mais c'était assez osé de sa part. En plein jour. Des gens autour. Ce n'est pas le mode opératoire habituel du démon moyen.

— Il devait vraiment t'en vouloir.

— Je crois que ce qui l'intéresse, plus que moi, c'est une pierre.

Je lui fis un topo de ce que le démon m'avait demandé.

— Mais quelle pierre ? Et ce n'est pas bizarre que David ait été attaqué comme ça, lui aussi ? Enfin, je suppose que tous les deux, vous êtes les seuls chasseurs de la ville. S'ils cherchent des trucs flippants de démon, c'est vous deux qu'ils vont venir harceler.

— Mmh, dis-je, pas ravie d'être dans cette situation.

Mais je l'avais acceptée en toute connaissance de cause, alors je ne pouvais pas franchement venir me plaindre. Tout de même...

— Eddie est un chasseur aussi, dis-je. Et vu la façon dont David est sorti de nulle part, qui sait ? Si ça se trouve, il y a masse de chasseurs solitaires dans tout San Diablo et je ne suis pas au courant.

Voilà que je me sentais un peu moins spéciale d'un coup. Si San Diablo était bien protégé, peut-être qu'il n'était pas nécessaire pour moi de reprendre du service. Je pourrais démissionner, poursuivre mon ancienne vie, et me contenter d'être Kate Connor, mère au foyer, responsable d'un enfant en bas âge.

Pour être franche, je ne savais pas trop ce que je pensais de cette possibilité.

Je déposai Laura chez elle et appelai Fran pour voir comment ça se passait avec Timmy. Elle m'informa que lui et Elena était en train de faire la sieste par terre dans son salon, si bien que je décidai de filer au dojo de Cutter. Brian, le démon, et le bras de Laura avaient mis en échec mon plan de faire du sport. Mais il y avait quelques trucs dont je voulais lui parler, et je me disais que ce n'était pas un mauvais moment pour le faire. Je connaissais assez Timmy pour savoir qu'il valait mieux ne pas interrompre sa sieste. Sérieusement, un démon n'est rien comparé à un petit garçon en manque de sommeil.

Le dojo de Cutter – l'Académie d'Arts Martiaux Victor Leung – se trouve dans une galerie commerciale juste à l'entrée de notre quartier. J'avais choisi cet endroit à la base parce que c'était près de chez moi et du 7-Eleven, ce qui voulait dire que je pouvais faire d'une pierre deux coups et allant au sport et racheter du lait en même temps.

Le nom faisait sérieux aussi, mais j'avais vite appris que Victor n'existait pas. Sean Tyler, surnommé Cutter, l'avait inventé en se disant que ça attirerait la clientèle.

En réalité, Cutter n'aurait pas dû avoir besoin de s'en remettre à de tels stratagèmes marketing. C'est l'un des meilleurs experts en arts martiaux que j'aie rencontrés, et son CV est long comme mon bras. Il est ceinture noire dans plusieurs disciplines et il a mis ses talents en usage dans l'armée.

Mais sa plus grande qualité ? Il est patient. Il a compris depuis le premier jour où je l'ai mis au tapis que j'avais un ou deux secrets. C'est peut-être une question de stéréotypes, mais il n'y a pas tant que ça de mères au foyer approchant la quarantaine qui sont capables de battre un ancien des forces spéciales. Pourtant, il n'a jamais insisté pour que je lui révèle quoi que ce soit de mon passé. Il est du genre costaud et peu loquace. Et même si je le connais depuis moins d'un an, je sais déjà que je pourrais lui confier ma vie. Je pourrais probablement lui confier mon secret aussi. Mais ça, je n'y étais pas encore prête.

Il était en train de finir un cours de kickboxing quand j'entrai et il me fit signe de l'attendre. Normalement, je viens m'entraîner au moins trois fois par semaine, mais j'ai fait une pause pendant les vacances et je devais avouer que c'était chouette de le retrouver.

Je m'assis sur une chaise le long des tatamis et je regardai le cours. La plupart des élèves étaient des femmes, et j'en reconnaissais une bonne partie : des mamans qui vivaient dans le quartier, qui profitaient du temps où leurs enfants étaient à l'école pour venir transpirer un peu.

Elles s'en sortaient bien, pour la plupart. Ce cours, c'était surtout pour se tonifier et prendre confiance en soi. Peut-être que le cri guttural ferait peur à un agresseur, peut-être pas. Et je n'avais pas envie de penser à ce qui se passerait si un démon croisait une de ces femmes dans une ruelle sombre et décidait de s'amuser un peu. Une mère de famille décédée, ça faisait une enveloppe corporelle intéressante pour un démon sur liste d'attente, après tout.

Je frissonnai. Je n'aimais pas la direction qu'avaient prise mes pensées. Il y avait une raison pour laquelle j'avais accepté de sortir de ma retraite, et ces femmes en faisaient partie. Même si San Diablo débordait de chasseurs de démons solitaires profs de chimie en lycée, je savais que je resterais. Mon travail était peut-être secret, mais il était important. Et même si elles n'en avaient pas conscience, ces femmes avaient besoin de moi.

Je passai encore cinq minutes à observer Cutter terminer son cours. Je les regardai donner des coups de pied, se retourner, sauter, et je les encourageais silencieusement à garder leurs bras un peu plus raides, à planter un peu plus fort leurs pieds dans le sol.

Enfin, Cutter mit fin à l'heure de cours et vint me rejoindre.

— Qu'est-ce que vous en pensez ?

— Elles ont l'air douées, dis-je.

— Pas autant que vous, répliqua-t-il avec un sourire.

— Si c'était le cas, vous seriez au chômage.

— C'est sûr.

Il partit vers son bureau et je le suivis.

— Donnez-moi juste cinq minutes et on pourra se mettre à votre entraînement.

— Pas aujourd'hui.

Je n'étais pas en tenue de sport, mais ce n'était pas anormal que Cutter suppose que j'étais là pour cela. Je l'avais convaincu depuis longtemps que je ne comptais jamais venir avec un gi. Pourquoi l'aurais-je fait ? Je n'avais encore jamais rencontré de démon qui m'ait laissée rentrer chez moi pour me changer avant d'attaquer.

— Ah bon ?

Il s'arrêta avant son bureau, si bien qu'il était juste devant moi, sans séparation entre nous.

— En ce cas, que me vaut le plaisir ? Est-ce le jour où j'apprends enfin vos secrets, Kate Connor la mystérieuse ?

Il avait dit ça d'un air si théâtral que je fus obligée de rire.

— Qu'est-ce que vous en pensez ?

— J'en pense que ce n'est pas mon jour de chance. Vous allez me mettre un vent de nouveau. Non, non, n'essayez pas de me consoler. Je sais que je ne suis qu'une ceinture noire pour vous.

— Mais une ceinture noire charmante.

Il eut un grand sourire.

— Eh bien, oui. Cela va sans dire.

— À vrai dire, vous n'êtes pas si loin que ça. Je ne suis pas venue tout vous dire, mais j'espérais que vous pourriez me donner un petit coup de main.

Il retrouva aussitôt son sérieux – une autre raison pour laquelle je l'appréciais autant.

— Tout ce qu'il vous faudra.

J'hésitai un peu. En dehors d'Allie et Laura, je n'avais parlé des détails de la mort d'Eric avec personne. Mais la vérité, c'est que je voulais de l'aide. J'avais *besoin* d'aide.

Et, oui, j'avais confiance en Cutter. Alors peut-être que

c'était ma façon de le tester. Voir ce que cela donnerait avec un petit secret, en préparation d'un plus gros.

— Vous vous rappelez cette fois où vous m'avez croisée à la banque ?

— Vous aviez trouvé la clé d'un coffre et vous essayiez de trouver à quelle banque elle appartenait.

— Voilà, dis-je. Et j'ai trouvé.

Il attendit patiemment, et monta d'autant dans mon estime.

— J'ai trouvé le coffre, et il y avait une simple feuille de papier à l'intérieur. Un message de mon premier mari.

— Je pressens que ce n'étaient pas de bonnes nouvelles ?

— Il a été assassiné, Sean.

Son visage refléta tristesse et compassion.

— Oh, Kate, dit-il.

La douleur dans sa voix faisait tant écho à ma propre peine que je ne pus retenir mes larmes. Elles dégoulinèrent sur mes joues et mes épaules se mirent à trembler de mon effort pour les contenir, pour faire en sorte que rien de tout cela ne soit jamais arrivé.

Cutter ne dit rien, il m'attira contre lui jusqu'à ce que mon visage soit enfoui contre son épaule, et il me laissa pleurer.

Je restai dans ses bras en essayant de reprendre le contrôle de ma respiration, alors que mon corps tremblait de mes efforts pour me ressaisir. Au bout d'un moment, je fus enfin suffisamment remise pour reculer, et m'essuyer les yeux et le nez avec le mouchoir qu'il me tendait.

— Je suis désolée, dis-je.

— Ne le soyez pas.

Il sourit et essuya son épaule humide.

— Même si on dirait que vous m'arrosez volontiers.

Je levai les yeux au ciel devant cette faible tentative d'humour. Lors de notre première entrevue, je l'avais aspergé avec de l'eau bénite. Juste pour être sûre.

— Vous vous sentez mieux ?

— Oui, reconnus-je. Et non.

Le non, c'était à cause de la gêne. Et j'étais tentée de monter sur le tatami avec lui, juste pour prouver que je pouvais toujours l'envoyer voler même si j'avais pleuré sur son épaule.

— Ne vous inquiétez pas pour ça, dit-il, l'air de comprendre. Si votre mari a été assassiné, je pense que vous avez de quoi être un peu secouée. Vous êtes sûre ?

— Plutôt, oui.

Je lui expliquai que le message m'avait conduite à un autre, et que ces deux papiers laissaient imaginer qu'Eric s'était retrouvé entraîné dans quelque chose de trop gros pour lui, mais que je ne savais pas quoi. Ça, bien sûr, c'était vrai. Je négligeai de mentionner le domaine dans lequel Eric s'était impliqué : les démons.

— Le message d'Eric disait que je devrais aller parler à un vieil ami à Los Angeles, poursuivis-je. Mais il était décédé peu avant que j'y arrive.

— Alors vous êtes dans une impasse.

— Exactement.

Il passa une jambe au-dessus de son bureau.

— Je vois, mais qu'est-ce que je peux faire ?

— Pensez comme un mec, dis-je. Qu'est-ce que vous feriez, vous ?

— Vous voulez dire, si je m'étais retrouvé impliqué dans quelque chose où je risque ma vie ? Mais que je ne voulais pas que ma femme soit au courant ?

Je fis la moue, mais il avait mis le doigt dessus.

— Si vous ne vouliez pas que votre femme soit au courant, à moins que ça ne se passe mal.

— J'en parlerais à un confident, dit-il. Mais on dirait que c'est ce qu'Eric avait fait. Ce type à Los Angeles, non ?

— Vous ne m'aidez pas, là, Cutter.

— Je m'échauffe. Si c'était moi, j'aurais un plan de secours. Au cas où mon confident meure. Après tout, si c'est le genre d'affaires où je risque ma vie...

Il n'avait pas tort.

— Alors ? insistai-je.

— Je cacherais ça à la vue de tous, dit-il. Qui payait les factures ?

— Moi.

— Il avait un bureau ? Une pile de brouillons ? Un carton d'affaires laissées au bureau et renvoyées à la maison après son décès ?

— J'ai examiné tout ça, dis-je. J'ai passé ses affaires au peigne fin après sa mort.

— Mais vous ne cherchiez pas d'indices à l'époque.

— Non, acquiesçai-je. C'est vrai. Je voulais juste garder autant de lui qu'il était possible autour de moi.

— Vous avez toujours ces affaires ?

Je hochai la tête. Je n'avais pas été capable de m'en débarrasser.

— C'est dans la cabane à outils. Une pile de cartons.

— Je regarderais à nouveau là-dedans, dit-il. Cette fois, vous pourriez voir quelque chose que vous aviez manqué.

J'y réfléchis et espérai qu'il avait raison.

— Et le coffre à la banque ? demanda-t-il.

— Eh bien ? Il n'y avait que cette feuille à l'intérieur.

— Vous êtes sûre qu'Eric n'en avait pas un autre ?

— Franchement, je n'y avais pas pensé. Le fait qu'il en ait eu un à la base m'a déjà assez surprise comme ça.

— Vous étiez inscrite dessus, n'est-ce pas ?

— Oui. Je ne me rappelle pas avoir signé quoi que ce soit à l'époque, mais j'ai dû le faire.

— Alors peut-être qu'il en avait aussi un juste à son nom à lui.

Je fermai les yeux et pris une profonde inspiration.

Qu'Eric ait eu un coffre secret dans une banque auquel nous pouvions accéder tous les deux passait encore. Qu'il en ait eu un complètement séparé de moi, un coffre qui existait en dehors de notre mariage, prévu exprès pour garder *ses* secrets... eh bien, c'était tout autre chose.

Je pensais à ce que Laura avait dit de l'infidélité, du fait qu'elle ne pourrait jamais pardonner cela à Paul. Ce n'était pas quelque chose qu'Eric avait fait, du moins pas autant que je le sache. Mais je ne pouvais pas supporter cette sensation, comme si j'avais perdu un degré d'intimité avec mon premier mari.

Et plus encore, je détestais l'idée qu'un an auparavant, j'aurais protesté avec véhémence à l'idée qu'Eric ait pu me tromper. Désormais, je protesterais toujours, mais pas avec la même vigueur.

— Vous voulez que je me renseigne pour vous ? demanda Cutter.

Je me rendis compte que j'étais en train de fixer mes mains et je relevai la tête, reconnaissante de son soutien. Je n'aimais pas trop l'idée de me balader à la recherche d'un coffre mystérieux qui n'existait peut-être même pas. Si Cutter voulait bien le faire pour moi, j'étais ravie de le laisser s'en charger.

— Merci, dis-je.

Je m'attendais à ce qu'il me taquine en disant que le prix de son aide était la révélation de mes secrets. Mais il ne le fit pas et je lui en fus reconnaissante.

— Merci, répétai-je, et cette fois je me dressai sur la pointe des pieds pour l'embrasser sur la joue.

— Oh, non, pas ça, dit-il. Je peux supporter vos larmes une fois parce que votre mari a été assassiné. Des larmes parce que je fais un truc sympa ? Pas moyen. Vous allez complètement me dégoûter des bonnes actions.

Je ris, et puis reniflai.

— Pas de larmes, dis-je. Mes yeux sont parfaitement secs.

— Ravi de l'entendre.

Je partis vers la porte et il me suivit.

— Comment va Allie ?

— Ça va. Je veux dire, après ce qui s'est passé...

Je m'interrompis. Toute la ville savait ce qui s'était passé au musée. Cutter m'avait appelée le jour où c'était paru dans les journaux, il avait appelé Allie puis lui avait envoyé des fleurs et un ours en peluche en tenue de karaté.

— C'est juste que...

Il s'interrompit avec un geste de la main.

— Quoi ? demandai-je.

Ce n'était pas juste de la curiosité que j'entendais dans sa voix.

— Qu'est-ce qu'il y a ?

— Rien. Laissez tomber.

— Cutter.

Il soupira.

— Bon sang, Kate. Je suis probablement en train de trahir une confidence, là.

— C'est ma fille et elle a quatorze ans. Les confidences, vous savez ce que j'en fais ?

— C'est juste qu'elle était déjà tellement très désireuse d'apprendre à se défendre. Avant que ça arrive, je veux dire. Les cours privés. Les sessions en extra. Les exercices.

— Et ? insistai-je.

Rien de nouveau, là.

— Alors, la veille de Noël, elle m'a appelé. Elle m'a dit que ce semestre, elle voulait en faire encore plus. S'entraîner davantage, passer au niveau supérieur.

Je hochai la tête et essayai de feindre la nonchalance. Mais un mauvais pressentiment me serrait le ventre.

— Est-ce qu'elle a dit pourquoi ?

— Rien de spécifique.

J'essayai de faire comme si de rien n'était.

— Eh bien, c'est logique qu'elle ait envie d'être mieux préparée. Après ce qui s'est passé, je veux dire.

— Oui, mais j'ai eu l'impression que c'était plus que ça.

— Comment ça ? demandai-je avec précaution.

Il secoua la tête.

— Presque comme si elle avait un plan. Je ne sais pas. Je ne suis pas vraiment sûr. Franchement, c'est pour ça que je n'étais même pas sûr de devoir vous en parler.

Je soupirai. Peu importe que Cutter en soit sûr ou non. Moi je l'étais.

Ma fille s'entraînait pour fracasser du démon. Et elle le faisait sans moi.

6

— La pierre, dit David.

Il était appuyé contre son bureau et tapotait sa lèvre inférieure.

— Je n'ai pas la moindre idée de ce que ça veut dire, ajouta-t-il.

— Mince.

Je me laissai aller en arrière contre le poster géant de la table périodique des éléments qui prenait tout un mur de la salle de classe de David.

— J'avais espéré...

— Que comme c'est moi que les démons ont attaqué en premier, la mention d'une pierre débloquerait ma mémoire ? Que je me rappellerais soudain avoir eu maille à partir avec un démon coriace nommé Andramelech ?

— Un truc du genre, avouai-je, penaude.

Il rit.

— Désolé, Katie. J'ai peur que ça ne soit pas aussi facile.

— En effet, répondis-je, pince-sans-rire. Je commence à me faire à l'idée.

— Ça ne me plaît pas qu'un démon soit venu chez vous, dit-il en se rapprochant de moi.

Il baissa les yeux vers Timmy qui s'était installé par terre.

— Les enfants.

Je hochai la tête, touchée par sa sollicitude.

— Je sais. J'ai appelé la compagnie qui gère l'alarme de ma voiture. Je vais les faire venir pour qu'ils posent des détecteurs de mouvement et des lumières automatiques sur l'arrière et l'avant de la maison. Et j'ai appelé les flics aussi.

— Vraiment ?

Je haussai une épaule.

— J'espère que des patrouilles régulières mettront un peu la pression à la population démoniaque.

Après l'incident au musée, la police nous connaissait, et ils étaient d'accord pour faire leur possible afin de garantir la sécurité de ma fille traumatisée. Et puis, ça ne faisait pas de mal que mon mari soit en lice pour devenir procureur du comté et qu'il soit déjà bien parti pour obtenir le vote de la police.

— Katie...

Sa voix était douce, ses yeux perçants, comme s'il parvenait à lire la moindre de mes pensées.

Il y avait quelque chose d'intime dans la façon dont il me regardait, dont il m'appelait Katie. Et même si je savais que je devais faire la sourde oreille, j'en étais incapable.

— Quoi ? Qu'est-ce qu'il y a ?

Il secoua la tête et l'expression qu'il avait eue disparut, si bien que je me demandai si je l'avais imaginée.

Devant nous, Timmy tapa par terre de son poing avant d'éclater de rire. Il utilisait un des stylos rouges de David pour gribouiller un chef-d'œuvre sur une feuille d'un carnet à lignes.

— Regarde, Maman !

Je me baissai, soulagée d'avoir une distraction, avant de observer son dessin avec attention.

— C'est joli, mon grand. C'est un cheval ?

— Maam-man, glapit-il. C'est Thomas !

— Thomas ? répéta David.

— Son train, expliquai-je.

Je regardai à nouveau le papier en le bougeant légèrement pour le voir sous un autre angle.

— Oh ! m'écriai-je avec enthousiasme. Je ne voyais pas bien sur le côté. Mais maintenant, c'est évident que c'est un train. Un train très bien fait.

Il sourit et me tendit la feuille.

— C'est pour toi, Maman.

— Oh, merci, mon cœur. Je l'adore.

Je lui fis un bisou sur la joue.

— Et toi aussi je t'adore. Tu es un très bon garçon.

C'était vrai. J'étais allé le chercher chez Fran après être sortie du dojo de Cutter, et nous étions venus tout droit au lycée. J'étais venue plus tôt exprès, je savais qu'Allie serait encore en train de s'entraîner avec les autres pom-pom girls. Je me sentais un peu coupable, mais il fallait que je parle à David de ce regain d'activité démoniaque. Et je voulais le faire sans Allie dans les parages.

— Trois démons, repris-je. Et pas d'idée précise de ce qu'ils veulent. Une pierre, mais quelle pierre ? Et où Andramelech est-il retenu ? Et pourquoi le démon qui est venu chez vous ne vous a pas éliminé ? Et tant qu'à y être, pourquoi venir s'en prendre à moi ? Je n'ai pas de pierre.

— C'est vrai, dit-il. Peut-être qu'Andramelech est captif de la pierre angulaire d'une cathédrale ou quelque chose du genre.

— Peut-être même de notre cathédrale.

J'étais contente que nous commencions à émettre des hypothèses.

— Ou peut-être que la pierre fait partie d'un rituel.

— Comme une rune, vous voulez dire ? Une pierre de

sang qui doit être placée à un endroit précis quand la lune se lève ?

— Et puis les démons dansent nus, en cercle, et ils sacrifient une vierge ? ajoutai-je.

— Un truc du genre, dit-il. C'est une bonne théorie.

— Mais ce n'est qu'une théorie. Et à moins de savoir de quel genre de pierre il s'agit, c'est une théorie qui ne nous sert à rien.

— Un genre de relique ?

— Peut-être.

Il y avait clairement des précédents. Les reliques – comme les ossements de saints – sont souvent profanées par les démons dans des rituels maléfiques.

— Le père Ben a dû y penser, mais vous devriez le lui signaler, juste au cas où.

— Je le ferai. Et même si ça ne me fait pas plaisir, je vais examiner l'inventaire des dons que le comité est en train d'établir. Je vais mettre quelques heures là-dedans cette semaine.

Les cartons des donations sentaient le moisi et servaient d'habitat à des insectes déterminés, alors ce n'était pas une perspective qui me réjouissait.

J'appuyai mes doigts contre mes tempes et fermai les yeux. J'aurais tellement voulu qu'il y ait une réponse facile.

— Le problème, c'est que nous avons trop de possibilités et aucun moyen de savoir laquelle est la bonne. Ce qu'il nous faut vraiment, c'est Nadia Aiken.

— Qui ça ?

— Une chasseuse dont le père Ben m'a parlé.

— Et elle s'appelle Aiken ?

— Oui. Pourquoi ?

Son front s'était plissé de concentration.

— David ? Qu'est-ce qu'il y a ?

— Ce nom me dit quelque chose, mais je n'arrive pas à retrouver quoi. *Mince.*

Il secoua la tête comme un chien qui s'ébroue.

— Continuez. Qu'est-ce qu'elle a de spécial ?

— Il y a un lien ? demandai-je en me concentrant sur Aiken. Quelque chose par rapport à la pierre ? À Andramelech ?

— Je vous ai dit que je ne me souviens pas. Mais je ne vois pas comment ça pourrait être le cas. Je n'ai jamais entendu parler d'Andramelech, et je ne me rappelle d'aucune mission sur laquelle j'aurais travaillé et qui impliquerait une pierre.

— La chasseuse elle-même ? Le père Ben a dit qu'elle chassait Andramelech, et qu'elle a disparu il y a environ cinq ans. Vous l'avez rencontrée ?

Il secoua lentement la tête.

— Je suppose que j'aurais pu, mais... non, finit-il d'un air décidé. Je n'ai pas l'impression.

— Mince.

— Ça me reviendra.

— Peut-être qu'elle est devenue solitaire elle aussi, et que vos chemins se sont croisés ?

— Bon sang, Kate, je viens de vous dire que je ne me souvenais pas !

— D'accord.

Je levai les mains pour montrer que je laissais tomber. Je savais que j'avais insisté, mais cette vague impression qu'il avait eue était notre seule piste. Or elle ne menait nulle part. C'était assez pathétique.

À côté de mes pieds, Timmy commença à taper le sol avec son stylo rouge en criant avec jubilation.

— Bon sang, Kate ! Bon sang, Maman !

David soupira.

— Je suis désolé.

Je lui fis une grimace et me penchai pour distraire Timmy. C'était la clé dans ce genre de situation. Lui dire non ne ferait que graver le mot interdit dans sa mémoire.

— D'accord, dis-je en m'asseyant en tailleur devant mon fils, qui se mit aussitôt à faire rouler le stylo sur le sol. Alors, le lien avec Aiken ne nous mène nulle part...

— Parce qu'il n'y a *pas* de lien avec Aiken.

— ... ce qui nous laisse le père Ben, achevai-je.

Timmy s'était dressé sur ses pieds et courait derrière le stylo en donnant un coup dedans quand il s'en rapprochait. Ce jeu était visiblement très drôle, et il riait comme un fou en poursuivant son nouveau jouet.

— Et les patrouilles, ajouta David. Vu comment ces démons ont l'air déterminés, je ne serais pas surpris s'il y avait quelques monstres tout neufs qui débarquent à San Diablo.

— Ce soir, acquiesçai-je. On regardera les infos et on sortira dans la soirée.

— Allie, Maman ! beugla Tim.

Je me tournai et découvris qu'il était à moitié dans le couloir, le stylo rouge à ses pieds.

— Reviens dans la salle, mon cœur, dis-je en regardant ma montre. Et je n'ai pas oublié ta sœur. Elle en a encore pour vingt minutes.

— Elle est en avance, dit ma fille en se glissant dans l'entre-bâillement.

Elle nous jeta un regard dur, à David et moi, et s'appuya au cadre, les bras croisés sur sa poitrine.

— Alors, vous comptez me dire ce qui se passe ?

Mon cœur manqua un battement et je jetai un coup d'œil à David. Il leva les mains.

— Je vais vous laisser, dit-il.

— Espèce de lâche, contrai-je.

Son sourire monta jusqu'à ses yeux.

— C'est vous, le parent.

Certes.

— Viens, Tim, reprit-il. On va faire la course dans le couloir.

Voilà qui lui valut l'attention de mon petit garçon. Il trottina derrière David en faisant un coucou à sa sœur – elle l'ignora complètement.

— Eh bien ? demanda-t-elle.

C'était exactement le même ton que celui que je prenais quand elle me devait des explications après avoir fait une grosse bêtise.

— Ferme la porte. Il faut qu'on parle.

Vu son expression, je m'attendais à une réponse sarcastique. Mais mon ado devait être en train de grandir, parce qu'elle se contint et ferma doucement la porte. C'est surtout le *doucement* qui m'impressionna.

— Alors, c'est quoi l'idée ? demanda-t-elle. Tu m'as dit que ce truc au musée, c'était exceptionnel et que…

— David a été attaqué sur la plage samedi, et de nouveau à son appartement. Et moi j'ai été attaquée ce matin. Dans notre jardin.

— Oh putain !

Elle plaqua une main devant sa bouche.

— Je veux dire, sérieux ?

— Sérieux, répondis-je.

— Alors, quoi, vous comptez sortir ce soir et découvrir qui c'est ? C'est ça l'idée ?

Je faillis dire oui. Ç'aurait été tellement simple. Je pouvais juste lui dire que c'était un autre incident exceptionnel, que ça ne se reproduirait jamais.

Mais même si les mots auraient pu me venir simplement, le mensonge, lui, ne passait pas. *Plus.*

Il était temps de dire la vérité à Allie, et tant pis pour les conséquences.

— C'est l'idée. Mais ce n'est pas tout.

Elle fronça les sourcils et je la vis cogiter.

— Tu n'as jamais vraiment arrêté, hein ? Toi et Papa, vous

aviez cette vie secrète, et je n'en avais pas la moindre idée !
Seigneur, Maman !

— Non ! dis-je, désireuse d'interrompre sa tirade avant même qu'elle commence. Non.

Elle resta là, boudeuse, et attendit que je poursuive.

— On a pris notre retraite. Et j'ai vécu loin de tout ça, avec bonheur, pendant des années. J'aimais ma vie avec ton père. Pas de démons. Juste nous. Nous trois. Et aucun monstre en vue pour secouer tout ça. Même après la mort de Papa, ajoutai-je. Même alors, on vivait juste notre vie, toi et moi. Tu te rappelles ?

— Je me rappelle. Mais...

Elle avait toujours l'air de bouder, mais la curiosité commençait à l'emporter.

— Mais il s'est passé quelque chose l'été dernier. Et, oui, je suis plus ou moins sortie de ma retraite.

— L'été dernier, répéta-t-elle.

Je savais qu'elle repensait à une certaine journée d'été. Le danger dans lequel son frère et elle s'étaient retrouvés, et ma peur, terrible.

Ce jour devait commencer à être plus compréhensible désormais pour elle. Pour tant est que les démons soient compréhensibles.

— Alors, genre, tu chasses des démons depuis quatre mois ?

— Grosso modo, dis-je.

— Tu m'as menti, dit-elle d'une petite voix, clairement blessée.

— Les parents doivent prendre des décisions chaque jour, Allie. Je ne sais pas si j'ai pris la bonne à l'époque, en te cachant ça. Et je ne sais pas si je prends la bonne maintenant, en te le disant. Je patauge, en ce moment, mais j'espère que tu sais que, quoi qu'il arrive, je t'aime plus que tout.

Elle ne répondit pas. Elle se glissa sur une des chaises de la salle de classe et posa la tête sur le petit bureau.

— Allie ?

Rien.

— Allie ?

La réponse me parvint, étouffée :

— Quoi ?

— Tu comprends ?

Elle me regarda.

— Je te l'ai carrément demandé et tu as *menti*.

Je me rapprochai et posai la main sur son épaule. Elle se recula aussitôt. Je grimaçai et réessayai.

— Tu as raison. À cent pour cent, totalement.

Voilà qui fonctionna. Ou du moins, qui fonctionna un peu, parce qu'elle releva la tête et me regarda d'un air soupçonneux.

— Continue.

— Tu avais tellement peur, ce jour-là, dis-je en mâchant mes mots. Je voulais te garder en sécurité, physiquement et mentalement. Je voulais que tu te sentes en sécurité, que tu oublies ce qui s'était passé, que tu ne sois pas hantée par ce souvenir.

— Alors tu as menti.

Je pris une inspiration.

— Oui, Allie, j'ai menti. Et je le referais probablement, si c'était à refaire. Je pensais vraiment faire pour le mieux.

Elle inclina la tête.

— Mais...

— Mais je savais que je ne pourrais pas éternellement te cacher la vérité. D'abord, tu as le droit de savoir. Et ensuite...

Je m'interrompis et renversai la tête en arrière pour regarder le plafond, comme pour tirer de la force de ce qui se trouvait au-dessus de moi.

— Quand j'ai appris que ton père avait repris du service

auprès de la Forza sans me le dire, ça m'a blessée. Beaucoup, pour tout dire. Et je me suis rendu compte que ça te blesserait aussi beaucoup que je garde des secrets de mon côté.

Elle colla la langue contre sa joue mais ne dit rien.

— C'est pour ça que je voulais te le dire, Al.

— Tu ne m'as *pas* dit, contra-t-elle. Je t'ai entendue parler. Ou bien tu as oublié ?

— Surveille le ton que tu prends avec moi, Allie, dis-je. On n'est peut-être pas d'accord, mais je suis toujours ta mère.

Une seconde, et puis elle s'affaissa à nouveau.

— C'est ça.

Je faillis lui faire la morale là-dessus, mais il n'y avait plus d'effronterie dans sa voix. Et puis, franchement, je comprenais son agacement.

— Je comptais te le dire, promis-je. Je t'avoue que je ne savais pas vraiment quand. Mais j'en avais vraiment l'intention. Tu as juste accéléré les choses.

Un autre regard morose.

— Je te le jure sur ma tête.

Le sang sembla abandonner son visage et je me rendis compte trop tard que c'était la pire chose que j'aurais pu dire.

— Je ne vais *pas* mourir. Promis.

Ce qui était une promesse ridicule, mais que je comptais bien tenir. Heureusement, ma fille ne me le fit pas remarquer.

— Alors, quoi ? Toi et M. Long vous vous baladez en ville la nuit en cherchant des types flippants ?

— Grosso modo, reconnus-je. Enfin, être flippant ne suffit pas. Il y a des tas de gens qui sont flippants sans être des démons.

Elle se laissa tomber de sa chaise et marcha jusqu'à la fenêtre. Elle se tint là, à regarder l'endroit où les bus venaient chercher les enfants qui faisaient des activités extrascolaires. Je la regardai en silence ; je n'avais pas envie d'insister, je savais que je marchais sur des œufs.

Je voulais qu'elle dise que ce n'était pas grave, et qu'elle m'aimait. Mais je savais que c'était un rêve idiot. Allie était en pleine puberté, autrement dit, l'enfer hormonal. Tout cela n'allait pas me valoir des câlins et des bisous. J'aurais de la chance si je parvenais à éviter qu'elle me snobe et s'enferme dans sa chambre pendant des mois, collée à son iPod.

Enfin, elle se retourna vers moi, avec une mine déterminée.

— Je veux aider.

Adieu mes fantasmes de paix familiale.

— Non, dis-je en me préparant à un accès de rage adolescente.

— *Mère !* Je peux carrément aider. Je *veux* aider.

— Très bien, dis-je. Tu peux aider. Tu peux aller à la cathédrale tous les jours et remplir des flacons d'eau bénite pour moi et David. Tu peux lire le journal et écouter les ragots, et si quelque chose te semble bizarre, tu me préviens. Tu peux même m'aider à entretenir mes armes en les graissant d'huile. Mais tu ne viens pas dans les rues avec moi. Tu ne patrouilles pas.

— Pourquoi ça ? protesta-t-elle.

— Parce que c'est comme ça.

— C'est trop injuste !

— Oui, en effet. C'est terriblement injuste que je veuille te garder en sécurité.

Elle leva le menton.

— Je peux me battre. Je peux me débrouiller.

Je hochai lentement la tête.

— Ah oui, dis-je. Parce que tu fais du sport. Tu t'entraînes. Tu surveilles ton alimentation. Tu gardes la forme.

— Oui, dit-elle.

Mais elle penchait la tête de côté, comme toujours quand elle ne sait pas trop où je veux en venir.

— Tu ne cacherais pas deux ou trois trucs à ta mère, ma petite ?

Elle pinça les lèvres, ouvrit la bouche, la referma, et regarda ses chaussures. Peu importait. Je savais ce qu'elle pensait. J'avais des secrets. Elle aussi.

Mais je fus heureuse qu'elle ne me le renvoie pas à la figure.

— Qu'est-ce que tu as dit à Cutter pour expliquer que tu voulais faire plus de sport ? demandai-je gentiment.

— Ce n'est rien, ça, Maman. J'essaie juste, tu sais, de monter un peu le niveau.

J'attendis un peu et puis :

— Allie, ma puce. N'essaie pas d'embobiner une embobineuse.

Je vis dans ses yeux qu'elle avait compris que je l'avais percée à jour. L'autodéfense était la dernière chose qu'elle avait en tête. Elle eut la grâce de ne pas nier.

— Alors laisse-moi aider, plaida-t-elle. Cutter dit que je suis bonne.

— Pas assez.

— Je pourrais l'être.

— Tu as quatorze ans.

— C'est l'âge que tu avais, s'insurgea-t-elle.

— Et maintenant, j'en ai presque quarante, je suis ta mère et je dis non.

— Tu es beaucoup trop stricte !

— Tu as raison. Je suis vraiment, vraiment quelqu'un d'horrible.

— Je te déteste, hurla-t-elle et les mots labourèrent mon cœur comme du barbelé. Tu m'as menti sans aucune honte, et tu n'essaies même pas de te rattraper.

Elle essuya rageusement les larmes qui coulaient sur ses joues et partit vers la porte.

— Allie ! la rappelai-je.

Mais il était trop tard. La porte était ouverte et elle était dans le couloir. Je suivis aussitôt, mais elle était déjà partie.

— Allie ! Reviens ici tout de suite.

— Je demanderai à une des filles de me ramener, cria-t-elle en guise de réponse, sans même se retourner.

Et puis elle disparut à l'angle du couloir, et je m'appuyai à l'encadrement de la porte et laissai cogner l'arrière de mon crâne contre le métal dur.

Dans le couloir, David et Timmy jouaient toujours avec le crayon. David me jeta un regard interrogatif mais je le balayai d'un geste. Je n'étais pas d'humeur à répéter la scène.

Timmy ne comprit pas la nuance. Il me regarda en serrant le stylo dans ses deux mains.

— Allie colère, Maman ?

— Oui, bébé, dis-je. Allie est en colère.

L'atmosphère fut électrique ce soir-là au dîner. Et pas à cause d'un plat raté. Non, toute la tension venait de ma fille, qui avait émergé de sa chambre à contrecœur pour descendre les escaliers d'un pas lourd et se laisser tomber sur une chaise.

— Allie, tu peux me passer le beurre ? demanda Stuart.

— Oui, dit-elle d'une voix morne.

— Et les petits pains par ici, s'il te plaît, dis-je.

Allie m'ignora.

— Allie, repris-je d'une voix sèche. Les petits pains.

Elle ne dit rien et se passa la langue sur les dents. Puis elle tendit la corbeille à Eddie.

— Tu peux faire passer ça à ma mère, s'il te plaît ?

Eddie renifla et me regarda.

— Ouh-là. Tu n'as pas la cote, hein ?

Je le fusillai du regard en lui prenant les petits pains. Le regard de Stuart passa de moi, à Allie, à Eddie.

— Qu'est-ce qui se passe ? demanda-t-il.

— Ce n'est rien, dis-je.

— Oui, c'est ça, coupa Allie. Si c'était vraiment rien, alors...

— *Allie.*

Elle se renfonça sur sa chaise et prit une bouchée de pain.

— Quelqu'un compte me dire ce qui se passe ? demanda Stuart.

— Non, répondîmes Allie et moi à l'unisson.

Eddie renifla si fort qu'il s'étouffa avec son thé glacé. Stuart me regarda et je fis semblant de ne pas remarquer, trop occupée à taper doucement dans le dos d'Eddie.

— Allie est colère, Papa ! dit Timmy qui avait visiblement envie de participer.

Je retins mon souffle en me demandant ce que mon petit homme avait bien pu entendre de la conversation avec Allie.

— Je vois ça, mon grand, dit Stuart. Et toi ? Tu es en colère ?

— Nan nan. Tu veux une blague ?

— Oh oui.

— Toc toc ?

— C'est qui ?

— Banane !

— Banane qui ? demanda Stuart.

— Banane caca ! s'exclama-t-il en se tordant de rire comme si c'était la blague la plus drôle du monde.

Pour lui, ça l'était probablement, et je décidai d'oublier la conversation sur les mots appropriés à table. Parce que même si j'espérais qu'on dépasserait rapidement la phase de fascination pour son pot, c'était quand même lui que je devais remercier pour avoir détourné le cours de la conversation.

Stuart avait dû décider qu'il valait mieux ne pas s'interposer dans une dispute chargée d'œstrogène.

— J'en ai une pour toi, Tim. C'est quoi le fruit préféré des fantômes ?

— Je sais pas.

— Les *bouh*-nanes !

Évidemment, Timmy se mit à rire de plus belle. Et puis il lança le poing en l'air.

— À moi ! À moi !

— Vas-y, mon grand. C'est ton tour.

— C'est quoi le repas préféré des fantômes ?

— Je ne sais pas, dit Stuart.

— Le beurre de cacahuètes ! annonça Timmy, si époustouflé de son propre génie qu'il faillit tomber de sa chaise haute de rire.

Ce qui donna le ton pour le reste de la soirée : les garçons qui se racontent des blagues nulles dépourvues de chute, et les filles qui ne se parlent pas du tout.

Bienvenue dans une banlieue amEricaine typique.

Après le repas, Allie débarrassa son assiette sans qu'on le lui demande.

— Je vais chez Mindy pour faire mes devoirs, annonça-t-elle à Stuart qui me regarda pour que je confirme.

Je hochai la tête, il fit le relais, et Allie fila à l'étage pour récupérer son sac.

— Qu'est-ce qui se passe ? me demanda Stuart.

— Tu n'as pas envie de savoir.

— Mmh.

Il me regarda avec curiosité, et fit courir son doigt le long de l'éraflure sur mon visage. Je l'avais déjà oubliée.

— Et ça ?

— Une longue histoire, dis-je.

Je me sentis tout à coup perdue et seule. Je secouai la tête et essayai de retrouver le contrôle de mes émotions.

— Ce n'est rien. Vraiment.

Il caressa mon visage et prit délicatement mon menton entre ses doigts.

— Kate, ma chérie, tu ne t'es pas dit que peut-être je *voulais* savoir, au contraire ?

J'eus un rire forcé.

— Stuart, ne sois pas bête. Il n'y a rien à en dire. C'est juste une égratignure.

Son front se plissa.

— Et cette dispute avec Allie ? C'est une égratignure aussi ?

— Ça va aller. Tout va bien.

Je me détournai de lui, coupant délibérément court à la conversation. Je sentis ses yeux sur moi, je l'entendis pousser un gros soupir, et puis il se leva pour se préparer un whisky soda. Je me tournai, vis la peine dans son regard, et me maudis d'avoir des secrets envers lui.

— Bon, on sort dîner demain, dit-il.

Nous avions prévu d'aller au restaurant pour fêter sa candidature, qu'il annoncerait officiellement le lendemain.

— Dis-moi que tout sera revenu à la normale d'ici mercredi, ajouta-t-il.

— Absolument.

— Et part « tout », je parle d'Allie aussi.

— Oui. J'avais compris. Pas d'inquiétude. Juste des émotions adolescentes. Ça sera passé d'ici demain.

Ce n'était pas tout à fait exact mais comme mon nez ne se mit pas à pousser, je me dis que ça devait aller. Pour le moment. Combien de temps encore pourrais-je continuer à tisser cette toile de mensonges par contre, ça, je n'en savais rien.

Je passai la demi-heure suivante à m'agiter dans la cuisine, à nettoyer en évitant les regards amusés d'Eddie, et à essayer de décourager une autre salve de blagues absolument pas drôles de mon fils.

Ce que je n'avais pas l'intention de faire, c'était de courir derrière Allie et de la forcer à me parler. Elle avait besoin de temps pour se calmer. De respirer, sans sa mère sur le dos. D'ailleurs, ce serait probablement mieux si elle dormait chez Mindy et prenait la nuit pour faire le point.

Mieux sur le plan théorique, disons. Mais j'avais du mal à l'accepter.

Il faut dire que c'était ma première vraie dispute avec elle qui dure. Et je n'aimais vraiment pas le creux que ça avait laissé dans ma poitrine. Je soupirai et jetai l'éponge dans l'évier.

— Mince, marmonnai-je.

Stuart était parti dans son bureau depuis un moment, mais Eddie était toujours à table, en train de faire des mots croisés.

— Vas-y, dit-il. Tu sais que c'est ce que tu veux.

— C'est si évident que ça ?

— Comme le nez au milieu de la figure.

Je restai plantée au milieu de la cuisine pendant quelques minutes, sans arriver à calculer combien je perdrais de crédibilité auprès de ma fille si je fonçais là-bas et la forçais à me parler. Beaucoup, sans doute, mais je m'en fichais un peu. Qui avait dit qu'il ne fallait jamais aller se coucher en étant fâché ? Probablement un parent d'ado.

Notre jardin est collé à celui de Laura, séparé pas les deux grillages et une fine bande avec un droit de passage pour le ramassage d'ordures. J'enfilai une paire de tennis, attrapai une veste fine et un pic à glace – juste au cas où – et traversai le jardin.

Je tapai à la porte de la cuisine et entrai sans attendre de réponse.

— Laura ?

— Ici, me répondit-elle depuis le salon.

Je la trouvai sur le canapé, entourée de cartons de photos et d'albums.

— Je pratique le révisionnisme, annonça-t-elle devant mon regard interrogatif. Je ne peux pas brûler les photos de cet enfoiré vu que Mindy doit toujours une certaine allégeance à ce cochon mange-merde. Mais en même temps, je n'ai pas envie d'avoir sa gueule en portrait dans mon salon.

— Alors tu fais... quoi ?

— Je change les photos qui sont dans les cadres et puis je lui fais un album pour sa chambre. Le reste ira dans un carton dans l'abri de jardin.

Elle fusilla du regard le reste en question.

— Et quand ça ira mieux, peut-être même que je ferai une cérémonie pour découper nos photos de mariage.

Je n'étais pas tout à fait sûre que son enthousiasme pour effacer Paul soit sain, mais vu que je ne pouvais pas me targuer d'une vie de famille modèle en ce moment, je n'étais pas vraiment en position de faire un commentaire.

— Tu as parlé à Allie ? demandai-je en m'asseyant à côté d'elle sur le canapé.

— Elle n'avait pas l'air de bonne humeur.

Elle me jeta un regard curieux.

— Qu'est-ce qui s'est passé ? Une autre dispute à cause de l'eye-liner ? Tu lui as interdit de faire partie des pom-pom girls ?

— Pire, dis-je. Je lui ai interdit de chasser des démons.

— Oh-là.

Elle reposa la photo qu'elle tenait.

— Vas-y, raconte.

Je lui racontai toute la triste histoire qui me nouait le ventre.

— Oh, ma puce, dit-elle en se penchant vers moi pour m'étreindre rapidement. C'est une ado. Elle ne te déteste pas vraiment. Ça va lui passer.

— Mais ?

— Mais je t'avais prévenue.

— Oui, dis-je. C'est vrai.

Je me décollai du canapé et partis vers l'escalier.

— Elle est dans la chambre de Mindy ?

Laura secoua la tête et désigna la porte du fond.

— Elles sont sorties pour aller au parc. Je leur ai dit d'être de retour pour huit heures.

Notre quartier a plusieurs petits parcs disséminés alentour, et une grande maison de quartier avec une salle de jeux et une piscine. La maison de Laura se trouvait juste en face d'un des terrains de jeux les plus sympas, et ces derniers temps les filles avaient pris l'habitude d'y aller le soir pour s'asseoir sur les balançoires en méditant sur les grands mystères de l'existence. Soit ça, soit elles parlaient de garçons.

Laura me jeta soudain un regard aigu.

— Oh Seigneur. Ce n'est pas un problème ? J'aurais dû les garder ici ?

— Bien sûr que non. Il n'y a aucune raison de penser que les filles sont en danger. Et ce n'est pas comme si elles n'étaient pas allées dans ce parc un million de fois auparavant.

Tout cela était vrai, mais cela n'empêcha pas une vague angoisse de me serrer la poitrine. Je pris une inspiration et décidai que c'était de la parano. Même pour une chasseuse de démons, il y a une différence entre se montrer protectrice et être ridicule, et je ne pouvais pas garder Allie sous les yeux vingt-quatre heures sur sept. Et le parc était vraiment sûr, bien éclairé, entouré sur trois côtés par des maisons charmantes dans le même genre que celle de Laura.

Je piquai deux Snickers dans le pot à confiseries et sortis avec mon gage de réconciliation dans la poche. Comme je m'en doutais, je trouvai les filles sur les balançoires. Elles me tournaient le dos et papotaient, penchées l'une contre l'autre.

Je piétinai dans le gravier. Mindy se tourna, me vit, et murmura quelque chose à Allie. Ma fille ne se donna pas la peine de se retourner, elle.

Je pointai mon pouce en direction de la maison de Laura.

— Tu veux bien me laisser cinq minutes avec Allie ?

— Bien sûr, Madame Connor, répondit Mindy.

Elle fila en vitesse, n'ayant visiblement pas envie d'assister au carnage.

Je m'assis sur la balançoire qu'elle venait de libérer et offrit un Snickers à ma fille. Elle le prit en marmonnant un merci. Nous restâmes assises là quelques instants, en nous balançant du bout des orteils.

— Je suis désolée d'avoir dit que je te détestais, dit Allie.

Mon cœur doubla probablement de volume.

— Mais tu as vraiment été injuste.

— Qui t'a dit que le monde était juste ?

Elle soupira et laissa sa tête partir en arrière, comme pour contempler la largeur de l'univers.

— *Sérieux*, Maman ! C'est nul comme réponse.

Ça me fit rire.

— Peut-être. Mais c'est vrai. Le fait est que je m'inquiète pour toi, Al. Tu seras toujours mon bébé et je veux te protéger.

— Tu ne peux pas me protéger éternellement, Maman.

Elle sauta de la balançoire et se mit à faire les cent pas devant moi. Elle donnait des petits coups de pied dans les graviers, et le crissement produit résonna dans la nuit. C'était assez bruyant, pour tout dire, pour étouffer le son de démons en approche.

Ce qui explique pourquoi je n'entendis pas arriver celui qui s'était élancé vers nous depuis un bosquet de cyprès et dont le couteau réfléchit le clair de lune alors qu'il courait droit sur ma fille.

— Allie !

Je sautai de la balançoire alors que le démon âgé mais fringant bondissait sur ma fille. Son visage ridé se fendait d'un sourire diabolique. Il atteignit son but une seconde avant moi et ses mains noueuses se portèrent à la gorge d'Allie tandis qu'il la renversait par terre. Elle cria. Je flanquai un coup de pied circulaire dans le ventre du démon qui lâcha prise et roula dans les graviers. Il me regarda à peine mais se redressa et essaya à nouveau d'attraper Allie alors que je sortais le pic à glace de ma poche.

Allie se débattit en criant, elle tenta de se relever et de s'éloigner des mains rapaces du démon. Il me tournait le dos et j'avais besoin d'un de ses yeux, alors je lui sautai dessus, comme si j'avais voulu qu'il me porte sur ses épaules. Il hurla et me claqua violemment contre les graviers. Il était sur moi, je pouvais à peine bouger. Mais mon bras était libre, et même si je ne voyais pas son visage, je savais où viser.

Dans un regain d'énergie, je projetai ma lame vers le démon tout en priant pour qu'elle atterrisse au bon endroit. Je manquai, malheureusement, et au lieu de s'enfoncer dans le liquide sclérotique et d'ouvrir un portail par où le démon serait aspiré, tout ce qu'elle produisit fut une blessure peu engageante sous son œil.

Il glapit de douleur et le son résonna dans le quartier. Je retins mon souffle en me demandant si les voisins allaient sortir voir ce qui se passait. J'aurais préféré tuer le monstre, mais si la Brigade de Quartier voulait arrêter ce crétin, ça m'allait aussi.

Mais il ne se passa rien et je n'eus guère le temps de m'en inquiéter car l'ignoble créature essayait à nouveau d'agripper la gorge d'Allie.

Ça suffit !

Je me jetai sur lui, le projetai au sol et coinçai son cou sous ma chaussure.

— Je ne suis pas le seul, gronda-t-il alors que je levai ma lame.

— Mais c'est toi qui vas mourir, contrai-je.

J'abaissai le couteau, mais des lumières s'allumèrent aux fenêtres de chaque côté du parc et me firent sursauter. Évidemment, le démon utilisa ça à son avantage. Il rua et se délogea de sous moi avant de disparaître dans la nuit avec une rapidité qui ne semblait pas de son âge.

Je repliai ma lame et la remis dans ma poche avant de me laisser tomber contre Allie. Je la serrai contre moi. Elle pleurait et se mit à trembler dans mes bras, le visage enfoui contre mon épaule alors que je luttai pour maîtriser ma rage de ce que non seulement un démon ait osé s'en prendre à mon enfant, mais qu'en plus il ait survécu.

— Je suis trop bête, dit-elle. Si tu n'avais pas été là…

— *Non*, dis-je en la serrant encore plus fort. Ne dis pas ça.

— Je pensais que j'étais au point, tu sais ? poursuivit-elle, le museau toujours logé contre ma poitrine. À force de m'entraîner avec Cutter. Mais non. Je suis trop nulle et je…

— Tu peux t'entraîner, murmurai-je.

Je levai son menton pour qu'elle me regarde.

— Je t'entraînerai moi-même.

— Vraiment ? demanda-t-elle en reniflant.

Je vis les marques que les ongles du démon avaient laissées sur son cou et son décolleté. Je les suivis du doigt, le cœur sur le point de se briser.

— Oui, dis-je alors que je refermai mon poing autour de la longue chaîne qu'elle portait. Vraiment.

Une bague pendait au bout du collier, et je le sortis de son tee-shirt. C'était la chevalière d'Eric. Allie referma sa main sur la mienne et une petite moue fit trembler sa bouche.

— Je suis désolée, dit-elle. Papa me manquait. Je crois que j'ai vu ça comme un porte-bonheur. Alors je suis remontée dans le grenier et j'ai été la prendre dans ta malle. Ça m'a sacrément porté chance, hein ?

— On est vivantes, ma puce. Et on a eu de la chance que je vienne te chercher.

Je l'embrassai sur le front.

— Ne méprise jamais ta bonne fortune, dis-je.

Je remis la bague dans son vêtement avant d'ajouter :

— Même si elle vient accompagnée de mauvais moments.

— Je pourrais vraiment m'entraîner avec toi ?

— Oui, répondis-je. Mais ça ne veut pas dire que tu es capable de m'aider. Pas encore. Peut-être jamais. Mais je veux que tu sois prête à te défendre.

Je m'interrompis, m'attendant à ce qu'elle proteste. Elle ne le fit pas et je sus que j'avais remporté cette manche. À quel coût ? Ça, je l'ignorais.

Je proposai à Allie de venir regarder des films dans mon lit, comme quand elle était petite, mais elle refusa pour privilégier à la place un long bain moussant bien chaud.

Ça me tentait terriblement aussi, alors je la comprenais. C'était quoi le slogan ? « Faites de votre bain un vrai moment de relaxation » ? J'aurais adoré pouvoir tout oublier dans des bulles chaudes et parfumées. J'étais passée d'un Noël dépourvu de démons – enfin, après l'épisode durant lequel ma fille avait été kidnappée – à devoir résoudre plusieurs mystères à la fois. Et pour empirer le tout, je n'avais de piste solide pour aucun.

Je n'avais toujours aucune idée d'où se trouvait la prison d'Andramelech, ni de ce que les démons voulaient à David. Pire, j'ignorais la raison pour laquelle ses sbires m'attaquaient – et Allie aussi, apparemment. Je ne connaissais ni le lieu ni la nature de la mystérieuse pierre. Et je ne savais pas dans quoi mon mari avait trempé et ce qui avait causé sa mort.

Le tout mis bout à bout, j'aurais bien mérité un bain moussant.

Au lieu de cela, je décidai de m'attaquer à la cabane à outils.

Quand Eric était mort, son assistant m'avait donné trois gros cartons remplis de dossiers et de papiers. Je les avais regardés rapidement à l'époque, mais rien que voir son écriture suffisait à me faire pleurer.

C'était surtout des trucs inutiles, mais je ne pouvais supporter de me séparer du moindre Post-It. J'avais scotché les cartons pour les fermer, et j'avais mis tout ça dans le placard du couloir.

Après mon mariage avec Stuart et l'achat de notre maison, les cartons étaient passés dans la cabane à outils, et ils y étaient restés, enterrés sous le limon de notre nouvelle vie.

Il était huit heures quand je me décidai à mettre la cabane au programme de la soirée, et il faisait un noir d'encre dans le jardin. Mais ce n'était pas ça qui allait m'arrêter. Je m'emparai d'une lampe de poche, passai la tête dans la salle de jeux pour dire à Stuart et Tim que j'étais dans le jardin, et je partis m'atta-quer aux cartons.

Après quinze minutes passées à déplacer des boîtes, des meubles, et des outils de jardin couverts d'insectes, je commen-çais à regretter de ne pas avoir attendu le matin. Mais je n'allais pas m'arrêter maintenant. J'avais dégagé un chemin jusqu'au fond de la cabane, et il n'y avait pas moyen que je remette tout ça en place sans avoir atteint mon but.

Je tirai un vieux vélo d'appartement et une boîte emplie de vieilles cassettes audio de Stuart – *pourquoi* gardait-on ces machins ? – avant d'enfin trouver le premier des quatre cartons sous un meuble pour machine à coudre que j'avais acheté sur un coup de tête à un vide-grenier il y avait environ deux ans de cela. En termes d'achats idiots, celui-ci plaçait la barre assez haut étant donné que je ne possédais pas de machine à coudre et que je ne savais pas coudre. Pour ma défense, à l'époque, j'avais eu l'intention d'apprendre. C'est juste que je n'avais jamais eu le temps de m'y mettre.

Les cartons étaient empilés deux par deux et je descendis ceux du dessus, m'assit sur un, et retirai le couvercle de l'autre. Des papiers, des babioles et quelques carnets reliés. C'était prometteur, alors je le soulevai dans mes bras et le tirai jusqu'à la terrasse couverte derrière la maison, pour examiner les secrets de mon premier mari à la lumière du porche.

Les papiers sentaient l'humidité, mais heureusement, je ne vis pas d'insectes en fouillant dans la boîte à la recherche de la perle qui m'expliquerait tout. Malheureusement, chercher des perles dans un carton de dossiers est à peu près aussi futile que le faire dans un jardin, et je ne trouvai absolument rien à part de la poussière et la promesse d'une crise allergique de première.

J'étais sur le point d'abandonner et d'aller chercher un autre carton quand je remarquai un petit carnet en cuir tout au fond. Il faisait environ un demi-centimètre d'épaisseur, recouvert d'un cuir granuleux sur lequel le mot *Adresses* était écrit en lettres dorées à moitié effacées.

Il n'y avait rien d'étrange à posséder un répertoire d'adresses, mais dans ce cas précis, ça semblait bizarre. Du temps où nous étions mariés, nous gardions un répertoire à côté du téléphone dans la cuisine, avec les numéros de nos amis et des camarades d'école d'Allie. Les numéros de la vie normale.

Après avoir pris notre retraite de la Forza, j'avais acheté à Eric toutes les fournitures de bureau traditionnelles, ce qui était un luxe que nous n'avions jamais connu. J'avais dépensé plus d'argent que je ne l'aurais dû pour lui acheter un organiseur en cuir avec des intercalaires et suffisamment de sections pour gouverner un petit pays. Il y avait même un répertoire d'adresses de poche assorti où il pouvait copier ses contacts pour ne jamais se trouver à court.

Eric m'avait juré que ça lui plaisait, et je l'avais vu l'utiliser bien souvent, tant le grand organiseur que le petit répertoire.

Alors pourquoi avait-il ce vieux carnet noir ?

Avec une certaine trépidation, je l'attrapai, chassai la poussière de la couverture, et l'ouvris. Là, dans une belle écriture qui m'était familière, le nom Eric Crowe était inscrit, ainsi que le vieux numéro de son bureau.

Je commençai à feuilleter les pages, emportée par un bizarre mélange de curiosité et de mauvais pressentiment, mais je n'allais pas bien loin. La porte de derrière s'ouvrit d'un coup et Stuart passa la tête à l'extérieur. Je laissai aussitôt retomber le carnet dans le carton.

— Mais qu'est-ce que tu fiches ?

— Oh. Euh. Rien ?

Il regarda le carton ouvert à mes pieds.

— Alors tu fais ça au mauvais endroit. Ce carton est plein de pas-rien.

— Ha ha, ripostai-je. J'ai juste été prise de l'envie de ranger la cabane à outils.

— Pourquoi pas, oui. Les gens normaux font souvent ça le lundi soir, dans le noir.

— D'accord, dis-je en soulevant le carton pour le ramener dans la cabane. Tu n'auras qu'à m'aider ce week-end.

Il pouffa de rire.

— J'aurais mieux fait de me taire.

Je posai le carton devant la cabane et plongeai la main à l'intérieur pour récupérer le répertoire. Je le fourrai dans ma poche de derrière en espérant que Stuart ne le verrait pas. Non pas que ce soit une attitude suspecte. Techniquement, c'était mon répertoire, maintenant. J'avais bien le droit de le feuilleter si j'en avais envie.

Heureusement, ce ne fut pas un problème et au lieu de me faire remarquer avec insistance que mon comportement était étrange, il m'aida à tout remettre dans la cabane.

— Tu veux vraiment ranger ça ce week-end ?

Je haussai les épaules.

— Peut-être. Maintenant qu'on a tout remis, cette pulsion est en train de me passer.

— Mmh.

— Alors, tu me cherchais ? demandai-je.

— Timmy est en train de s'écrouler. Il faut lui donner un bain ? Parce qu'Allie est toujours dans la salle de bain. Je peux faire ça dans notre baignoire, si tu veux...

Il s'interrompit et je voyais bien à son ton qu'il espérait sincèrement que je ne voudrais pas.

— On peut louper le bain ce soir. On a déjà largement dépassé l'heure du coucher. Mais mets-le en pyjama, tu veux ? J'aimerais aller voir comment va Allie.

J'aurais préféré ne rien dire à Stuart, mais il nous avait vues revenir par derrière et il avait immédiatement repéré qu'Allie était pâle et semblait apeurée. Je lui avais dit qu'on avait vu un type bizarre dans le parc, suffisamment flippant pour ficher la trouille à Allie. Je me disais que si certains des voisins faisaient mention d'un homme qui avait escaladé leur clôture, les témoignages se recouperaient.

— D'accord, dit-il en me tirant vers lui pour m'embrasser. Je vous aime, toutes les deux, tu sais ?

— Je sais, dis-je.

— Après ce fiasco à Noël...

Il s'interrompit et secoua la tête.

— Quoi ?

Il me tira pour m'embrasser, fort, passionnément.

— Je m'inquiète juste pour toi, Kate. Pour toi et les enfants. On vit dans un monde dangereux.

— Je sais.

Il n'imaginait pas à quel point j'en étais consciente.

— Moi aussi, je m'inquiète pour nous.

Quand j'arrivai en haut, Allie avait fini son bain et s'était retirée dans sa chambre. Je décidai que des renforts étaient nécessaires, alors je fis un détour par la cuisine pour prendre du lait et des Oreo avant de remonter jusqu'à sa chambre, les friandises en équilibre sur un plateau. À l'évidence, nous ne faisions pas régime aujourd'hui.

Je trouvai ma fille assise dans son lit, les genoux ramenés contre la poitrine, son tigre en peluche adoré dans les bras. Elle n'avait pas d'iPod sur les oreilles, et la chaîne n'était pas à fond. Elle était juste assise là, à serrer TigTig contre elle. Ma fille, qui ne s'était jamais arrêtée de bouger depuis la première fois que je l'avais sentie donner un coup de pied in utero.

Ça me brisait le cœur.

— Allie, ma puce. Comment ça va ?

Elle haussa les épaules et je déposai le plateau avec précaution au pied de son lit avant de grimper à côté d'elle.

— J'ai amené des Oreo, dis-je. Si les pubs disent vrai, c'est la solution à tout.

Les coins de sa bouche se redressèrent et elle inclina la tête de côté pour me regarder.

— Même au fait que je sois une idiote ?

— Tu n'es pas une idiote, dis-je. Tu es jeune et tu as envie de faire tes preuves, mais tu n'es pas une idiote.

— Peut-être.

Je l'attirai contre moi et la serrai dans mes bras.

— Je ne veux pas entendre le mot idiote. C'est de ma fille préférée que tu parles.

— Mam-*man*, protesta-t-elle de sa voix la plus exaspérée, me laissant entrevoir l'Allie que je connaissais derrière cette façade d'adolescente prostrée.

— Ne me sors pas des Mam-*man*, contrai-je. Je t'aime. Même si tu es une idiote.

Cela me valut un coup de TigTig sur la tête, mais aussi un sourire. Qui disparut vite, cependant.

— Tu m'as menti, hein ? Cet après-midi, je veux dire.

Je fronçai les sourcils car je ne voyais pas de quoi elle parlait. Nous avions déjà discuté en long, en large et en travers du fait que je ne lui avais pas tout dit, alors il devait s'agir d'autre chose. Mais je ne savais pas de quoi.

— Ta promesse, explicita-t-elle. Quand tu m'as promis de ne pas mourir.

Un millier de petits couteaux me percèrent le cœur et des larmes me montèrent aux yeux.

— Je peux arrêter, Allie, dis-je en prenant ses mains dans les miennes. Si tu as peur, je peux démissionner dès maintenant.

C'était une promesse que je tiendrais. Je n'en avais pas envie – depuis que j'avais repris du service, je m'étais rendu compte que chasser faisait partie de moi – mais je le ferais. Pour mes enfants, je laisserais tomber.

Elle étendit ses jambes devant elle et se tourna pour me faire face. Elle avait une expression neutre mais il y avait une étincelle dans ses yeux alors qu'elle réfléchissait à ma proposition.

— Mais ils seraient toujours là, non ?

— Les démons ? Oui, ils ne vont pas disparaître comme ça.

— Et ils pourraient bien ne pas être au courant que tu as démissionné. Je veux dire, ils risquent de penser que tu es toujours à leur poursuite.

— C'est une possibilité.

— C'est un peu comme si tu étais flic. Ou comme le papa d'Angie.

— Ce n'est pas faux.

Le père de son amie Angie était militaire.

— Mais il y a un risque, Allie. Il n'y a pas de garanties dans la vie, et je n'aurais pas dû te promettre de ne pas mourir. Je ne peux pas promettre cela. Personne ne le peut.

Elle eut un petit hochement de tête et serra TigTig plus fort.

— Et ce truc ? Tu l'emmènes avec toi ? Quand tu vas te battre contre des démons, je veux dire ?

— Ce truc ? répétai-je en essayant de deviner de quoi elle parlait.

— La poussière, clarifia-t-elle. Dans le grenier.

— *Oh.* Non, répondis-je en secouant la tête avec véhémence. Non, je ne la prends pas avec moi.

— Pourquoi ? Si quelque chose t'arrivait... je veux dire, quelqu'un pourrait, tu sais...

Elle gigota un peu. Apparemment, ce *tu sais* n'était pas facile à formuler. Je pris ses mains dans les miennes et secouai gentiment la tête.

— Ça ne marche pas comme ça, Allie. On ne peut pas se prendre pour Dieu, ma chérie.

J'appuyai nos mains contre son cœur.

— Tu le sais, hein ?

Elle hocha la tête.

— Mais je te *promets* d'être prudente. D'accord ?

— D'accord.

Elle mordilla sa lèvre inférieure. De toute évidence, il y avait encore quelque chose qui la tracassait.

— Qu'est-ce qu'il y a Allie ? Qu'est-ce qui te préoccupe ?

— M. Long, il t'aide, hein ? Je veux dire, comme ça tu n'es pas seule ? Il te protège ?

Je pensai à David. De mes patrouilles avec lui, soir après soir, du regard protecteur qu'il posait sur moi, et de l'inquiétude qu'il montrait pour mes enfants.

— Maman ?

— Bien sûr, mon cœur. David me protège.

— Et Eddie ?

Je parvins à retenir un sourire. Eddie m'avait dit carrément qu'il n'était plus dans le jeu. Mais il ne refuserait rien à sa soi-disant arrière-petite-fille.

— Tu lui demanderas, d'accord ? Si tu lui demandes, je sais qu'il surveillera mes arrières.

— Et moi ? Je veux t'aider aussi.

— Allie...

Je luttai pour ne pas prendre une voix dure.

— Est-ce qu'on ne vient pas d'avoir cette...

— Non, non. J'ai compris. Je veux dire, comme t'as dit tout à l'heure. Lire les journaux, et je sais pas, voir s'il y a des types flippants.

— Ma priorité pour l'instant, c'est que tu sois capable de te défendre. Tu as déjà assez à faire entre l'école et les arts martiaux.

— Mais si j'ai fini mes devoirs ? Tu me laisseras faire ça ? S'il te plaît ?

Je plongeai mon regard dans le sien et je compris qu'il fallait que je dise oui. Les démons faisaient partie de sa vie aussi et elle ne serait pas en paix tant qu'elle ne faisait pas quelque chose à son échelle. Je le savais, parce que je me rappelais avoir ressenti la même chose.

— L'école passe en premier.

— Bien sûr, dit-elle en faisant une croix devant son cœur. Alors briefe-moi.

Elle avait l'air si à fond que je ne pus me retenir de rire.

— Plus tard, promis-je.

— Mais Mam-*man*. Tu sais que je vais te harceler jusqu'à ce que tu m'expliques. S'il te plaît ? S'il te plaît, s'il te plaît, s'il te plaît ?

— Bon d'accord. Mais je fais court.

Je lui parlai d'Andramelech et de Nadia, et promis de lui donner les détails plus tard.

— Pour le moment, si tu as le temps de faire des recherches, peut-être que tu peux voir ce que tu peux trouver sur ce démon. Ou voir s'il y a des références à Nadia sur Internet. Ce n'est pas gagné, mais...

— D'accord. Je peux carrément faire ça.

— Super.

Je me levai.

— Maintenant, dors un peu.

— Mais et pour Papa ?

— Quoi, Papa ?

— Tu vas me laisser continuer à chercher, hein ? Essayer de comprendre ce qui s'est passé ?

— Oui, mon cœur. Mais ce sont les mêmes règles. L'école...

— Passe en premier. Oui. J'ai compris.

— Bien, dis-je en dissimulant un sourire.

— Maman ?

— Oui, mon bébé ?

— Tu aimes toujours Papa, hein ?

C'était une question qu'elle m'avait déjà posée, et mon cœur se serra en comprenant qu'elle pouvait en douter, ne serait-ce que pour une seconde.

— Allie, ma puce, j'aimerai *toujours* ton papa.

— Peu importe ce qu'on découvre ?

— Peu importe.

Elle hocha la tête en y réfléchissant.

— Maman ?

Je tendis la main et caressai ses cheveux.

— Oui, mon bébé ?

— Je t'aime.

Mon cœur enfla dans ma poitrine.

— Je t'aime aussi. Plus que toutes les étoiles du ciel, ajoutai-je.

Cela avait été notre formule rituelle quand elle était petite.

— Et tous les anges du Paradis, répondit-elle.

Et l'espace d'un instant, je vis une petite fille en grenouillère blottie à la place de mon ado de quatorze ans.

J'avais passé toutes ces années à essayer de la protéger, et elle s'était quand même retrouvée en danger juste parce qu'elle était ma fille. Je n'avais plus qu'à prier pour avoir pris la bonne décision en continuant à chasser – et en la laissant s'entraîner.

Je savais que Dieu protégerait mon enfant, mais si elle savait lancer un couteau... eh bien, ça ne pouvait pas faire de mal que d'aider un peu le Seigneur dans son travail.

8

—Je veux des réponses, dis-je, incapable de contenir la colère et la peur dans ma voix. Cet enfoiré a attaqué ma fille. Si quoi que ce soit...

Ma voix s'enraya et je réessayai :

— Si quoi que ce soit devait lui arriver, je...

Je fermai les yeux, incapable de poursuivre. David prit ma main et la serra doucement. Je lui rendis ce geste, et absorbai sa force avec reconnaissance.

— On va trouver, dit-il. Et on va la protéger.

Je fermai les yeux et hochai la tête. C'était une promesse vaine ; je le savais mieux que quiconque. Mais en même temps, je savais qu'il le pensait de tout son cœur, de toute son âme.

— Toutes les bonnes intentions du monde ne nous aideront pas, dis-je en regardant le père Ben, assis derrière son bureau.

J'avais laissé Timmy à KidSpace ce matin, et puis j'avais retrouvé Ben et David à la cathédrale pendant la pause déjeuner de ce dernier. L'attente n'avait rien fait pour améliorer mon impatience, et j'étais une boule de nerfs. Je voulais des réponses, oui, mais je voulais aussi taper quelque chose.

— Ils s'en sont pris à David, à moi, et maintenant à Allie. Et on n'a toujours pas la moindre idée de ce qu'ils veulent. Une satanée pierre dont nous n'avons jamais entendu parler.

Je jetai un regard entendu au prêtre.

— Ou bien si ?

— Nous nous rapprochons peut-être, dit-il. J'ai parlé au père Corletti il y a quelques heures. J'en sais un peu plus, mais ce n'est toujours pas assez.

— Chaque détail compte, déclara David en s'installant sur une chaise. Dites-nous tout.

— Vous avez trouvé Nadia ? demandai-je en m'asseyant à côté de lui.

— Rien de neuf de ce côté, reconnut-il, mais des enquêteurs sont dessus. La Forza a toujours peu d'espoir qu'elle soit vivante, mais avec ce regain d'activité quant à Andramelech, ils ont décidé de rouvrir le dossier.

— Bien, dis-je. Mais si ça ne concerne pas Nadia, quelles sont les nouvelles que le père Corletti vous a données ?

— Apparemment, il a trouvé une référence dans un ancien texte de la Bibliothèque du Vatican. Une référence obscure à Andramelech. Un entretien avec un de ses adeptes.

Je fronçai les sourcils.

— Je pensais qu'on en avait plein, des entretiens avec ses adeptes.

Le père Ben hocha la tête.

— À date récente, oui. Les membres de la secte qui ont été libérés de son emprise soudainement, sans doute parce que le pouvoir du démon a disparu quand il a été emprisonné. Cet entretien est bien plus ancien.

— Qu'est-ce qu'il dit ?

— Malheureusement, pas assez, avoua Ben. Le texte date du milieu du quinzième siècle, et le sujet a été capturé par un chevalier hospitalier après le siège d'un petit village à l'extérieur de Jérusalem.

Il me regarda avec gravité et baissa la voix jusqu'à ce qu'elle ne soit plus qu'un murmure.

— Tous les enfants du village avaient été massacrés, dit-il.

Je frissonnai, et mes pensées se tournèrent aussitôt vers mes enfants.

— C'est pour ça qu'il a attaqué Allie ? Les enfants de San Diablo sont en danger ?

— Je ne sais pas, reconnut le prêtre. À part l'agression d'Allie, nous n'avons pas enregistré d'activité inhabituelle concernant les enfants.

Il fit un geste vers la radio branchée sur la fréquence de la police qui était posée sur la crédence, son premier achat passé en note de frais pour la Forza, quelques mois auparavant.

— Il est plus probable qu'ils l'aient agressée parce que c'est votre fille, intervint David. Si les démons préparent quelque chose, c'est logique qu'ils vous mettent la pression.

— Et quelle meilleure façon de me déstabiliser que de s'en prendre à mes enfants ?

— Exactement, acquiesça le père Ben.

— Ce qui nous ramène à notre point de départ, repris-je. Il faut que nous comprenions ce qui se passe. Et il faut que nous y mettions fin.

Je regardai Ben.

— Continuez. Cet entretien que le père Corletti a trouvé. Qu'est-ce qu'il disait d'autre ?

— Apparemment, Andramelech essayait de monter une armée. La référence dit que cette armée serait « amassée en minant les réserves des rois et en rassemblant ses compatriotes emprisonnés ».

— Ah-ha, dis-je, perplexe. Qu'est-ce que ça veut dire au juste ?

— J'ai peur que nous ne le sachions pas, avoua le prêtre. Les archivistes de Rome sont en train d'examiner leurs collections de près en cet instant, dans l'espoir de trouver une seconde référence. N'importe quoi qui puisse nous éclairer.

— Et en attendant, on continue les patrouilles, dis-je. On essaie de localiser les nouveaux démons et de freiner l'opération.

Ce n'était pas une solution satisfaisante, mais au moins, c'était ce que je savais faire. La recherche théorique n'avait jamais été mon point fort. À la différence d'Eric, j'avais toujours eu tendance à oublier la logique pour juste foncer dans le tas. Ce n'était pas différent cette fois-ci. Et même si je voulais une explication, ça me démangeait d'aller taper du démon. Quand on s'en prend à mes enfants, c'est un peu la seule réaction possible.

— On dirait qu'Andramelech essayait de libérer des démons qui avaient été emprisonnés quelque part, reprit David.

— Les prisons des rois, dis-je. Et n'importe quel démon qu'il libérerait lui prêterait sûrement allégeance, hein ?

— Ça paraît logique, dit David. Peut-être qu'il s'est retrouvé piégé lui-même en essayant de libérer d'autres démons.

— Mais on parle de quoi ? Quatre cents ans ? Il n'aurait pas laissé tomber ?

— Le temps n'a pas la même signification pour un démon, fit remarquer David. Et s'il était désincarné pendant une partie de ce temps, cela a facilement pu lui prendre des siècles de non seulement localiser les démons captifs mais aussi de trouver comment les relâcher.

— Je suppose, dis-je toujours pas convaincue.

— À vrai dire, je trouve que c'est une bonne théorie, dit le père Ben.

— Mais quel rapport avec San Diablo ? protestai-je. Il n'y a pas de rois en Californie.

— Peut-être que le roi est métaphorique, reprit Ben. Le Christ est Roi.

— Une vraie relique du Christ...

Je retournai l'idée dans ma tête et décidai qu'elle avait un certain mérite.

— Sauf que Sainte-Mary ne possède rien de tel. Si ?

— Ce n'est pas catalogué, répondit le prêtre en m'adressant un sourire. Mais je doute que nous possédions quelque chose d'une telle importance ici.

— Un morceau de la croix ? suggérai-je. C'est possible que quelque chose de ce genre soit arrivé jusqu'ici.

— Le problème, c'est qu'on ne peut pas savoir, réfléchit le père Ben. Et en attendant...

— On limite les dégâts. Et on espère que Rome trouve quelque chose.

Nous nous regardâmes. Ce n'était pas grand-chose, mais c'était déjà un peu plus que ce que nous avions la veille.

Je me levai de ma chaise.

— Eh bien voilà. On se recontacte quand on en sait davantage.

David regarda sa montre.

— Il faut que j'y retourne. J'ai cours dans une demi-heure.

Je fis un pas vers la porte et m'interrompis.

— En fait, mon père, il y a encore autre chose.

— Quoi donc, Kate ?

— C'est à propos d'Eric. Je suis dans une impasse. Vous pouvez appeler Rome ? Voir ce que vous pouvez trouver pour moi ?

— Qu'avez-vous appris du père Donnelly ? me demanda Ben.

Il s'agissait du prêtre auquel m'avait adressé le père Corletti. Quand j'avais appris qu'Eric avait décidé de se former pour devenir *alimentatore*, j'avais appelé mon mentor. Après tout, il avait été comme un parent pour moi, et c'était logique que je me tourne vers lui alors que j'étais perdue et blessée. Qu'il possède peut-être des infos confidentielles à propos de mon mari était un bonus.

Il m'avait dit qu'Eric avait travaillé avec Donnelly, mais à part ça, il n'avait pas de détails quant à la formation qu'il avait suivie. J'avais appelé le père Donnelly et laissé de nombreux messages avant de l'avoir enfin au téléphone.

Mais tous mes efforts ne m'avaient pas menée à grand-chose. Il n'avait fait que me répéter ce que je savais déjà. Eric s'était senti la vocation de revenir au sein de la Forza. Il comptait me le dire, mais il n'avait jamais trouvé le bon moment ou les bons mots. C'était un excellent élève, plein de bonne volonté, mais pour ce qu'en savait Donnelly, il n'avait jamais dépassé le stade d'élève. Il n'y avait rien dans les cours ou leurs conversations qui ait laissé entendre qu'Eric était mêlé à quelque chose de dangereux. Et certainement rien qui ait pu résulter en sa mort.

Le père Donnelly avait toujours cru que la mort d'Eric était la conséquence d'une agression au hasard, conformément aux conclusions de la police à l'époque. Quand je lui avais fait part des notes d'Eric, il avait admis qu'il avait dû être la victime de quelque chose de pas net, mais il n'avait pas d'aide à m'offrir, à part prier pour que je trouve des réponses. Et si cela n'était pas possible, au moins la paix.

Pour l'instant, je n'avais trouvé ni l'un ni l'autre.

— Vous êtes sûre de vraiment vouloir savoir ? me demanda David alors que nous quittions le presbytère sur une promesse de la part du père Ben de se renseigner.

Je lui jetai un coup d'œil soupçonneux.

— Pourquoi ? Vous suggérez que je risque de ne pas aimer ce que je vais découvrir ?

— Je dis juste que parfois nos souvenirs valent mieux que la réalité.

— D'accord, dis-je en essayant d'analyser ce qu'il disait.

Et surtout, ce qu'il ne disait pas. Je fus prise d'un frisson. Était-ce un coup de froid ou un mauvais pressentiment ? Je n'en savais rien. Eddie croyait toujours qu'Eric se cachait quelque part en David. Et même si je l'avais cru quand David m'avait dit que ce n'était pas le cas, je ne pouvais complètement faire taire la petite voix du doute au fond de moi.

Je décidai de prendre le taureau par les cornes.

— Qu'est-ce qui se passe, David ? demandai-je en m'arrêtant devant ma voiture. Vous m'avez dit qu'Eric était votre ami. Est-ce qu'il vous a dit quelque chose ?

— C'était il y a presque six ans, Kate. Pourquoi rouvrir de vieilles blessures ?

— Ce n'est pas votre décision. C'est celle d'Eric. Et il m'a laissé les notes. Il voulait que je sache.

— À l'époque, oui. Mais c'était avant que vous vous soyez remariée. Avant que vous ayez un fils. Avant que vous ayez une nouvelle vie.

— Mais je me suis retrouvée plongée en plein dans l'ancienne.

— Katie...

Je levai une main.

— Vous ne pouvez pas me cacher des choses parce que le temps a passé. Vous n'avez pas le droit de prendre cette décision.

J'observai son visage tandis que je parlais et je vis l'hésitation dans ses yeux. L'espace d'un instant, je pensai qu'il m'enverrait bouler à nouveau. Mais il finit par hocher la tête.

— D'accord, Kate. Il vous a laissé ses notes, il devait vouloir que vous sachiez.

— Que je sache *quoi* ?

— Montez, dit-il en désignant ma voiture. Ramenez-moi au lycée et je vous dirai sur le trajet.

— J'écoute, dis-je aussitôt après avoir démarré la voiture.

— Je ne peux vous dire que ce qu'Eric m'a dit. Et avant que vous commenciez votre interrogatoire, laissez-moi vous dire tout de suite que les détails sont un peu flous pour moi.

— Pourquoi ?

— J'ai eu un accident de voiture, Kate, dit-il en tapant le sol de sa canne. J'ai failli mourir. Désolé si c'est un désagrément pour vous aujourd'hui, mais...

— D'accord. Très bien. Continuez.

— Il y a quelques années, Eric a contacté le père Corletti et lui a dit qu'il voulait devenir *alimentatore.* Corletti l'a mis en contact avec le père Donnelly et ils sont partis de là.

Rien de neuf, mais je ne voulais pas distraire David ou ralentir ses révélations. Je gardai les yeux sur la route et continuai à conduire.

— Il a étudié, fait des recherches, fait tout ce qu'un *alimentatore* en formation est censé faire. Et vous savez quoi ? demanda-t-il en se tournant vers moi. Il était à fond. Un jour, il m'a dit qu'il se sentait entier à nouveau. Comme s'il avait perdu une part de lui-même quand il avait arrêté de chasser, mais qu'il l'avait retrouvée en faisant de la recherche.

Je pinçai les lèvres et me forçai à ne pas pleurer. Ce n'était pas raisonnable, je le savais, mais en cet instant, j'avais l'impression d'avoir été un frein pour Eric. Comme s'il n'avait quitté la Forza que pour moi. Pire, qu'il m'en voulait.

— Ce n'était pas comme ça, Kate, dit David sans même que j'aie moufté.

Je reniflai et cueillis une larme vagabonde du bout de mon pouce.

— En fait, il comptait vous en parler. Il ne savait pas s'il voulait devenir le mentor de quelqu'un ou s'il préférait être chercheur. Quoi qu'il en soit, il ne comptait pas retourner sur le terrain.

— Il vous l'a dit ?

— Je pense que c'est honnête de dire qu'on en a parlé.

— Alors qu'est-ce qui s'est passé ?

— Ce qu'il a décidé ?

David secoua la tête.

— Je ne crois pas qu'il ait eu l'occasion de décider. Il a commencé à apprendre des choses sur la Forza qui l'ont secoué. Pas sur l'organisation en elle-même, mais sur certaines personnes qui en faisaient partie. Des *alimentatore* et des chasseurs qui avaient trahi, attirés par de sombres promesses.

— C'est pour ça qu'il a été tué ?

— Qui sait ? Mais ce que je peux dire, c'est qu'il s'inquiétait pour San Diablo.

Je m'arrêtai à un feu rouge et me tournai vers lui.

— Comment ça ?

— De l'activité démoniaque. Ça semblait reprendre.

— Attendez, dis-je, ébranlée. J'étais là aussi, vous vous souvenez ? S'il y avait eu de l'activité démoniaque à San Diablo, je m'en serais sûrement rendu compte.

— Elle ne concernait qu'Eric.

Je me tournai pour lui jeter un regard aigu.

— Qu'est-ce que vous êtes en train de dire, au juste ?

— Il avait peur de s'être embarqué dans un truc trop gros pour lui. Que certains chasseurs à la moralité douteuse commencent à s'énerver à cause des questions qu'il posait. Et qu'ils avaient décidé de lui envoyer leurs cohortes de démons.

— Attendez. *Quoi ?*

J'écrasai à nouveau la pédale de frein et un gros camion derrière moi me klaxonna dessus. Je lui adressai un geste peu poli et redémarrai.

— Eric pensait qu'on le prenait pour cible ?

— C'était une théorie, dit David.

— Il ne m'a rien dit...

Ma voix n'était guère plus qu'un murmure quand j'ajoutai :

— Et je ne me doutais de rien.

Je me sentais glacée et je réprimai un frisson en demandant :

— Qu'est-ce que vous en pensez, *vous* ?

Il soupira.

— Je n'en sais rien.

— Alors les notes, c'est à propos de ce qu'il a appris ? repris-je un peu plus tard. Qu'il s'était impliqué dans des trucs louches avec la Forza ? Qu'il pensait être la cible de traîtres et qu'il voulait que je sois prudente ?

— C'est ma meilleure théorie, reconnut David. Mais il semble que cette piste soit une impasse.

— Vous savez qui l'a trahi ?

— Non. Je ne suis même pas sûr qu'Eric l'ait trouvé lui-même.

— Qu'est-ce que vous feriez si vous le saviez avec certitude ?

— Tout ce que je pourrais pour venger mon ami, dit-il.

Nos regards se croisèrent et je hochai la tête. C'était à la fois une approbation et un accord.

— Et c'est tout ?

Je tournai sur Vue Océane et me mis à trente kilomètres-heure vu que c'était une zone scolaire.

— Vous n'avez rien d'autre à me dire ?

— Une dernière chose. Juste avant sa mort, il m'a dit qu'il avait une piste.

— À propos de la Forza ? Sur qui avait pactisé avec les démons ?

— Oui. Et plus précisément, sur qui avait tué Wilson.

— Wilson ?

Je serrai le volant en luttant contre une vague de chagrin inattendue. Je ne sais pas trop ce que j'espérais de cette petite conversation, mais parler de la véritable raison de la mort de Wilson n'était pas sur ma liste.

Wilson Endicott avait été mon *alimentatore* et celui d'Eric jusqu'au jour où nous avions pris notre retraite. Si le père Corletti avait été comme un père pour moi, Wilson était davantage un frère aîné. J'avais confiance en lui, je l'admirais, et il me manquait terriblement.

J'avais dépassé d'un jour la date à laquelle Allie était censée naître quand j'avais appris que sa voiture était partie dans un fossé. J'avais toujours supposé que sa mort avait été causée par des démons. Désormais, je me demandais si c'étaient des traîtres de la Forza qui étaient derrière.

— Qu'est-ce qu'Eric vous a dit ?

— Juste qu'il avait été contacté par une chasseuse qui avait connu Wilson. Qu'elle avait des informations qu'elle voulait lui donner par rapport à sa mort, et qu'elle avait fait des recherches pour essayer de déterminer à qui elle pouvait faire confiance. Apparemment, elle était tombée sur le nom d'Eric.

— Et ?

Nous étions arrivés devant le lycée et à l'évidence, la cloche avait déjà sonné. Les élèves se hâtaient de part et d'autre. Mais je ne comptais pas laisser David sortir de cette voiture jusqu'à ce qu'il m'ait tout dit.

— Et c'est tout ce que je sais. Wilson avait envoyé quelques affaires à Eric peu avant sa mort. Des livres, des reliques, ce genre de choses. Il avait dit à Eric de les garder en sécurité, et qu'il viendrait en Californie pour en récupérer certaines. À l'évidence, il n'en a jamais eu l'occasion.

Je luttai pour garder un visage neutre. Eric ne m'avait jamais dit avoir reçu un paquet de Wilson.

— Quoi qu'il en soit, poursuivit David, la fille avait été une des chasseuses de Wilson et elle savait qu'Eric avait reçu ce colis. Elle pensait qu'il y avait peut-être un indice dedans. Quelque chose qui les mettrait sur la piste du traître.

— Qu'est-ce qu'il y avait dans le paquet ? Vous avez eu l'occasion de le voir ?

— Une fois, dit David. C'était un mélange de plein de

trucs. Des journaux. Un crucifix. Un flacon d'eau bénite. Une bague. Un scapulaire. Même quelques photos.

Il me sourit.

— Certaines étaient des photos de vous et d'Eric. Des photos que Wilson avait prises pendant votre entraînement.

— Oh, dis-je en fermant les yeux. Je ne les ai jamais vues.

— Je crois qu'il les avait prises avec lui quand il est allé rencontrer cette fille.

— Il lui a donné nos photos ?

— Franchement ? Aucune idée. Tout ce que je sais, c'est qu'il avait enfin décidé que ce n'était pas une mauvaise idée de la rencontrer.

— Il ne vous a pas dit ce qu'il s'était passé quand il l'a vue ?

— Kate, dit-il doucement. C'était elle qu'il devait voir à San Francisco.

J'aurais dû voir ça arriver, mais cette révélation me prit par surprise. Je fermai les yeux et m'accrochai au volant en regrettant qu'Eric ne m'ait pas dit ça à l'époque, avant de mourir. Et s'il s'était confié à moi, serait-il encore vivant aujourd'hui ?

Une boule de rage enfla en moi et je tapai du poing contre le volant, laissant exploser ma colère. De la colère contre Eric, pour avoir gardé ces secrets, contre moi, pour avoir eu des œillères qui ne me laissaient rien voir en dehors de la maison et de notre fille. Et contre David, parce qu'il avait mieux connu mon mari que moi lors des derniers jours de sa vie. Et, six mois auparavant, c'est quelque chose que je n'aurais jamais cru.

Mais la fille n'était pas l'objet de ma rage. Pour elle, j'optai pour une spéculation froide, détachée.

— Elle l'a tué ? demandai-je.

Parce que si c'était le cas, je la trouverais. Je ne savais pas comment, mais j'y arriverais.

David scruta mon visage, sans doute pour deviner ce que je souhaitais faire.

— Je ne sais pas, finit-il par dire. Croyez-moi, Katie, j'aimerais le savoir.

9

— Un gros tas de rien, dit Eddie. Voilà ce que tu as récolté. Un bon gros paquet de que dalle.

— Merci pour cette déclaration pleine de sagesse, dis-je en faisant un sourire amical à l'agente immobilière. Peut-être qu'on devrait en reparler plus tard ?

Eddie voulait me montrer deux appartements meublés qu'il avait trouvés près de la plage. J'étais complètement opposée à ce qu'il déménage, mais on ne peut pas discuter quand il est de cette humeur-là. Et cela faisait des mois qu'il s'était mis en tête de se trouver un appartement à lui.

Pour être franche, les graines de cette idiotie avaient été plantées par mon mari, qui avait seulement accepté de laisser Eddie occuper la chambre d'amis jusqu'à ce qu'on lui trouve une place dans une résidence pour personnes âgées. Mais dernièrement, Stuart avait fait marche arrière et voulait bien qu'Eddie reste. Eddie, par contre, se languissait de sa liberté.

— Il y a trop de passage chez toi, disait-il. Et comment je suis censé avoir une vie sociale s'il y a quatre autres personnes sous le même toit que moi ?

Comme je n'avais rien à répondre à cela, j'avais laissé

tomber et j'avais accepté qu'il me traîne d'un appartement à l'autre. Cette fois, j'étais allée le chercher après avoir laissé David. Je l'avais mis au fait dans la voiture, et je m'attendais à ce que la conversation soit mise en pause pendant qu'on vérifiait combien de mètres carrés il y avait et si les placards étaient assez grands.

Mais Eddie ne semblait pas se soucier d'une telle pause dans la conversation.

— Peut-être souhaitez-vous revoir la cuisine ? suggéra Belinda, l'agente immobilière.

— La prison des rois, ajouta Eddie. C'est quoi ces sornettes ?

— Eddie…

— Et ce type sait qui l'a tué, dit-il en pointant vers moi d'un doigt osseux. Retiens bien ça, ma grande.

— *Eddie*, murmurai-je en continuant à sourire en présence de l'agente. Je vous en prie.

— Humph.

Il se tourna vers la pauvre agente immobilière.

— Très bien, miss. Montrez-nous ce que vous avez.

Une expression qui ne pouvait être que du soulagement passa sur le visage de Belinda.

— Par ici.

Je la suivis et faillis percuter Eddie quand il s'arrêta net juste avant la cuisine.

— Je retire ce que j'ai dit. Tu n'as pas rien.

Il fit danser ses sourcils.

— Tu as des problèmes.

— Merci, Eddie. Vous m'aidez beaucoup, là.

Il renifla.

— C'est pas à mon tour d'aider, si ? C'est pour ça que je t'ai amenée là.

— D'accord. Très bien. Pas de souci.

Je le dépassai pour entrer dans la cuisine en me disant que

c'était une bonne chose. Une fois qu'il aurait signé son bail et aurait emménagé, je n'aurais plus à gérer sa grincheuserie ou son dédain pour David. Ni d'ailleurs sa façon de quasi ignorer mon mari.

Tout un tas de bonnes raisons pour qu'il parte, et pourtant, l'idée qu'il déménage laissait une petite entaille à mon cœur. J'avais grandi en compagnie d'autres chasseurs dans un dortoir empli de gens qui connaissaient ma vie, ses risques et ses joies.

Je ne m'étais sincèrement pas rendu compte d'à quel point ça me manquait jusqu'à ce qu'Eddie vienne vivre chez nous. C'était un vrai ours mal léché, mais au cours des quelques mois qu'il avait passés avec nous, il était également devenu un membre de la famille.

Et j'aimais l'idée d'avoir un autre chasseur chez nous. Un chasseur qui pouvait ouvrir l'œil et m'aider à protéger les enfants. Même s'il prétendait être complètement à la retraite.

— Comme vous le voyez, dit Belinda, la cuisine est aussi bien équipée que le reste de la maison. Frigo, lave-vaisselle, compacteur à ordures.

Elle montrait chaque élément tout en parlant.

— La penderie est de bonne taille, et j'adore cette mignonne petite table, joliment coincée dans cette alcôve.

Elle sourit à Eddie.

— C'est l'endroit parfait pour venir boire votre café le matin.

— Il va falloir que vous achetiez une cafetière, lui dis-je. Celles qui s'éteignent toutes seules. Je ne sais plus combien de fois vous avez laissé la mienne allumée après vous être servi.

Il balaya ma critique en émettant un bruit peu poli.

— Je suis sérieuse, Eddie. Vous pourriez mettre le feu.

— Nous avons des alarmes à incendie très performantes dans chaque pièce, m'assura Belinda.

— Merveilleux, parvins-je à dire avec un minimum d'enthousiasme.

— Ce que je préfère, c'est l'accès à la plage.

Elle fila jusqu'à la petite porte derrière la table.

— Vous avez votre terrasse privée, bien sûr, avec vue sur la mer. Mais venez par-là, regardez, ça donne sur le chemin qui conduit à la plage.

— C'est super, dis-je. Mais...

Eddie me regarda.

— Quoi ?

— Eh bien, ça doit faire beaucoup de passage derrière l'appartement. Je suppose que les voisins doivent souvent prendre les escaliers. Et s'ils sont bruyants ? Est-ce qu'il y a un portail entre le bâtiment et la plage ? demandai-je à Belinda.

— Bien sûr, dit-elle avec un sourire crispé.

Je n'étais visiblement pas l'alliée qu'elle avait espéré trouver en moi. Elle passa sur la terrasse béton et bois et me fit signe de la suivre. Entre le chemin et la plage, j'aperçus une clôture en fer basse, avec un boîtier électronique sur le portail.

— C'est très sûr.

— On peut le sauter, dis-je à Eddie. N'importe qui pourrait entrer.

— Tu ne veux pas dire *n'importe quoi ?* contra-t-il.

Je haussai les épaules.

— J'essaie juste d'aider. C'est tellement pénible de déménager ; il faut vraiment réfléchir à tous les avantages et inconvénients avant de prendre la décision.

— Mmh mmh.

Son expression reflétait son incrédulité, ce qui était normal, vu que toutes ses possessions terrestres rentraient aisément dans un sac de sport. Il revint à l'intérieur et se laissa tomber sur une des chaises devant la « mignonne petite table ».

— Autre chose ? me demanda-t-il.

— Je fais juste montre d'esprit pratique. C'est un bel appartement, dis-je à l'intention de Belinda, mais c'est super loin. Allie ne pourra pas conduire avant l'année prochaine, et c'est trop loin pour qu'elle vienne en vélo. Et comme vous n'avez pas le permis...

Il avait vécu dans le maquis pendant si longtemps avant d'emménager avec nous qu'il avait réussi à se faire oublier du système. Il aurait sans doute pu obtenir un nouveau permis de conduire s'il l'avait voulu, mais je crois qu'il appréciait que je lui serve de chauffeur. Ça m'allait aussi. Je préférais ça que de prendre le risque qu'il s'endorme au volant. Et Eddie était célèbre pour s'endormir d'une seconde à l'autre.

Je lui fis également remarquer cela.

— Dans ces circonstances, je ne suis pas si sûre que ce soit une bonne idée. Que vous viviez seul, je veux dire.

— Tu veux que je reste, petite, tu n'as qu'à le dire.

À l'autre bout de la cuisine, Belinda me fusilla du regard. À côté de moi, Eddie avait l'air terriblement amusé. J'avais l'impression d'être dans un de ces rêves ; ceux où on vous force à faire un discours. Sur une scène. Nue.

— D'accord. Je veux que vous restiez.

Il eut un reniflement satisfait. Puis il se tourna vers Belinda :

— Vous avez un contrat de bail sous la main ?

Je le dévisageai, bouche bée.

— Tu veux peut-être que je reste chez toi, mais j'ai des standards, tu sais.

— Des « standards » ? répétai-je, les sourcils haussés.

Il commença à compter sur ses doigts.

— Le câble, déjà. Je peux pas regarder mes séries avec Nickelodeon à fond.

— Il n'y a pas de télé dans cette chambre, Eddie.

Il leva un second doigt.

— J'y venais, justement.

Un autre doigt se dressa.

— Et une ligne téléphonique supplémentaire. J'ai une bonne amie maintenant. Je ne peux pas accepter que quelqu'un prenne l'autre poste et interrompe mes conversations. Un homme tel que moi a besoin d'intimité.

— Vous pourriez prendre un portable, fis-je remarquer.

Mais il balaya cette suggestion en disant que c'était un de ces « satanés gadgets technologiques ».

Étant donné qu'Eddie était très versé dans les technologies actuelles, il me semblait que cette exigence était surtout pour la forme. Enfin, peu importait. J'étais d'accord, tant que ça voulait dire qu'il restait.

— Les meubles, dit-il. Il faut faire quelque chose avec les meubles. Ces trucs sombres, là, c'est hideux.

Je réprimai un sourire.

— Et je suppose qu'il faudrait repeindre les murs aussi ?

— La peinture a un peu vieilli.

Le téléphone, le câble et la peinture, ça je pouvais le lui accorder toute seule. Les meubles, par contre, ça allait nous coûter bonbon. Ce qui voulait dire qu'il me fallait l'accord de Stuart aussi. J'étais à peu près certaine qu'il dirait oui juste pour me faire plaisir, mais « à peu près certaine » ne suffisait pas. Il fallait que je mette toutes les chances de mon côté, et je savais exactement comment faire.

Je regardai ma montre et effectuai un ajustement rapide du budget du mois. Oh et puis zut. On mangerait beaucoup de pâtes ce mois-ci, mais ça vaudrait le coup.

Alors que Belinda lui tendait un stylo, je récupérai vivement le bail sur la table.

— Il remplira ça à la maison, dis-je, et on vous appellera.

À l'intention d'Eddie, j'ajoutai :

— Il faut qu'on y aille. Je dois passer au centre commercial avant d'aller récupérer Allie.

Parce qu'il me fallait une nouvelle robe. Décolletée et sexy.

Le genre de robes qui pousserait un mari à acquiescer à n'importe quoi.

Comme Eddie m'avait informée qu'il aurait préféré « se faire arracher les ongles des orteils par une succube en rogne plutôt que d'aller au centre commercial », je le déposai à la maison et recrutai Laura à la place. J'aurais pu faire mes courses toute seule, mais je voulais son avis pour la robe. Et puis, je voulais savoir si elle avait réussi à choper des infos sur notre nouvel ami, Andramelech.

— On progresse ?

— Peut-être, dit-elle en tenant de son bras indemne une robe moulante rouge sang et une autre de style cocktail, violette et très serrée.

— De quel côté ? demandai-je. La robe ou les démons.

— Eh bien, les deux.

Elle me passa la rouge.

— Je ne pense pas que le violet t'aille au teint.

N'étant pas très douée avec la mode, il me fallait la croire sur parole. Alors je pris la robe et partis dans la cabine où la vendeuse avait suspendu la pile de tenues que je voulais essayer.

— Et de l'autre côté ? Ça veut dire que tu as trouvé quelque chose ?

— Attends, dit-elle derrière la porte.

J'avais déjà retiré mon jean et j'entrebâillai la porte de la cabine pour voir ce qui la retardait. Je la vis faire lentement le tour de la zone d'essayage en regardant sous les portes pour voir si c'était occupé.

— Il n'y a personne, dit-elle en voyant que je l'observais.

— Je sais, dis-je amusée. J'ai vérifié en entrant.

Elle leva les yeux au ciel.

— Bon sang.

Ça me fit rire.

— Mais c'est bien que tu fasses ta propre vérification. Et tu marques des points pour y avoir pensé à la base.

— Je peux convertir les points en brownies ?

— *Ça*, c'est si tes infos en valent le coup.

— Alors je risque de rester au régime. J'ai appris des trucs, mais tout est si vague que je ne suis pas sûre que ça nous aide beaucoup.

— Au point où on en est, tout est utile.

J'avais retiré mon tee-shirt et j'étais en train de me glisser dans la robe étroite.

— Tu peux remonter la fermeture éclair ?

J'ouvris la porte et Laura s'occupa de la glissière tout en me mettant au courant de ce qu'elle avait appris.

— D'abord, est-ce que je peux me plaindre de devoir taper à l'ordi avec un bras dans le plâtre ?

— Ton dévouement est indéniable, dis-je. Ça mérite des brownies.

— Exactement ce que je voulais entendre, dit-elle en riant. Bref, je crois que je me suis mise en position de recevoir le spam le plus glauque de tout Internet. Quand tu fais des recherches sur les démons, tu te retrouves sur des sites assez dégueu.

— Quelque chose qui serait dégueu mais pertinent, peut-être ?

— Peut-être.

Elle se plaça devant moi, me regarda de haut en bas, et puis secoua tristement la tête.

— Vraiment ? C'est super confortable.

Elle désigna le miroir à trois pans à l'autre bout de la zone d'essayage.

— Va voir par toi-même.

C'est ce que je fis, et je passai immédiatement la main dans mon dos pour essayer de défaire la fermeture éclair moi-même. J'étais déçue, ce n'était rien de le dire. Cela faisait maintenant des mois que je faisais du sport, que je brûlais mes calories à un rythme de dingue, et que je me musclais comme pas possible. Vingt ans auparavant, après une semaine à ce régime, j'aurais perdu deux tours de taille. Mais maintenant, avec la quarantaine qui se rapprochait de plus en plus, les effets étaient loin d'être aussi saisissants.

— Je suppose que je ne fais pas encore tout à fait un trente-huit, dis-je en tapotant la zone où la robe faisait des plis sur mes cuisses.

Des cuisses joliment musclées, cela dit. Mais toujours des cuisses taille quarante.

— Je vais aller te prendre la taille au-dessus, dit Laura.

Je secouai la tête.

— Non, non. J'ai plein de robes ici avec des jupes plus amples, voyons voir s'il y en a une qui me va.

Elle leva le bout de tissu rouge qui venait de détruire mon ego.

— Mais c'est super mignon, ça. Tu y renonces juste parce que tu ne rentres pas dans le trente-huit ?

— Tout à fait. Et n'aie pas l'air aussi indignée. Tu sais très bien que tu ferais la même chose.

Elle haussa les épaules et jeta la robe en travers de la porte d'une autre cabine.

— C'est pas faux.

— Internet ? la relançai-je en fermant la porte de la cabine juste au cas où quelqu'un décide de se joindre à nous.

— Ah oui. Eh bien, j'ai fouiné et je suis tombé sur le blog d'un type. Enfin, je pense que c'est un type. Peu importe. Il parlait en long et en large de divers démons, de ce qu'ils veulent et de qui leur voue un culte. Franchement, Kate, ça m'a foutu les jetons.

— Je peux imaginer. Alors, qu'est-ce qu'il disait sur Andramelech ?

— Eh bien, je ne peux pas dire s'il y a du vrai là-dedans, tu vois. Pour ce qu'on en sait, ce site pourrait raconter n'importe quoi. Une base pour des mecs qui font des jeux de rôle ou je ne sais quoi.

— Je ne te reprocherai jamais d'apporter des informations incorrectes, dis-je avant d'ouvrir la porte en essayant de ne pas rire.

— Je t'absous de toute responsabilité. Mais qu'est-ce que tu as trouvé ?

Elle fit la grimace mais je l'ignorai. Je fis retraite dans la cabine et essayai une robe plus ample.

— D'après ce type, il y a environ sept ans, Andramelech a parlé à certains de ses disciples et leur a dit qu'il montait une armée de l'Enfer sur terre.

— D'accord, dis-je. L'armée, ça on savait.

— Bon sang, dit Laura. Je suis toujours à la ramasse par rapport au Vatican.

Ça me fit rire.

— Crois-moi, j'apprécie vraiment tes efforts. Qu'est-ce que tu as appris d'autre ?

— Eh bien, ce truc avec l'armée, c'était un gros point, avoua-t-elle.

— Il n'y a aucun de ces démons qui commence petit ? Une armée complète ? Pourquoi ne pas démarrer avec un petit club ?

— Très drôle. Fais voir la robe.

— Elle a des froufrous. Et elle est très décolletée.

Tout en parlant, j'avais passé la main sous mon soutien-gorge pour le remonter et donner l'impression que j'avais encore plus de décolleté. Mes efforts ne furent pas exactement couronnés de succès, mais je supposais qu'un tour chez Victoria's Secret pourrait régler ça.

— Fais-moi voir, exigea Laura.

— Dis-moi ce que tu as trouvé d'autre.

— Pour quoi faire ? La Forza le sait sûrement déjà.

— Laura...

— D'accord. Bon, apparemment, Andra voulait qu'un gros bonnet chez les démons soit son grand général ou je ne sais quoi. Ça fait des siècles qu'il essaie de le recruter, pour tout dire. Mais le gros bonnet était – comment disait-il ? – captif. Et Andra n'a jamais réussi à le libérer.

— C'est bien. Et neuf. Est-ce que ça disait le nom du général démon ?

— Non, dit-elle l'air satisfaite. Et j'ai passé des heures à chercher. Rien. C'était presque comme si le blogueur parlait en code, tu vois ? Comme s'il voulait en parler mais qu'il avait peur de s'attirer des ennuis s'il donnait à quiconque un indice de ce qu'Andramelech fait.

— Logique. Autre chose ?

— Un truc qui pourrait être utile : apparemment, pour libérer le démon captif, Andramelech devrait défier le pouvoir de l'archange en personne.

— *Ça*, c'est intéressant, dis-je.

Je sortis de la cabine et tournai sur moi-même. La robe tourbillonna autour de moi dans un bruit de tissu qui me fit me sentir super sexy, malgré mes tennis. Et, oui : mon narcissisme était alimenté par le fait que c'était un trente-huit.

— Il a dit quel archange ?

— Non.

— Je vais en parler au père Ben. Peut-être que ça nous mènera quelque part.

— En tout cas, *ça*, ça va te mener quelque part, dit Laura en désignant ma robe. Tu penses que je pourrais te l'emprunter une fois que tu auras séduit ton mari ?

— Oh, vraiment ?

La curiosité fit partir ma voix dans les aigus.

— Et pourquoi il te faut une robe super sexy, au juste ?

— Comme ça, dit-elle.

Mais vu son sourire, il y avait quelque chose. Si elle avait été un chat, j'aurais vu des petites plumes jaunes dépasser de ses babines. Je poussai un sifflement bas.

— Qu'est-ce que tu manigances ?

— C'est juste un dîner, dit-elle. Rien d'important.

— Si c'est pas important, tu peux mettre ton jean noir et ton débardeur Coronado Beach.

— C'est un peu plus important que ça, reconnut-elle. O.K., beaucoup plus important.

Je fis tourner ma main pour lui indiquer de continuer.

— Le Dr Meyer, dit-elle. Des urgences, tu te rappelles ?

— Le beau mec ? Celui qui a fait ton plâtre ?

— Lui-même. Il m'a appelée ce matin. Il voulait m'inviter à dîner demain soir.

— Un mercredi, remarquai-je. C'est bon signe.

— Tu penses ? Je n'en étais pas sûre. Peut-être que ça veut dire que je ne vaux pas un vendredi ou un samedi.

— N'importe quoi, dis-je. Ça veut dire que c'est sa soirée de libre et qu'il veut la passer avec toi.

— Vraiment ?

— Tout à fait.

Je hochai la tête pour appuyer mon propos. Je fus heureuse de l'avoir fait en la voyant sourire. Laura avait traversé l'enfer de son côté il n'y avait guère de temps. J'étais heureuse de voir qu'elle commençait à en émerger.

— Qu'est-ce que Mindy en pense ?

— Je ne lui ai rien dit, avoua Laura après une très brève hésitation

Elle leva la main pour faire taire mon inévitable remarque sarcastique.

— Épargne-moi. Je vais lui dire. Juste, je le ferai après.

Je pinçai les lèvres en essayant très fort de ne pas rire.

— Oh, la ferme, dit-elle, mais ses épaules étaient secouées d'hilarité.

— D'accord, répondis-je en tentant de reprendre ma respiration. Voilà le deal. Si cette robe fait son boulot, si Stuart accepte la liste d'équipements réclamés par Eddie, je te l'amène personnellement demain matin.

— Oh, elle va faire son boulot. Crois-moi, s'il ne fait pas tes quatre volontés avec cette robe, c'est qu'il n'a pas les yeux en face des trous.

J'étais officiellement en retard en arrivant au lycée. Il fallait que je récupère Allie, que je fasse une heure d'entraînement avec elle, que j'aille chercher Timmy à la crèche, que je prenne une douche, me coiffe et me maquille avant de me glisser dans ma fabuleuse nouvelle robe. Tout ça avant que Stuart ne soit rentré. Ça ne serait pas la même chose s'il arrivait pendant que je m'habillais. Vous pouvez me croire : l'impact d'une robe sexy se trouve fortement diminué si votre mari a le temps de voir la culotte spéciale ventre plat que vous portez en dessous.

Heureusement, Allie m'attendait devant le lycée en parlant avec un garçon à l'ombre d'un chêne. En tout cas, je pensais qu'elle m'attendait. En me rapprochant, je vis qu'elle était agitée : elle bougeait les mains en parlant, signe évident qu'elle était bouleversée.

Je pilai et mis le point mort en laissant l'Odyssey en plein milieu du dépose-minute, à la consternation de la Toyota Sequoia qui se trouvait juste derrière moi. Je m'en fichais. Que ce soit mon instinct maternel ou mon instinct de chasseuse, quelque chose m'avait dit qu'il fallait que je récupère ma fille immédiatement – et si ça voulait dire créer un embouteillage, eh bien tant pis. Je supporterais l'ire des autres mères à la prochaine réunion des parents d'élèves.

Je sautai du monospace sous les coups de klaxon de la Sequoia et me précipitai vers l'arbre. Allie et le garçon mystérieux parlaient toujours. Allie faisait de grands gestes et le garçon étaient un peu trop proche à mon goût de chasseuse – et de maman.

Sur les nerfs dès la seconde où j'étais sortie de voiture, mon sentiment d'urgence augmenta pour atteindre l'ébullition quand ils se tournèrent vers moi. C'est là que le garçon plongea la main dans sa poche, en sortit un chewing-gum d'un emballage rouge vif, et le fourra dans sa bouche. Et si ça n'avait pas été assez terrible, les prémices d'un œil au beurre noir apparaissaient sur le visage d'Allie, empiré par le mascara que ses larmes avaient fait couler.

Merde, merde, merde.

J'accélérai en essayant d'avoir l'air à la fois déterminée et nonchalante. Comme une mère préoccupée, plutôt qu'une chasseuse terrifiée. Tout en marchant à une allure soutenue, je fouillai dans mon sac, et quand j'arrivai devant ma fille, mes doigts s'étaient refermés autour d'une bombe de laque qui ne contenait plus de produit pour cheveux.

À la place, je l'avais remplie d'eau bénite.

Je la sortis, visai, et j'étais sur le point d'asperger le garçon en plein visage quand Allie abaissa vivement mon bras.

— Maman ! Eh ! Relax, d'accord ?

Elle se tourna vers le garçon.

— Ma mère mène une croisade pour l'hydratation. Elle est tout le temps en train de m'asperger avec de l'Evian. C'est nul, mais qu'est-ce qu'on peut faire ?

Je restai là, paralysée, alors qu'elle me prenait le vaporisateur des mains et s'en aspergeait le visage.

— Ça rafraîchit, cela dit. T'en veux ? demanda-t-elle au garçon.

— Euh, oui.

Il me jeta un regard de côté et je me plaçai dans la direction opposée. Qu'il pense que j'étais tarée ou qu'il anticipe la douleur de l'eau bénite, je n'en savais rien. Mais je serais prête à le clouer au sol si besoin.

Allie appuya sur le déclencher et aspergea son visage. Il cligna des yeux et essuya la brume qui s'était déposée sur ses yeux et ses joues.

— Ouah. Dis donc. Oui. C'est, euh, super.

Il leva un pouce au-dessus de son épaule.

— Bon, faut que j'y aille. On se voit en cours demain ?

— Carrément.

— Désolé pour ton œil, dit-il. N'oublie pas ce que je t'ai dit. Mon grand-père jure qu'il faut mettre un steak dessus.

— D'accord. C'est compris. Merci.

Elle garda un sourire de pom-pom girl plaqué sur le visage jusqu'à ce qu'il ait disparu à l'intérieur. Dès qu'il fut parti, elle me sauta dessus.

— *Maman !* Qu'est-ce qui te prend ?

Je ne pris pas la peine de répondre parce que ce qui m'avait pris était évident. Elle leva les yeux au ciel et souffla.

— C'est tellement pas un démon, murmura-t-elle. Je veux dire, comment tu as pu penser ça ?

— Comment ? Je ne sais pas. Peut-être le fait que tu as un œil au beurre noir ? Que tu avais l'air d'être en train de te disputer avec lui ? Qu'il était dans ton espace vital ? Qu'à la seconde où il m'a vue, il a avalé un chewing-gum ?

— C'est *pas* un démon.

— J'ai vu, oui. Mais comment tu pouvais en être aussi sûre ?

Elle grimaça.

— Parce que je lui ai foutu de l'eau bénite dessus ce matin, avoua-t-elle, penaude. Il colle vraiment trop les gens, et pour être franche, son haleine n'est pas top. Alors...

Elle n'acheva pas sa phrase et haussa les épaules.

— Alors je ne suis pas aussi idiote et gênante que tu le laisses entendre ?

— Gênante, si. Mais peut-être pas idiote, reconnut-elle à contrecoeur.

— C'est qui ? demandai-je. Et qu'est-ce qui est arrivé à ton œil ?

Je tendis la main vers sa joue mais elle recula.

— Un nouveau, c'est tout. Il s'appelle Charlie. Et l'œil, c'était à l'entraînement avec les pom-pom girls. Bethany m'a mis un coup de pied sans faire exprès.

Je grimaçai. Je m'étais pris plus d'un coup de pied dans le visage au cours de ma vie, et ce n'était pas une expérience que je souhaitais à qui que ce soit.

— Ça fait mal ?

— Moins qu'au début. T'inquiète pas. J'y survivrai.

— Tu es toujours partante pour l'entraînement ? Parce que si tu veux remettre ça à plus tard... Non, me corrigeai-je. Laisse tomber. À moins que tu sois au lit avec quarante de fièvre, tu t'entraînes.

C'était la nouvelle règle depuis la veille. Et je comptais bien m'y tenir contre vents et marées.

Une heure plus tard, je me rendis compte que « contre vents et marées » ou pas, j'allais devoir faire des changements à mes plans. En arrivant au dojo de Cutter, toutes ses salles d'entraînement étaient pleines, ce qui nous laissait sans lieu pour pratiquer.

Pas un souci, hein ? Nous pouvions nous contenter de travailler sur les armes aujourd'hui.

Mais comme nous étions déjà passées à KidSpace pour récupérer Timmy, je n'étais pas hyper fan de l'idée de lancer des couteaux dans le jardin. Je n'avais pas non plus super envie de le laisser seul à l'intérieur pendant notre entraînement, surtout qu'Eddie n'était pas là pour garder un œil sur lui. Quelques minutes, bien sûr. Mais pour la bonne heure d'entraînement que j'aurais voulue ? C'était juste impossible.

Avec le recul, j'aurais juste dû le laisser à la crèche une heure de plus, mais malheureusement elle était à l'autre bout de la ville et je n'avais pas le temps de faire deux trajets différents pour aller chercher les enfants aujourd'hui.

Ce qui voulait dire que notre entraînement de ce jour resterait dans le domaine théorique. J'emmenai Allie au grenier et lui fis un cours sur les éléments qui composent une arbalète et leur fonctionnement.

— Mais quand est-ce que je *tire* avec ? geignit-elle.

Je comprenais ce qu'elle ressentait. Maintenant que j'avais pris la décision de l'entraîner, j'avais envie d'y être déjà.

— Bientôt, promis-je. Mais juste pour l'entraînement. Un couteau, ça se cache dans une poche ou un sac à main. Une arbalète ? Moins.

— Tu m'apprendras quand même à tirer, hein ? Je veux dire, c'est trop cool et j'ai envie de...

Je la coupai en riant.

— Je sais que tu en as envie, Allie. Il faut juste qu'on trouve un endroit où s'entraîner.

— Oui, d'accord. Comme si ça allait être facile.

Elle n'avait pas tort, mais j'avais une idée.

— Attends, dis-je.

Je désignai l'assortiment d'armes que j'avais étalé devant elle.

— Ne te blesse pas.

Je la laissai dans le grenier et descendis pour appeler David. En passant par le salon, je vérifiai ce que faisait Tim. Je l'avais laissé avec une pile de Lego et j'avais monté le babyphone avec moi. Pour autant que je puisse en juger, il se préparait à une carrière dans l'architecture et son gratte-ciel était presque aussi grand que lui.

— Regarde, Maman ! J'ai construit une tour.

— Bien joué, mon grand.

Je pris le téléphone et composai le numéro de portable de David.

— Regarde, Maman, regarde.

Il attrapa une poignée de briques et sauta sur le canapé. Avec précaution, il se pencha en avant pour déposer un bloc tout en haut, puis un autre. La tour vacilla mais ne tomba pas et Timmy se mit à sauter sur le canapé en glapissant et riant de fierté.

— Génial, mon grand, dis-je alors que le téléphone sonnait.

— Nan, Maman. Regarde *ça*.

Et il prit de l'élan avec sa petite jambe et donna un coup de pied de toutes ses forces, envoyant des pièces voler partout sur le parquet. Il glapit de plus belle et je révisai mon estimation précédente. Pas architecte. Expert en démolition.

— Kate ! résonna la voix de David à mon oreille. Kate, est-ce que ça va ?

— Je vais bien. Mon salon ne sera plus jamais le même, mais moi ça va.

— Dieu merci.

Le soulagement dans sa voix était palpable.

— J'ai vu votre nom sur l'écran, et quand j'ai entendu... Enfin bref, je suis content que vous soyez en sécurité.

Son inquiétude était bonne pour mon ego, mais je lui assurai que tout allait bien. Et alors que Timmy se mettait en mesure de construire un nouveau chef-d'œuvre, j'expliquai mon problème à David.

— Vous être sûre de vouloir l'entraîner ? demanda-t-il.

— David, dis-je, une note d'avertissement dans la voix.

— D'accord. C'est votre fille. C'est vous qui décidez.

Je soupirai.

— Je ne vais pas la laisser chasser.

J'avais le sentiment de devoir me justifier de ma décision auprès de lui, même si ça ne le regardait pas.

— Mais après tout ce qui est arrivé, je veux qu'elle soit préparée.

— Je comprends, dit-il. Désolé.

— Alors, vous voulez bien m'aider ou pas ?

— Il vous faut un endroit pour vous entraîner ? Je vais voir ce qu'on peut faire. Peut-être qu'on peut trouver un local à louer en ville ou quelque chose.

— D'accord. Bien.

Même à mes propres oreilles, ma voix semblait lointaine.

— Kate ?

— Désolée.

Je secouai ma mélancolie.

— Tout va bien.

C'était vrai. J'avais juste eu un moment d'absence à l'idée de louer un local.

Parce que j'avais beau être convaincue qu'il fallait qu'Allie acquière ces compétences, signer un bail rendait ça beaucoup plus réel.

Ce qui rendait les choses plus réelles, aussi, c'est qu'en remontant au grenier, je trouvai mon poignard enfoncé dans une des poutres, et ma fille en dessous, un grand sourire aux lèvres.

— J'ai carrément manqué la cible, dit-elle, mais j'ai réussi à le planter dans le bois. Ça m'a pris dix essais, mais j'ai réussi.

— Génial.

Je me mis à rire en voyant la croix rouge qu'elle avait dessinée au marqueur sur le mur – à presque deux mètres de l'endroit où le couteau s'était fiché.

— Tu t'en sors bien.

Elle haussa les épaules et je retirai mon couteau en priant silencieusement pour qu'elle se soit souvenue de la façon de l'ouvrir.

— Prudence avec ça, hein, dis-je, incapable de m'en empêcher. Ne va pas t'ouvrir la main avec.

Elle leva les yeux au ciel.

— Je l'ai ouvert sans souci.

— Oui, en effet, reconnus-je.

Je me dis tout de même qu'il faudrait passer en revue avec elle comment utiliser les différentes armes une fois par jour jusqu'à ce que je sois certaine qu'elle ne risquait pas de s'empaler dans son enthousiasme.

Mais pour aujourd'hui, nous en avions fini. Du moins avec l'entraînement. Le mystère de la mort d'Eric, en revanche ? Allie m'assura qu'elle n'en était qu'au début.

— J'ai lu tous les livres de Sue Grafton.

C'était une série de polars qui commençait par *A comme Alibi* et faisait tout l'alphabet.

— À chaque fois, Kinsey fait des tonnes de recherches sur le travail de la victime et tout ça. Alors je me suis dit qu'on pourrait appeler la bibliothèque. Tu sais. Juste pour voir si peut-être quelqu'un se souvient de quelque chose.

— C'était il y a plus de cinq ans, Al. De quoi veux-tu qu'ils se souviennent ?

— Je ne sais pas, reconnut-elle. Mais ça ne peut pas faire de mal.

Je doutais que ça serve à quelque chose, surtout que nous étions à peu près persuadées que la mort d'Eric était liée à sa formation auprès de la Forza – et je ne pensais vraiment pas qu'Eric aurait été assez inconscient pour laisser filtrer quoi que ce soit de cette part de sa vie à son travail.

Mais je ne voulais pas moucher l'enthousiasme d'Allie. Alors, pendant que je me douchais et m'habillais, elle sortit l'annuaire et commença à passer des coups de fil. Quand j'eus fini de sécher mes cheveux, elle était prête à me faire son rapport.

— La salle des livres rares est fermée maintenant, dit-elle alors que je me penchais vers Timmy pour recevoir un bisou baveux. J'avais oublié que ça fermait à cinq heures. Mais la documentaliste travaillait avec Papa, et j'ai un peu parlé avec elle.

— Betty ? demandai-je en chatouillant Timmy. Je me souviens d'elle.

Une vieille dame charmante qui n'avait jamais oublié l'anniversaire d'Allie et m'avait apporté plein de plats maison après la mort d'Eric.

— Oui ? Alors je lui ai dit ce que je faisais et...

— Allie !

— Pas pour les démons, Maman ! Sérieux... Je lui ai dit que je ne pensais pas que Papa s'était fait agresser pour son portefeuille et que comme j'avais presque quinze ans, j'allais trouver ce qui lui était arrivé.

— Est-ce qu'elle avait quelque chose à te dire ?

— Non, dit-elle d'une voix soudain moins enthousiaste. Elle ne se souvient de rien de louche. Et elle a dit que tu avais déjà toutes les affaires et les papiers de Papa.

— C'est vrai. Ils sont dans la cabane à outils pour la plupart. J'ai commencé à regarder hier soir.

— Sans moi ?

— Tu peux me croire, il y en a encore plein à examiner.

Elle me jeta un regard acide.

— Mettons. Tu as trouvé quelque chose ?

— Je n'ai pas encore eu l'occasion d'y regarder de près. Mais j'ai trouvé un répertoire d'adresses. Que je n'avais jamais vu auparavant.

— Ah oui ? Je peux voir ?

— Bien sûr. Je l'ai déjà feuilleté, dis-je. Il n'y a rien qui m'ait sauté aux yeux, mais tu peux enfiler ta casquette de détective et essayer de ton côté.

Elle haussa un sourcil.

— Ma casquette de détective ? Tu crois que j'ai quoi ? Neuf ans ?

Ça me fit rire.

— Je ne disais pas ça comme ça.

— Alors, il est où ?

— Laisse-moi finir de m'habiller et j'irai te le chercher. J'aimerais me maquiller avant que Stuart rentre.

Je n'en eus pas l'occasion, car Laura et Mindy arrivèrent par la porte de derrière, prêtes à passer la soirée chez nous : Mindy pour traîner avec Allie, Laura pour servir de baby-sitter à Timmy.

Pour être tranquille, j'avais aussi demandé à David de passer : il devait arriver une demi-heure après notre départ à Stuart et moi. Je m'inquiétais sans doute trop, mais si un démon essayait d'entrer chez moi et de s'approcher de mes enfants, je préférais qu'il y ait trop plutôt que pas assez de chasseurs pour les protéger.

— Ouah, dit Laura alors que je tournais sur moi-même pour elle et Mindy. Ça valait carrément le coup d'acheter ces chaussures en plus.

Je fis pointer mes orteils et acquiesçai silencieusement. Elle n'avait pas eu à fournir trop d'efforts pour me convaincre. Après avoir dépensé une petite fortune rien que sur la robe, payer les chaussures n'avait été qu'une goutte d'eau dans la mer. Et tant que c'était moi qui gérais la compta des deux prochains mois, Stuart n'avait pas besoin de le savoir.

Laura était venue avec des lasagnes et elle disparut dans la cuisine pendant que les filles passaient dans le salon pour choisir un film dans le sac en tissu plein de DVD que Mindy avait apporté. Après leur avoir fait promettre qu'elles regarderaient quelque chose de compatible avec la présence d'un enfant en bas âge, je filai à l'étage pour finir de me maquiller.

Normalement, je me contentais d'un trait d'eye-liner, un coup de gloss, du mascara et de la poudre, mais ce soir, je sortis le grand jeu. Fond de teint. Fard à paupières. Recourbe-cils. Blush. Et oui, même de l'anticernes sous les yeux.

Et je dois dire que le résultat en valait le coup.

Pour mes cheveux, sans trop d'espoir, je mis du gel, les bouclai et vaporisai de la laque dessus. Je les roulai sur le dessus de mon crâne et les attachai avec une pince. Pas si mal, en fait, même si je savais que les boucles retomberaient à la seconde où je mettrais le pied dehors. Au moins, Stuart m'aurait vue avant. Avec un peu de chance, l'image de sa femme dans une robe sexy avec une coiffure sexy resterait gravée dans son esprit. Au moins assez longtemps pour que j'aborde le sujet explosif des conditions de logement d'Eddie.

Sur une dernière vérification dans le miroir, je décidai que j'avais fait tout ce que je pouvais et je trottai jusqu'à ma boîte à bijoux pour y récupérer le pendentif en diamant que Stuart m'avait offert à Noël. Ces derniers temps, je portais le petit crucifix que le père Corletti m'avait donné pour mon seizième anniversaire. Mais ce soir, le but était de plaire à mon mari.

J'attachai le collier et ouvris le petit tiroir au fond du coffret à bijoux où j'avais rangé le carnet d'adresses d'Eric. Comme je l'avais dit à Allie, je l'avais feuilleté, mais je n'y avais rien trouvé d'étrange. Je n'avais pas appelé les numéros qui y étaient listés, mais j'avais examiné les noms, frustrée de ne pas savoir ce que je cherchais au juste.

J'attrapai le carnet, un petit couteau et un flacon d'eau bénite miniature. Je mis le couteau et l'eau dans le petit sac à main perlé que j'avais déposé sur le lit. Je gardai le carnet à la main avec l'intention de le laisser sur la commode d'Allie.

Je n'avais pas fait deux pas hors de la chambre que Stuart arrivait en haut des escaliers. Il me jeta un regard et poussa un long sifflement. Je rougis aussitôt, ce qui était ridicule vu que c'était exactement la réaction que je cherchais à susciter chez lui.

— Oh, bonsoir, dit-il. Je suis à la recherche de ma femme. Vous ne l'auriez pas vue par hasard ?

— Elle a été arrêtée par la police de la mode, dis-je en

m'avançant jusqu'à lui pour enlacer son cou de mes bras. Je peux la remplacer, peut-être ?

— Je suppose que je vais devoir faire avec, dit-il en m'embrassant passionnément.

Le genre de baisers qui vous fait regretter que les enfants soient à la maison et que vous ayez une réservation dans un restaurant.

— Parfait, dis-je.

Il entra dans notre chambre et je continuai jusqu'à celle d'Allie en me rendant compte en marchant que je souriais.

Par miracle, le sourire ne disparut pas quand j'entrai. Parce que ce qui était d'habitude un champ de bataille avait été rangé. Je ne savais pas si elle en avait juste marre de vivre au milieu du bazar, si *Teen Vogue* avait annoncé que les garçons trouvaient les filles avec une chambre bien rangée plus sexy, ou si elle essayait de me prouver quelque chose. Pour être franche, je m'en fichais. J'étais juste heureuse de pouvoir voir le plancher.

Dans l'état actuel de la pièce, j'aurais pu laisser le carnet n'importe où et être à peu près sûre qu'elle le trouverait. Mais les vieilles habitudes ont la peau dure, alors je marchai jusqu'à son bureau de princesse que je lui avais acheté quand elle avait eu onze ans. Il était surmonté d'étagères avec des petits tiroirs aux poignées en forme de rose. À chaque fois que j'avais quelque chose que je ne voulais pas qu'elle manque, je le posai sur le dessus de l'étagère, juste au-dessus du tiroir de droite.

Je ne fis pas exception ce soir, et en laissant le répertoire, je m'aperçus que le tiroir était ouvert – à l'intérieur, j'entrevis la chevalière d'Eric, avec une simple chaîne en or déposée à côté.

Lentement, je tendis la main vers la bague et la glissai à mon doigt, avec l'envie d'être un peu plus proche d'Eric, juste un instant. Je posai la main contre mon cœur, perdue dans mes souvenirs, luttant contre les larmes.

Et puis je pris une grande inspiration, retirai la bague, et la remis à sa place dans le tiroir de ma fille.

— À nous, dit Stuart en levant sa coupe de champagne et en attendant que j'en fasse de même.

Cela devait être au moins notre dixième toast et je me sentais un peu pompette.

— Non, non, non, dis-je. On a déjà trinqué à nous. On est la veille de ta grande annonce. Il faut qu'on trinque à toi.

— D'accord, dit-il avec bonne volonté. À moi.

Nous entrechoquâmes nos verres.

— À mon merveilleux mari, dis-je, qui fera un excellent procureur du comté.

— C'est l'idée.

Il prit ma main dans la sienne en travers de la table. Je lui souris et regardai vers la piste. Il m'avait emmenée à la Note Bleue, un restaurant et club à la mode dont l'ouverture il y avait environ trois ans de cela avait fait beaucoup de bruit à San Diablo. Ils avaient un big band et une tenue correcte était exigée des clients. Le menu était aussi bon que la musique, et c'était toujours bondé.

Nous y étions déjà venus par deux fois, toujours pour des occasions spéciales, et j'étais ravie d'y revenir ce soir. J'avais même pardonné à Stuart son habituel bavardage de campagne, les mains qu'il avait serrées au bar avant que le maître d'hôtel nous conduise à notre table. Après tout, nous étions là pour fêter sa carrière politique ; je ne pouvais pas franchement exiger qu'il renonce à jouer les hommes influents ce soir.

Notre table était juste à côté de la piste, très bien placée, et alors que nous buvions notre champagne et mangions les hors-d'œuvre, mon regard se trouva immanquablement attiré par les danseurs. Des couples qui possédaient une grâce et un style que je n'aurais jamais pu imiter. Pas sur une piste de danse en tout cas. Parce qu'en combat...

Eh bien, en combat, c'était complètement différent.

Bien sûr, Stuart ne connaissait pas cet aspect de ma personnalité. Il ne connaissait que la fille qui lui avait marché sur le pied lors de notre premier rendez-vous. À notre mariage, par contre, j'avais fait sensation, et entièrement grâce à Stuart. Je ne savais pas comment il s'en sortirait en combat singulier, mais sur une piste de danse, c'était un magicien. Un de ces hommes capables de faire passer la fille la moins coordonnée du monde pour Ginger Rogers.

Et il était tout à moi.

Stuart me vit regarder vers la piste et se leva.

— Tu veux y aller ?

— Tu annonces ta candidature demain, lui rappelai-je. Tu veux vraiment que les journaux aillent raconter que ta femme ne sait pas danser ?

— Ça me vaudra des votes de sympathie, dit-il en me tendant une main.

Je la pris et le laissai me tirer sur mes pieds.

— D'accord, dis-je. Mais juste une.

Évidemment, on enchaîna sur une deuxième puis une troisième. J'étais sur le point de réclamer qu'on arrête avant la quatrième quand un octogénaire svelte dans un costume bien coupé s'approcha de nous.

— Puis-je ?

Je me figeai en reconnaissant son visage. Notamment la méchante coupure sous son œil. Logique, vu que c'était lui qui avait agressé ma fille la veille.

Stuart, qui sait que je refuse de danser avec quiconque d'autre que lui, secoua la tête.

— Je suis désolé. Nous fêtons une...

— Oh, dis-je, en me rapprochant du démon. Oui, bien sûr. Je peux bien accorder une danse au monsieur.

Je prenais un risque, mais pas très gros. Je ne pensais pas qu'il était venu pour me tuer. Cela aurait trop attiré l'attention. Il était venu m'apporter un message. Ou un avertissement. Et je voulais savoir ce qu'il avait à dire.

Et si j'avais tort ? Eh bien, mon couteau et mon eau bénite étaient à portée de main dans mon sac.

Stuart repartit vers la table, la mine carrément perplexe, et je me rapprochai de la créature.

— Comment ça va, l'œil ? demandai-je d'une voix mielleuse.

— Ne va pas te croire trop maligne, chasseuse. Tu ne remporteras pas cette bataille.

Il me fit un grand sourire, dévoilant des dents brunies qui n'avaient pas été lavées depuis des semaines.

Ce n'était pas un démon incarné depuis peu ; cela faisait un moment qu'il vivait parmi les humains désormais. Et vu la coupe de son costume et l'odeur de Listerine qui masquait son haleine immonde, il s'en sortait bien.

Quelque chose d'important l'avait tiré de sa cachette. Vingt points pour moi si je devinais quoi.

— Andramelech t'a envoyé, dis-je alors que le démon me faisait glisser sur la piste, parfaitement en phase avec la musique.

Si je n'avais pas déjà été convaincue que mes talents de danseuse étaient pathétiques, voilà que je m'en faisais remontrer par une engeance infernale. Juste merveilleux.

— Idiote. Andramelech ne parle à personne. Ses disciples parlent pour lui.

— Alors, parle, dis-je en me félicitant silencieusement.

Il venait de confirmer que, quel que soit le lieu où Andramelech était captif, il était incapable de communiquer. Ses sbires se débrouillaient tout seuls. Ce qu'ils faisaient au juste, ce qu'ils cherchaient, ça, ça restait un mystère.

J'allai droit au but :

— Qu'est-ce que tu veux ? demandai-je. Laisse tomber les énigmes.

— Il n'y a pas d'énigme. C'est notre seule demande.

— Vous voulez la pierre. Oui, ça j'ai compris. Pourquoi tu ne me dis pas de quelle pierre il s'agit ?

— Ne joue pas avec moi, chasseuse. Tu penses que je viens d'être fait ? Libère Andramelech de la pierre qui le lie. Si tu ne le fais pas, tu souffriras de son courroux. Libère-le, et libère l'ancien qui voudrait marcher avec lui.

— Comment ?

La moindre miette d'information était précieuse.

— Comment je suis censée faire ça, bon sang ?

— Amène le réceptacle, dit le démon. Ce soir. Dans le champ derrière Brumes Littorales.

Je secouai la tête, encore plus perplexe qu'avant.

— Le réceptacle ? Tu veux dire la pierre ? Celle où Andramelech est captif ?

— Amène-le, siffla-t-il. Ou ta fille ne sera jamais en sécurité.

Ma peau se mit à picoter comme si je venais de tomber dans un océan glacé.

— Tu te tiens éloigné de ma fille, dis-je, d'une voix basse et dangereuse.

Mais j'avais peur, et je pense qu'il l'entendait.

— Amène la pierre, dit-il. Amène le réceptacle. Ce soir. Toi et celui que tu appelles David.

— Qu'est-ce que vous voulez à David ?

— *Ce soir*. Ce soir, et tout se passera bien.

— Je ne sais pas de quelle pierre tu parles, répliquai-je avec frustration. Donne-moi au moins un indice !

Sur le bord de la piste de danse, Stuart nous observait, le

front plissé d'inquiétude. Je me rendis compte que je fronçais les sourcils et je plaquai un sourire sur mon visage.

— Comment je peux vous amener un truc si je ne sais même pas ce que c'est ?

Ma voix se brisa presque sous l'effort de garder une mine enjouée.

— Ne joue pas avec moi, chasseuse. Si tu t'amuses à ça, tu ne vivras pas assez longtemps pour le regretter.

— Merde, dis-je sans plus me soucier de sourire. Je t'ai déjà dit que je ne savais pas ce que...

Clac.

Les mots moururent sur mes lèvres alors que la main du démon s'abattait sur ma joue. Je m'étais attendue à une agression dans une ruelle sombre, pas sur une piste de danse bondée. Cela me prit donc une seconde de plus pour réagir – ce qui valait probablement mieux avec le recul, vu que mon instinct, c'était de retirer ma barrette de mes cheveux et de la lui enfoncer dans l'œil.

Je me repris à temps, et ma main s'immobilisa alors que mes cheveux se détachaient et mon pied vint joliment taper sous son genou.

Il atterrit par terre, un mélange de douleur et de rage sur le visage. Autour de nous, tous les danseurs s'interrompirent. Même les musiciens s'arrêtèrent et les notes des instruments moururent dans l'air, ne laissant plus que le son de la glace qui tintait dans les verres et le bourdonnement électrique des néons.

Stuart était déjà à mes côtés. Il m'examina avant de s'en prendre au démon qui était toujours par terre.

— Qu'est-ce que vous fichez, bon sang ? explosa-t-il. Pourquoi avez-vous frappé ma femme ?

Les yeux du démon n'étaient plus que des fentes et ses pupilles avaient viré au rouge alors qu'il luttait pour que sa vraie forme reste confinée dans la coquille humaine qu'il utilisait. J'espérais Stuart trop en colère pour s'en rendre compte. Et j'espérais aussi qu'il n'était pas assez stupide pour s'attaquer au démon. Vu que celui-ci avait l'apparence d'un vieil homme, j'espérais probablement qu'il était assez noble pour ne pas frapper un octogénaire.

— Ta femme ? cracha-t-il en se relevant avec bien plus de grâce qu'un vieillard ordinaire. Tu veux dire ta pute.

— Quoi ? Attends un p...

— Est-ce que tu as la moindre idée de ce qu'elle est ? De ce qu'elle fait ?

Je n'avais jamais vu le visage de Stuart prendre cette teinte de rouge auparavant. Je serrai le haut de son bras avec force.

— Laisse tomber, dis-je.

— Certainement pas !

— Stuart. Je t'en prie.

Il m'ignora.

— Peut-être qu'on devrait régler ça dehors, dit-il au démon.

— La seule avec qui j'ai quelque chose à régler dehors, c'est elle.

Ses yeux emplis de haine se posèrent sur moi. Il se lécha les lèvres.

— Oh oui, reprit-il d'une voix gutturale. J'aimerais lui régler son compte dehors.

Franchement, c'était réciproque, et je dus faire appel à toute ma force de volonté pour ne pas sortir mon couteau de mon sac.

— Ça suffit ! dit Stuart.

Il libéra son bras et plongea en avant pour mettre un crochet du gauche impressionnant dans la mâchoire du démon. Celui-ci vacilla une seconde, la mine interloquée alors que les flashes crépitaient tout autour de nous. Et puis il se tourna et fonça vers la sortie. Stuart commença à le suivre mais je l'attrapai par le bord de sa chemise et le tirai en arrière alors que les curieux et les journalistes nous entouraient. Une rixe avec un politicien local, c'était une sacrée affaire à San Diablo.

Je m'éloignai des appareils photo et je remarquai que le démon s'était arrêté sur le seuil.

— Il viendra, dit-il.

C'était clairement à moi qu'il s'adressait, j'étais la seule dans la pièce à le regarder lui plutôt que mon mari.

— Et quand il le fera, il punira ceux qui ne l'auront pas aidé. Nadia est bien placée pour le savoir.

Il disparut derrière la porte et ses dernières paroles résonnèrent.

— Nadia a appris.

Nadia.

Je me repassai les paroles du démon en espérant que, même à son insu, il m'ait laissé un indice. Parce qu'à l'évidence, Nadia avait appris quelque chose d'important. La question était de savoir quoi. Et surtout, ce savoir l'avait-il tuée ?

11

Stuart se retrouva aspiré dans une sorte de mini conférence de presse improvisée. J'en profitai pour appeler David et le mettre au courant des exigences du démon. Après ça, je rentrai à la maison avec Stuart, et je passai la plus grande partie du trajet à lui assurer que d'ici à ce que l'élection arrive, plus personne ne se souviendrait de cet incident.

— Tu me défendais, dis-je. C'était chevaleresque. Viril. Un grand geste romantique. Le genre de trucs qui rapporte des votes, non ?

Il s'arrêta à un feu rouge avant d'entrer dans notre quartier.

— Tu penses vraiment que c'est ce qui compte pour moi, Kate ?

Je me raidis, surprise.

— Eh bien, oui. Vu le temps et l'énergie que tu as investis dans cette campagne, je suppose que ça compte beaucoup pour toi.

Il prit ma main dans la sienne.

— Tu comptes davantage.

Il serra mes doigts et des petits frissons de contentement me parcoururent.

— Quiconque traite ma femme de cette façon se prend un poing. C'est comme ça. Et si ça veut dire que je ne remporte pas l'élection, eh bien tant pis.

— Ah oui ?

Je souris, surprise et ravie. Peut-être que c'était le moment de lui parler d'Eddie.

— Oui.

Il caressa ma joue.

— Alors, qui était ce type ?

Le contentement qui s'était emparé de moi disparut comme de la fumée dans le vent.

— J'aimerais le savoir.

Il me jeta un regard de biais.

— Lui, il avait l'air de te connaître.

— Et il avait aussi l'air de chercher volontairement la bagarre avec toi.

Si j'avais répondu sur un ton acerbe, c'était probablement parce que je me sentais coupable d'avoir entraîné Stuart dans une rixe.

— Franchement, Stuart, si tu ne crois pas ce que je te réponds, pourquoi prendre la peine de poser la question ?

Il ne répondit rien et se concentra sur le court trajet jusqu'à chez nous. Dès que nous atteignîmes la maison, il appuya sur le bouton qui commandait l'ouverture du garage et le mécanisme entama son mouvement lent et grinçant.

Nous attendîmes dans la voiture en silence, l'air chargé d'électricité, et je maudis les démons, mon mari, moi-même, et cette satanée porte de garage qui n'en pouvait plus depuis des mois mais que Stuart n'avait jamais pris le temps de réparer.

Enfin, elle finit son ascension et Stuart fit rouler la voiture à l'intérieur.

— Je suis désolé, dit-il en se tournant vers moi. J'ai eu une grosse journée.

— Je sais, dis-je.

Moi aussi, j'avais eu une grosse journée.

Aussitôt entré, Stuart se servit un verre et partit à l'étage pour regarder les infos au lit. J'avais anéanti l'interlude romantique qui avait commencé dans la voiture en niant connaître le démon. Évidemment, je me sentis d'autant plus coupable et ça ne fit rien pour arranger mon humeur.

Je m'affairai jusqu'à ce que la maison soit silencieuse. Je me glissai alors au grenier pour aller chercher mon poignard et mon arbalète.

Je me sentais déterminée, désormais. Ce démon s'en était pris à mon mari et à ma fille ; il allait le payer.

Le plus dur était de sortir du garage – je vais sans doute finir par craquer et réparer cette satanée porte moi-même – mais une fois dans l'allée, je poussai un soupir de soulagement. Enfin, jusqu'à ce que je manque de renverser David qui s'était précipité par-derrière et levai la main pour me faire signe de m'arrêter.

— Rentrez chez vous, dis-je.

— Je viens avec vous.

— Certainement pas. Il semble vous vouloir autant que cette satanée pierre. Il est hors de question que je vous mène dans un piège.

— Je ne lâcherai pas le monospace.

Je soupesai mes options et décidai que je ne pouvais pas me résoudre à écraser son pied de ma roue. J'ouvris la portière. À sa décharge, il ne commenta pas mon changement d'avis et se contenta de monter en voiture.

— C'est trop risqué, répétai-je.

Je gardai le pied sur le frein alors qu'il s'installait sur le siège passager et bouclai sa ceinture.

— Roulez, dit-il. Vous ne me convaincrez pas.

— *David*.

Franchement, il était exaspérant.

— Ils me veulent. Nous ne savons pas pourquoi. Nous pouvons deviner pourquoi ils veulent cette pierre, ce *réceptacle* : parce qu'Andramelech y est retenu captif. Mais le reste est un mystère. Et à moins que je ne vienne avec vous, il n'y a aucune chance pour qu'il nous le dise.

— Mais si vous venez, il y a de bonnes chances qu'ils vous tuent.

— Kate, réfléchissez. Vous n'avez pas la pierre. Je suis votre seule monnaie d'échange. Si vous allez là-bas sans une des choses qu'ils réclament, vous savez très bien qu'ils mettront leurs menaces à exécution.

— Allie...

Ma voix n'était qu'un soupir. J'avais demandé à Eddie de dormir dans le couloir devant sa porte. Si Stuart se réveillait, il faudrait lui fournir une explication, mais je préférais balancer un gros mensonge à mon mari que de laisser ma fille sans protection.

Et juste au cas où Eddie ne suffirait pas, j'avais appelé la police et leur avait parlé de l'altercation à la Note Bleue. Une agression à l'encontre de mon mari et une menace envers ma fille. C'était une affaire sérieuse et le policier à qui j'avais parlé m'avait assuré qu'ils s'en occupaient.

Je n'aimais pas impliquer la police dans des problèmes surnaturels, mais si c'était ce qu'il fallait pour protéger Allie, eh bien soit.

— Je ne fais pas ça pour vous, dit David qui avait suivi le cours de mes pensées. Et je ne me suis pas lancé dans une croisade héroïque absurde. Mais plus vite nous mettons fin à tout ceci, plus vite elle sera en sécurité.

Je pris une inspiration et comptai jusqu'à dix. Ça ne me plaisait pas, mais je n'avais pas de meilleur plan. Pire, j'avais la sale impression que le temps nous était compté.

— D'accord, dis-je. Mais vous n'avez pas intérêt à me mourir dans les pattes, David Long...

— Promis juré, dit-il.

Il tendit la main et coinça délicatement une mèche de cheveux derrière mon oreille. Un soupir tremblant m'échappa, mes émotions tourbillonnaient, j'étais secouée. David était un ami, rien de plus. Pourtant, en cet instant, je savais que si je le perdais, une part de moi mourrait aussi.

Nous finîmes le trajet jusqu'à Brumes Littorales en silence et je coupai les phares en entrant dans l'allée avant de me garer près de la porte principale.

À cette heure-ci, la maison de retraite était plongée dans l'obscurité, mais nous ne comptions pas entrer. Le démon nous avait dit de nous rendre dans la zone dégagée sur le côté du bâtiment, un terrain interdit aux résidents car il n'y avait pas de barrière entre le plateau et la falaise au bout. Tomber du bord, c'était une dégringolade de quinze mètres avant de s'écraser sur les rochers acérés en contrebas. Il était improbable d'y survivre.

Alors au lieu d'être un espace agréable de promenade ou de pique-nique pour les résidents, cette section du terrain de Brumes Littorales ne servait qu'à fournir une jolie vue pour la salle télé. Je marchai jusqu'à la fenêtre de la salle en question et jetai un coup d'œil à l'intérieur. Me battre contre des démons ne me dérangeait pas, mais je préférais le faire sans public pour nous encourager.

Comme je l'avais espéré, la salle télé était vide, les résidents au lit depuis longtemps. Le bâtiment dans son entier semblait dormir, et je ne vis ni retraités ni personnel. Je ne vis pas de démons non plus, d'ailleurs. Ni à l'intérieur ni dans les jardins.

Si on exceptait le fait qu'ils nous avaient donné rendez-vous ici, l'absence de démons était bon signe. À une époque, Brumes Littorales avait grosso modo été une usine de fabrication de démons, où le personnel humain était tout à fait partant pour les aider à trouver des cadavres frais.

Heureusement, les choses avaient changé, mais la mort continuait à visiter régulièrement Brumes Littorales, ce qui voulait dire que les démons y garderaient toujours une emprise minimale. Je m'étais donné pour mission de venir ici régulièrement, pour contrôler la vermine.

J'aurais dû être ravie de découvrir une pénurie de démons. Mais aujourd'hui, il m'en fallait un ou deux. J'avais envie de distribuer des baffes. Et je voulais des réponses.

David parcourut la pelouse, fit demi-tour et revint vers moi.

— Rien, dit-il. Je ne vois personne.

— Ça fait des heures depuis l'incident à la Note Bleue, dis-je. Peut-être qu'ils ont décidé de ne pas venir ?

— Ou peut-être que c'était un piège d'un autre genre.

Je croisai le regard de David et y vis ma peur s'y refléter.

— Allie.

Il n'en fallut pas plus : nous fonçâmes vers la voiture. Mais nous n'avions pas fait trois mètres qu'un cri perça l'air. Un hurlement inhumain. Je me tournai dans la direction d'où provenait le son et un énorme corbeau noir m'envoya rouler au sol.

— David ! criai-je alors que le corbeau donnait des coups de bec vers mon visage.

Je levai le bras pour tenter de dévier son assaut. Je ne pouvais rien faire sur le plan offensif. Entre ses ailes puissantes et ses violents coups de bec, je parvenais à peine à me défendre et à l'empêcher de me crever les yeux.

— Tiens bon !

J'entendis la voix de David, à moitié couverte par le sifflement du vent produit par les ailes du démon-oiseau, et puis un grognement et un cri à glacer le sang alors que l'oiseau m'était arraché. Ses serres accrochèrent mes cheveux et j'eus l'impression que des touffes entières partirent avec.

Je tombai en arrière et percutai le sol dur. Un oiseau noir ensanglanté emplit mon champ de vision. Ses ailes étaient écartées et un couteau l'avait embroché par-derrière, droit dans son cœur. En une fraction de seconde, il s'embrasa dans un tourbillon de feu rouge et jaune qui se mit à tourner de plus en plus vite, comme un cyclone, jusqu'à ce que le cadavre soit aspiré dans un vortex et qu'il ne reste rien, rien à part les étoiles dans le ciel et David qui se tenait là, la main toujours crispée sur son couteau.

Il le remit au fourreau et m'aida à me remettre sur pied.

— Un familier, dit-il.

C'étaient des créatures nées de l'enfer qui assistaient fréquemment les démons pour tourmenter les humains sur cette terre.

Je hochai la tête et me tournai pour surveiller nos alentours, au sol et dans le ciel, à la recherche de compagnons du corbeau, qu'il s'agisse d'oiseaux, de chiens de l'enfer, ou de démons sur deux pattes. J'avais eu affaire à un chien de l'enfer une fois depuis que je vivais à San Diablo, et je préférais franchement m'occuper de démons sous forme humaine.

Je ne vis rien, mais l'attaque m'avait rendue nerveuse. Je me tournai vers David.

— C'était un avertissement ?

— Non, dit David qui écarquilla soudain les yeux. Je dirais plutôt que c'était la première salve.

Je fis volte-face et vis ce qu'il regardait : mon bon vieux démon adepte de la danse de salon, qui chevauchait un énorme mastiff. Un chien de l'enfer avec toute la panoplie : les crocs, les yeux rouge sang, et le caractère assez belliqueux. Une autre bête accourut à côté de la première, sans cavalier mais tout aussi déterminée.

Les chiens de l'enfer ne sont pas de véritables créatures

canines, plutôt des manifestations démoniaques tirées des profondeurs de l'Enfer pour obéir aux ordres d'un démon.

Le sol se mit à trembler alors que les mastiffs se précipitaient sur nous. J'envisageai à moitié de prendre la fuite, mais où aurions-nous pu aller ? Non seulement nous étions bloqués – les démons nous coupaient la retraite vers le parking et derrière nous il n'y avait que la falaise et sa chute mortelle – mais nous enfuir ne ferait que retarder l'inévitable confrontation.

Et je voulais cette confrontation. Je bouillonnais depuis que le démon avait attaqué David sur la plage, mais j'étais arrivée au point de non-retour quand ces saletés s'en étaient prises à ma fille.

À côté de moi, David retira son sabre de la canne qui le camouflait.

Je passai la main derrière mon épaule et mis mon arbalète en position de tir.

Un des chiens de l'Enfer se précipita en avant, droit sur moi, les babines écumantes de bave, les yeux vitreux, assoiffé de sang.

Encore, encore... Je restai parfaitement immobile. Il fallait que j'attende le meilleur moment pour tirer. Le corps à corps avec ces bestiaux n'était jamais une bonne idée ; je n'avais pas plus envie que ça de rentrer chez moi sévèrement mutilée.

Il bondit enfin en se propulsant sur ses jarrets massifs pour décoller du sol. Il ne me quitta pas des yeux. Alors qu'il surgissait vers moi, je vis l'autre sauter sur David, et la pointe de l'épée de ce dernier ouvrir son ventre.

J'entendis le glapissement de douleur du mastiff, et puis plus rien d'autre que le grondement vorace de celui qui m'attaquait.

Il était juste devant moi, lancé à toute allure, et à la dernière seconde possible, je relâchai la corde de l'arbalète et décochai la flèche. Un tir parfait qui transperça le cœur du dogue. Une matière visqueuse et noire s'en échappa en même temps que la vie du mastiff.

Je ne perdis pas de temps à reprendre ma respiration. À quelques mètres de là, plus proche de la falaise, David était toujours en train de lutter contre le chien blessé et mon vieil ami le démon.

Il était évident que ce chien n'était pas une créature terrestre : il attaquait toujours avec férocité en dépit de ses entrailles qui pendaient de la profonde coupure en travers de son ventre.

Il était sur David, il le tenait plaqué au sol, et le démon se dressait au-dessus de lui et tenait contre la jugulaire du chasseur la pointe de sa propre épée.

— *Non !* criai-je en me précipitant en avant.

Le démon releva la tête, mais il se contenta de me sourire avec une expression ignoble, maléfique, qui faillit presque me désarçonner. Et après tout ce que j'ai vu au cours de ma vie, il en faut beaucoup pour me faire trébucher.

Mais ça n'arriva pas. Je continuai à foncer en avant, déterminée à rejoindre David. Alors que je n'étais plus qu'à trois mètres de lui, je fus violemment tirée en arrière par quelque chose d'acéré qui s'était refermé autour de mes épaules. Je ne pouvais pas me tourner pour le regarder, mais je vis les grandes ailes noires battre au-dessus de moi, et je sentis le bec du monstre, si fort que j'avais l'impression qu'il attaquait mon crâne à la perceuse.

Je me débattis, mais la créature avait une force incroyable et elle parvint à m'entraîner, encore et encore, alors même que je plantais mes talons dans le sol et la frappais de mon poignard en essayant désespérément de me retenir à quelque chose ou de lui administrer un coup mortel.

Ça ne servait à rien. J'étais impuissante, une vraie poupée de chiffon.

Devant moi, David avait des problèmes aussi, mais il n'avait pas encore succombé.

— Kate ! cria-t-il. Tiens bon !

En cet instant, je n'avais guère le choix et j'étais sur le point d'essayer à nouveau de poignarder le familier à l'aveugle quand l'oiseau me lâcha soudain. Je vacillai un instant, déséquilibrée, et puis la bête passa au-dessus de moi pour faire battre ses gigantesques ailes noires dans mon visage.

Je reculai par instinct, et je me rendis aussitôt compte de mon erreur – et de ce que l'oiseau cherchait à faire. Le sol disparut sous mes pieds et je dégringolai. J'essayai de me raccrocher à quelque chose sur le flanc accidenté de la falaise, malmenée par les rochers saillants et la végétation.

Mes doigts se refermèrent sur une racine et je m'y retins de toutes mes forces. J'étais sous le plateau et je ne voyais rien de ce qui s'y passait. Pire, je n'avais rien sous mes pieds et dans le noir, je ne distinguais rien d'autre à quoi m'accrocher.

J'étais piégée là, et tout ce que je pouvais faire, c'était espérer que David survivrait… et qu'il s'en sortirait assez rapidement pour venir me sauver.

Les minutes passèrent. Mes bras brûlaient de l'effort que je produisais pour empêcher mon corps de s'écraser sur les rochers en contrebas. Un cri à glacer le sang déchira l'air.

— David ! hurlai-je.

Pas de réponse. Rien qu'un silence de mort, qui semblait étouffer l'air comme du coton.

Non, priai-je. *Seigneur, je vous en prie, non.*

Un léger bruissement au-dessus de moi. Je me raidis, craignant qu'il ne s'agisse du corbeau, revenu pour finir le travail. Ou du démon, avec la même intention.

— Katie ?

Je soupirai, envahie par le soulagement, et des larmes se mirent à dégouliner sur mon visage.

— David. Dieu merci. J'ai cru que tu…

Son visage apparut au-dessus du bord.

— J'ai pensé la même chose, dit-il. Tiens.

Il retira sa ceinture et la fit pendre vers moi. Je l'enroulai autour de mon poignet et il me hissa tandis que j'escaladai la falaise avec mes jambes, comme en rappel, pour l'aider.

Je sanglotais quand j'atteignis le haut et que je vis la carcasse du démon à côté d'une flaque de matière visqueuse qui avait été le chien de l'enfer.

— J'ai cru... j'ai cru...

— Tout va bien, dit-il.

Et puis il m'embrassa. Pas un baiser amical. Pas un baiser de « Dieu merci, tu es vivante ». Non, un vrai baiser, plein de passion et de désir.

Et, pauvre de moi, je répondis à son baiser.

12

Je lui avais rendu son baiser.

Je me dis de respirer à fond et de me calmer, ce que je me répétais depuis quatre heures. J'avais passé le reste de la nuit à faire les cent pas dans la cuisine, à boire du café, et à me dire que j'avais failli mourir. Que mes émotions étaient à fleur de peau et que ça ne voulait rien dire.

J'aimais mon mari. Je n'aimais pas David. Et jamais de la vie je ne ferais quoi que ce soit qui puisse mettre mon mariage en danger.

Alors pourquoi est-ce que je l'avais embrassé, bon sang ?

La lueur du soleil levant baigna progressivement la maison et tout autour de moi, je sentis la journée se mettre en branle, alors même que je commençais à tomber. Cela faisait des jours que je fonctionnais sur mes dernières réserves d'énergie. J'étais épuisée, sur les nerfs. Et même si ce n'était peut-être pas une excuse, c'était au moins une explication.

— Eh ben, dit Eddie en rentrant dans la cuisine en peignoir, le journal à la main. Si ça, ça ne secoue pas un peu les choses.

Je rougis immédiatement, je sentis la chaleur partir de mes orteils et remonter jusqu'à la racine de mes cheveux.

— Quoi ? Qu'est-ce qui secoue les choses ?

Il me regarda en étrécissant les yeux.

— Ça, répondit-il en jetant le journal sur le plan de travail.

Une photo de mon mari, qui collait son poing dans la mâchoire du démon, faisait la une.

— Il a plus de répondant que j'aurais cru, le petit.

— Vous ne pensez pas vraiment que ça va mettre sa campagne en danger ? demandai-je en me sentant encore plus coupable qu'avant.

La bagarre avec le démon était de ma faute, quel que soit le point de vue avec lequel on considérait ça.

— Ça va sûrement finir par s'oublier.

Si j'avais embrassé David *et* ruiné la carrière de Stuart, je ne pensais pas pouvoir me regarder dans un miroir à nouveau.

— Avec un peu de chance, dit Stuart.

Il venait d'entrer dans la cuisine, vêtu de son plus beau costume et de sa cravate préférée. Il vint m'embrasser sur la joue.

— Mais je défendais l'honneur de ma superbe femme face à un inconnu agressif, et je le referais sans hésiter.

J'inclinai la tête.

— Un inconnu ?

Il haussa les épaules.

— Je suis désolé. J'étais sur les nerfs hier soir. Tu as dit que tu ne le connaissais pas et j'aurais dû te croire.

Je hochai la tête, le cœur serré, tandis qu'Eddie m'observait en silence.

— Merci, dis-je en luttant pour articuler le mot malgré ma culpabilité. Excuses acceptées.

— Alors, c'est le grand jour, hein ? demanda Eddie alors que Stuart passait devant moi pour se servir une tasse de café.

— En effet, répondit Stuart.

— Tu auras besoin que je sois là ?

Je ne savais pas exactement comment l'annonce était censée se passer, mais je me souvenais que Stuart avait mentionné une conférence de presse.

— Ça ne durera que deux minutes, mais je serais ravi d'avoir ma femme à mes côtés sur l'estrade.

— Je serai là, promis-je en inscrivant rapidement le lieu et l'heure sur un papier.

Et puis il partit, me laissant seule à la maison avec Eddie et ma culpabilité.

Enfin, avec Eddie, ma culpabilité et les enfants.

Il y a une chose à dire en faveur de la parentalité : une fois que les enfants sont debout, vous n'avez pas franchement le temps de vous lamenter dans le cloaque métaphorique de votre culpabilité.

L'heure qui suivit passa en un éclair : il s'agissait d'habiller et nourrir Timmy, d'aider Allie à trouver le tee-shirt violet qui avait mystérieusement disparu, et puis d'habiller Timmy de nouveau après un accident impliquant un verre de lait et une biscotte à la fraise.

J'eus un moment de panique quand Allie déclina ma proposition de rester à la maison aujourd'hui. Je ne voulais pas lui parler des menaces du démon parce que même si elle connaissait désormais leur existence, je n'avais pas envie qu'elle soit à l'affût du danger en permanence. Je préférais qu'elle soit prudente et en sécurité, pas terrifiée.

Et bien sûr, le fait que David avait tué ce démon-là me rassurait un minimum. Tout de même, juste par précaution, je pris une grande inspiration, calmai ma nervosité, et composai le numéro de David.

Il décrocha à la première sonnerie.

— Kate, je...

— J'ai besoin que vous gardiez un œil sur Allie, dis-je.

Je m'étais cachée dans la salle de bain de l'étage.

— Faites en sorte qu'elle soit en sécurité au lycée aujourd'-hui. Incrustez-vous à l'entraînement des pom-pom girls s'il le faut.

— Bien sûr, dit-il. Bien sûr, je m'en occupe.

— Merci, murmurai-je.

C'était très plaisant de pouvoir partager cette responsabilité.

— Merci.

— Katie, pour hier soir. Je suis vraiment désolé. Je n'aurais pas dû...

— Non. C'est bon. C'était une err...

Je m'interrompis et repris.

— C'est quelque chose qu'on n'aurait pas dû faire. Le stress, la peur, trop d'adrénaline. Vous savez autant que moi que c'est un mélange dangereux.

— En effet. Alors pas de problème ?

— Tout à fait, dis-je avec plus de certitude que je n'en ressentais. Tout va bien.

— Ça ne va pas du tout, dis-je à Eddie et Laura après avoir emmené les enfants à l'école. Des chiens de l'Enfer et des oiseaux-démons, repris-je en frissonnant. J'ai failli y passer.

— Et il a qualifié ça de réceptacle, cette fois, dit Laura. Au lieu de juste « la pierre ». Tu penses que c'est important ?

— Je ne sais pas. Je suppose qu'Andramelech est captif de la pierre, donc ils la qualifient de « réceptacle » car elle contient le démon. Mais peut-être qu'il y a une autre signification ?

Je regardai Eddie qui leva les mains.

— C'est pas mon domaine. Le seul réceptacle que je maîtrise, c'est celui contenant du whisky.

Je croisai le regard de Laura et grimaçai. Je voyais qu'elle faisait de son mieux pour ne pas rire.

— Donc on a la menace, cette histoire de réceptacle, et la mention de Nadia, reprit-elle. Autre chose de significatif. ?

Je repensai au baiser et secouai vigoureusement la tête.

— Tu parles, intervint Eddie. David a survécu. Je dirais que c'est sacrément significatif.

— Oui, bon, je trouve significatif aussi d'avoir survécu de mon côté, si on va par là, dis-je.

— Tu n'as pas vu comment il s'en était sorti. Tu as dit toi-même que tu étais suspendue au bord de la falaise. Que le démon était au-dessus de lui, et le chien sur le point de lui arracher la gorge. Alors pourquoi ils ne l'ont pas fait, Kate ? Pourquoi ?

— Parce que David s'est battu, dis-je. Comme n'importe quel chasseur. Il s'est battu, et il a gagné.

Eddie renifla.

— Une fois, mettons. Mais trois ? À la plage, chez lui, et maintenant ça ? Il a une chance de cocu, hein ? Soit ça, soit ces attaques ne sont qu'une ruse pour qu'on lui fasse confiance.

— Eddie, vous voulez bien laisser tomber ? dis-je. Je lui fais *déjà* confiance. Et si survivre à une attaque de démon est la preuve qu'un chasseur est passé du mauvais côté, alors je dois être un suppôt de Satan, moi aussi.

Mon raisonnement était logique, mais ça n'empêcha pas Eddie de renifler avec mépris.

— Il m'a sauvé la vie, insistai-je. Il ne se trame rien de louche. Pas avec David, en tout cas.

— Ce n'est pas avec ton cerveau que tu penses, répliqua-t-il en fixant mon entrejambe.

— Eddie !

Il renifla.

— Je dis ce que je vois, c'est tout. Et si tu utilisais ta tête, tu verrais ce qui se passe, toi aussi.

— Vous avez tort.

Mais mes paroles manquaient sûrement de conviction, car mes pensées étaient déjà parties ailleurs.

Eddie pensait ainsi parce qu'il était persuadé qu'Eric avait fait usage de magie noire pour devenir David. J'allai plus loin dans cette direction. Parce que si David était vraiment Eric – s'il m'avait menti ce jour-là sur la plage – alors on ne pouvait pas me reprocher de l'avoir embrassé.

Pas vrai ?

Je fermai les yeux et comptai jusqu'à dix. Non seulement j'étais ridicule, mais j'avais des choses plus importantes pour lesquelles m'inquiéter pour le moment. Quand je les rouvris, je vis que Laura me fixait, la tête inclinée de côté, curieuse. Vu mon humeur, je faillis l'envoyer bouler en lui demandant ce qu'elle regardait. Heureusement pour moi – et pour notre amitié – la sonnette retentit à ce moment-là. Je fonçai vers l'entrée avec plus de célérité que je n'en mettais d'habitude pour aller répondre à des vendeurs au porte-à-porte.

— Cutter ! m'exclamai-je en ouvrant. Dieu merci.

— J'apprécie votre enthousiasme, répondit mon entraîneur.

Il entra non seulement dans la maison, mais aussi dans mon espace personnel. Je reculai d'un pas.

— Je pensais que vous étiez un de ces vendeurs pénibles.

— Je ne suis pas pénible, rétorqua-t-il avec un sourire charmeur. Mais vous êtes prête à acheter ?

Je l'ignorai et fis un signe de tête en direction de la cuisine.

— Entrez.

— Vous ne comptez pas me corriger sur le fait que je ne suis pas pénible ?

Je m'interrompis et me tournai pour lui adresser mon sourire le plus éblouissant.

— Il n'y a rien à corriger, dis-je.

— C'est vous qui êtes incorrigible.

— Et encore, Cutter, vous n'avez rien vu.

Il me rendit mon sourire Colgate.

— Oh, mais Kate, j'aimerais beaucoup.

Je ne pus m'empêcher de rire.

— Asseyez-vous, dis-je en désignant une chaise à côté de Laura. Un café ?

— Volontiers. Bonjour, Laura. Eddie.

Laura lui rendit son salut mais Eddie se contenta d'un drôle de bruit de gorge. A priori, il aime bien Cutter, donc j'imaginais que c'était un bruit approbateur.

— Sans vouloir me montrer peu accueillante, dis-je en déposant une tasse devant lui, qu'est-ce que vous faites là ?

Cutter n'était jamais venu chez moi auparavant et il y avait quelque chose d'un peu surréaliste à le voir assis avec décontraction à ma table, les jambes étendues devant lui. Il portait un jean et un tee-shirt noir qui ne cachait qu'une partie de ses bras et son torse musclés.

— J'ai des nouvelles pour vous, et je me suis dit que j'allais vous les apporter en personne. Vous aviez l'air tendue, alors je me suis dit qu'il valait mieux que je vous les donne maintenant plutôt que d'attendre notre prochaine session.

Il haussa les épaules.

— Et ça me semblait plus approprié de faire ça en personne plutôt qu'au téléphone.

— Des nouvelles ? À propos d'Eric ?

Je n'arrivais pas à croire qu'il ait trouvé quelque chose.

Il jeta un rapide coup d'œil à Eddie et Laura, comme pour me demander s'il pouvait parler devant eux.

— Allez-y, dis-je. Ils sont au courant.

— Il s'avère qu'Eric avait une boîte postale privée contractée auprès d'une entreprise spécialisée située en centre-ville.

— Oh, dis-je, prise de court.

Même si je savais que mon mari trafiquait quelque chose,

entendre qu'il s'était donné la peine de se créer une boîte postale hors de la maison et de son travail piquait un peu.

— Il y avait quelque chose dedans ?

— Malheureusement, c'est une boîte à lettres, pas un coffre. Le courrier qui y est arrivé après sa mort est resté là jusqu'à ce que le contrat arrive à échéance.

— Et ensuite ?

— Ensuite, mon ami ne sait pas. Il suppose que les précédents propriétaires l'ont renvoyé à l'expéditeur. Ou l'ont détruit.

— Votre ami ? demanda Laura.

Cutter hocha la tête. Il prit une gorgée de café avant de répondre.

— Oui, il a acheté quatre franchises de Place Postale il y a environ deux ans. Mais quand il a repris l'affaire, la boîte était vide.

Il me regarda.

— Et il n'a aucun souvenir d'Eric. Cela dit, il a sorti les vieux dossiers pour moi. D'après le journal du fax, Eric a utilisé leur adresse pour envoyer et recevoir quelques fax.

— Ils ont gardé les numéros de ces envois ? demandai-je.

— En effet.

Il avait une mine assez satisfaite de lui.

— Apparemment, la plupart de ses contacts étaient à Rome et à Los Angeles. Mais autour de décembre et début janvier, il a commencé à communiquer avec quelqu'un à San Francisco.

Je pinçai les lèvres. Eric avait été tué la deuxième semaine de janvier.

— Une possibilité de récupérer les numéros ? demanda Eddie.

— Je les ai déjà, dit Cutter. Pour Rome, c'est un bureau au Vatican.

Il me regardait en disant ça, et je fis de mon mieux pour ne pas réagir. Je ne m'étais pas rendu compte qu'en requérant l'aide de Cutter pour résoudre le mystère de la mort d'Eric, il se rapprocherait de mes secrets à moi aussi.

— C'est bizarre, intervint Laura dans une tentative de me couvrir.

— Eric était expert en livres rares, dis-je.

C'était la vérité. Il avait reçu une formation de la Forza à ce sujet, et cela lui avait servi ensuite pour trouver un travail dans le civil. Il avait même pu mettre le Vatican sur son CV, même s'il avait pris grand soin de ne pas mentionner la Forza.

— Le Vatican a une immense bibliothèque, dit Cutter. C'est peut-être de ça qu'il s'agissait.

Mais il n'avait pas l'air convaincu.

— Qu'est-ce qui ne colle pas ? demandai-je.

— Je ne sais pas trop, reconnut-il. Les fax pour Los Angeles allaient à l'église catholique de Saint-Ignatius.

— Qui possède aussi une impressionnante collection de reliques et textes anciens.

— Vous semblez très au courant, dit Cutter

Je souris et lui tournai le dos, sous prétexte de me resservir en café.

— Ah oui, eh bien, quand on vit avec un spécialiste des livres anciens, on finit par retenir deux-trois trucs.

— Je suis impressionnée que vous ayez trouvé tout ça, intervint Laura, sans doute pour distraire Cutter. Je ne fais pas le poids, à côté.

— Le poids ? demanda Cutter. Comment ça ?

Laura vira au rose vif en se rendant compte de son erreur.

— Oh. Rien. C'est juste que j'essaie d'aider Kate, moi aussi. Vous savez. Pour essayer de comprendre ce qui est arrivé à Eric. C'est tout.

Mais vu les différentes nuances de rouge par lesquelles elle était en train de passer, il y avait un risque que Cutter comprenne que ce n'était pas « tout ».

— Et San Francisco ? demandai-je avant qu'il puisse interroger Laura davantage. Vous avez un numéro, là-bas ?

— Une impasse. C'était aussi une boîte postale. Et ils n'ont pas gardé de traces de leur côté des numéros d'envoi et réception de fax.

— Mince, dis-je.

— Tout de même, ça vous donne une info.

Il me jeta un regard intense.

— Votre mari correspondait avec quelqu'un. Et de ce que vous m'avez dit de la lettre que vous avez trouvée dans le coffre, ce n'était pas quelque chose qu'il voulait vous cacher de manière définitive.

— Ah oui ? Eh bien, ce plan n'a pas très bien fonctionné. Cinq ans plus tard, j'ai du mal à découvrir quoi que ce soit.

— Tout de même, je ne pense pas qu'il se serait donné le mal de vous écrire ce message sans vous laisser au moins quelque chose de concret à trouver derrière. Si les lettres et les fax étaient importants, il les aurait probablement conservés.

Je regardai Laura.

— Je n'ai pas encore fini de regarder les cartons qui sont dans la cabane à outils. Je suppose que tu n'as pas envie de mettre le nez dans la poussière ?

Laura soupira.

— Pourquoi pas ? Je n'ai rien de mieux à faire, à part enfoncer des aiguilles dans la poupée vaudou de Paul.

— Ne me regarde pas, dit Eddie. J'ai deux autres appartements à aller visiter. L'agente immobilière passe me prendre dans une heure.

— Eddie...

Il leva les mains.

— Tu me dis que c'est impec, et j'arrête de chercher. En attendant...

Il acheva sa phrase pas un haussement d'épaules.

Je fronçai les sourcils car je n'avais pas eu le temps de parler de ça avec Stuart, pour des raisons évidentes. Et comme il annonçait sa candidature dans l'après-midi, je doutai qu'il apprécie que je lui passe un coup de fil à ce sujet.

— Il y a une autre possibilité, dit Cutter. En dehors de ses papiers de travail, je veux dire.

Je lui jetai un regard curieux.

— J'essaie toujours de découvrir si votre mari possédait un deuxième coffre. Si c'est le cas, toutes vos réponses pourraient s'y trouver.

Et sinon, pensais-je, le mystère de la mort d'Eric ne ferait que se creuser davantage.

Après le départ de Cutter et Eddie, Laura et moi nous installâmes sous le porche de derrière et plongeâmes dans les cartons remplis des vieilles affaires d'Eric. C'était une journée fraîche, avec une brise agréable qui soufflait de l'océan et nous travaillâmes en silence pendant un moment. Mais c'était un silence empli de conversations informulées, et je finis par ne plus le supporter au bout de quelques minutes.

— Quoi ? demandai-je.

Penchée sur un carton dont elle essayait d'extraire un dossier avec sa main valide, Laura releva la tête vers moi.

— Pardon ?

Je me penchai et attrapai le dossier pour elle.

— Il y a un truc qui te tracasse, dis-je. Autant me dire ce que c'est.

Ses lèvres frémirent et elle plaqua une main devant sa bouche comme pour cacher un sourire. Je soupirai.

— D'accord. Qu'est-ce qui se passe ?

— Kate, il n'y avait rien qui me tracassait, juré. Mais maintenant...

Elle s'interrompit, une lueur dans les yeux.

— Maintenant, je suis carrément intriguée. Alors, vas-y, balance.

Je grimaçai intérieurement parce que je m'étais bien plantée.

— Il n'y a rien à balancer.

— Kate, j'ai une ado. Allez, j'écoute.

Je fermai les yeux et essayai de décider quoi dire. Je ne voulais pas lui dire ce qui s'était passé. Ce moment avait été trop surréaliste, trop intime. Et d'une certaine façon, le raconter à Laura le rendrait plus réel.

Mais en même temps, elle était la première amie proche hors des chasseurs que j'aie jamais eue. Nous partagions nos problèmes quant aux enfants et à nos mariages. Et oui, j'avais envie de savoir ce qu'elle en pensait. D'un point de vue psychologique, Laura avait raison : j'étais quasiment en train de me trémousser pour attirer son attention et qu'elle me pose la question.

Alors je lui dis. Je m'en tins aux faits, comme si je lui faisais le compte-rendu d'un combat. Mais quand je fus au bout de mon récit, je ne pus me retenir : je terminai sur un soupir.

— Ouah, dit-elle en soupirant également.

— C'était juste sur le moment, dis-je. Je crois qu'il ne s'est même pas rendu compte de ce qu'il faisait avant de le faire.

— Mais tu l'as embrassé aussi.

— Je sais, répondis-je d'une voix étranglée.

Je m'affaissai sur ma chaise, me sentant plus bas que terre.

— Je suis pathétique, Laura. J'ai l'impression que je vais me noyer dans ma culpabilité.

— *Non.*

Elle secoua la tête. Des émotions puissantes émanaient d'elle.

— De la part de quelqu'un qui vient de vivre un adultère, crois-moi : tout va bien. Tu as des circonstances atténuantes et ce n'était pas prémédité. Votre Honneur, ma cliente est complètement innocente.

— Et David ?

Elle se renfonça dans son fauteuil.

— Lui, il faut que tu le surveilles comme du lait sur le feu.

— Super.

Elle se mit à rire.

— Oh, Kate, je blague. Tu as failli *mourir*. C'était une situation extrême. Il s'est laissé emporter, c'est tout.

— Mais ce truc entre nous, dis-je, ça ne va pas disparaître.

Elle me regarda, bienveillante et critique tout à la fois.

— Tu es attirée par lui depuis le premier jour, Kate. Et tu lui plais aussi. Tu le sais, il le sait. Même moi, je le sais.

Je sentis mes joues se mettre à chauffer.

— C'est humain d'être attiré par d'autres gens, Kate. Tant que tu ne fais rien à ce propos, tu n'as pas rompu tes vœux.

Elle avait raison, bien sûr. Et pourtant, j'avais toujours l'impression d'avoir franchi une ligne. Mais comme ça ne se reproduirait jamais – *jamais* –, autant ne pas s'appesantir dessus.

Je me penchai et sortis une autre pile de dossiers. Laura m'imita et commença à parcourir les siens.

— Ne le prends pas mal, hein, dit-elle au bout de quelques minutes de silence. Mais Eric avait beaucoup de bordel dans son bureau.

— Je ne le prends pas mal.

Elle avait raison. Les cartons étaient emplis de pages et de pages de rien. Des notes sur les livres qu'il avait acquis pour la bibliothèque et leur provenance. Quelques gribouillis qui concernaient des choses que nous avions faites en famille ou qu'il espérait faire : des notes sur l'hôtel où nous avions dormi quand nous avions emmené Allie à Disneyland, sur le prix d'une croisière d'observation des baleines, et des papiers sur lesquels il avait inscrit divers numéros en rapport avec nos vacances.

— Mais il faut qu'on parcoure tout ça, dis-je. Ou que je le fasse, en tout cas.

— Ça ne me dérange pas de t'aider, dit-elle. Même si c'est pénible avec une seule main. Ça m'évite de penser à ce soir.

— Nerveuse ?

— Un peu, reconnut-elle. Merci pour la robe. Surtout vu ce que ça a donné pour toi.

— Des circonstances atténuantes. Crois-moi. J'ai vu le regard dans ses yeux. Si je lui avais demandé pour Eddie avant l'incident avec le démon, j'étais refaite. Et tu seras magnifique ce soir.

Elle plissa le nez.

— J'ai perdu la main.

Elle y réfléchit.

— À vrai dire, je ne l'ai jamais vraiment eue. J'ai épousé Paul tout de suite après le lycée.

— Je sais ce que tu veux dire. Quand j'ai commencé à chercher quelqu'un après la mort d'Eric, je n'avais pas la moindre idée de ce que je faisais.

— Et tout s'est bien terminé, dit-elle.

Son visage s'assombrit.

— Enfin, je veux dire...

— Laisse tomber. Je sais ce que tu veux dire.

Comme elle n'avait à l'évidence pas davantage que moi envie de revenir sur toute l'histoire avec David, elle se pencha et récupéra une autre pile de feuilles dans le carton. Elle utilisa sa main valide pour les laisser tomber sur ses genoux.

— Tu m'en dois une, hein.

— Crois-moi, j'en suis bien consciente.

J'étais sur le point de lui proposer des brownies à vie quand le téléphone sonna. Je me précipitai dans la cuisine pour prendre l'appel, et découvris que c'était Delores Sykes, la coordinatrice des bénévoles de la cathédrale au bout du fil.

Je regrettai aussitôt de ne pas avoir regardé qui appelait.

— Delores, dis-je. Oh, écoutez, je suis désolée, je n'ai pas pu venir chercher d'autres inventaires à dactylographier. J'ai été super occupée, mais je compte passer bientôt pour en prendre.

C'était vrai. Il fallait que je voie si les archives de la cathédrale contenaient des références à la mystérieuse pierre. Voilà une autre activité marrante...

— Oh, ma chère, je comprends. Avec les vacances et la reprise, ça doit être la folie.

— Grosso modo, acquiesçai-je. Que puis-je faire pour vous ?

— Eh bien, je ne sais pas trop. Le père Ben est sur l'autre ligne mais il m'a demandé de vous appeler. Il espérait que vous pourriez passer à la cathédrale pour parler un peu avec lui.

— Maintenant ?

— Si c'est possible. Il avait l'air de penser que ce qu'il avait à vous dire vous intéresserait. Il m'a dit de vous dire que c'était à propos de votre ami commun. André, je crois. Ça vous dit quelque chose ?

— Oh oui, ça me dit carrément quelque chose.

Normalement il faut quinze minutes pour faire le trajet de chez moi à la cathédrale. Je le fis en dix, avec Laura qui s'agrippait au tableau de bord de sa main valide en marmonnant tout du long qu'elle ne s'en sortirait pas avec deux bras cassés, et que je voudrais bien essayer de nous faire arriver en vie.

— Kate, dit Ben dès que j'eus passé la porte de son bureau.

Il se signa et me contempla d'un air grave.

— Le danger qui se présente à San Diablo, si nous avons raison, est inimaginable.

Voilà qui ne semblait pas de très bon augure. Je déglutis et m'assis sur un des fauteuils.

— Qu'est-ce qui se passe ? Vous savez ce qu'est la pierre ? Vous savez où est Andramelech ?

— C'est la Pierre de Salomon.

Il regarda Laura.

— C'est vos recherches qui nous ont mis sur la piste. La mention de l'archange que vous avez trouvée a conduit Rome à se concentrer sur saint Michel et...

— Attendez, attendez, dis-je en levant une main. Je suis contente que Laura ait fait du bon travail, mais est-ce qu'on peut revenir en arrière une minute ? *Quelle* Pierre de Salomon ?

— Le Roi Salomon ? demanda Laura.

— Tu connais ça ?

J'étais impressionnée.

Elle secoua la tête.

— C'est le seul Salomon dont j'ai entendu parler. Il apparaît dans l'Ancien Testament, non ?

— Tout à fait, intervint le père Ben.

Il s'appuya à son dossier, visiblement conscient que, aussi graves que les nouvelles puissent être, ni Laura ni moi ne serions très impressionnées tant qu'il ne nous aurait pas mises au parfum.

— Quand Salomon construisit le temple de Jérusalem, commença Ben, le démon Ornias l'importunait et le harcelait tant et tant que les travaux ne pouvaient avancer. Alors, quand le Roi s'en rendit compte, il pria Dieu de lui donner autorité sur le démon.

— Attendez, l'interrompis-je. Je connais cette histoire. L'archange Michel a aidé Salomon à lier le démon et à le forcer à travailler. Il a construit le temple au lieu d'embêter tout le monde et de les empêcher de le faire.

— C'est bien ça, dit Ben.

— Mais ce n'est pas tout.

— En effet.

Son regard passa de moi à Laura.

— Après la construction du temple, il n'était plus nécessaire que le démon travaille. Alors on l'a emprisonné dans la pierre à nouveau avec l'aide de saint Michel, pour qu'il y reste jusqu'à la fin des temps.

— Mais ? J'ai l'impression qu'il y a un gros mais dans cette histoire.

— À vrai dire, non, répondit Ben. C'est à peu près la fin d'Ornias.

— Oh.

Je fronçai les sourcils en analysant ça.

— C'est chouette de savoir qu'au moins quelques-uns des démons qu'on emprisonne restent prisonniers.

— Sauf qu'Andramelech essayait de le libérer, intervint Laura.

— Exactement, confirma le père Ben.

— C'est très bien tout ça, dis-je, mais après ? Nous ne savons toujours rien sur cette satanée pierre. Est-ce une de celles qu'ils ont utilisées pour construire le temple ? Et si oui, pourquoi les démons se rassemblent à San Diablo ? C'est juste qu'on est devenus la dernière destination à la mode pour les démons, ou quoi ?

Le père Ben sourit malgré lui.

— Je ne sais pas où se trouve la pierre. Mais je sais que ce n'est pas un simple rocher. C'est une pierre précieuse. Et quand Ornias a été capturé, Salomon l'a faite tailler en utilisant la méthode que l'archange lui-même lui avait confiée.

— Parce que ?

— Parce qu'ainsi l'espace du démon serait restreint.

— On ne voulait pas qu'il prenne ses aises, dit Laura.

Le père Ben lui sourit.

— Une fois que nous avons eu les informations de Laura concernant l'archange Michel, les archivistes de la Forza ont pu trouver d'autres références.

Je tapotai le dos de mon amie et elle se rengorgea.

— Alors qu'est-ce qu'on sait ? demandai-je.

— La pierre est investie du pouvoir de piéger et capturer les démons. Bien sûr, le Roi Solomon a commencé par capturer Ornias, mais de nombreux démons mineurs le suivirent rapidement.

— Comment ?

— La pierre est un piège. Ne me demandez pas comment ça marche, je n'en sais rien. Tout ce que je sais, c'est qu'au fil des années, elle s'est retrouvée chargée d'entités démoniaques. Piégées en son sein pour l'éternité.

— Mais il doit y avoir un moyen d'en sortir, dit Laura. C'est pour ça qu'Andramelech voulait tellement la récupérer.

— Jusqu'à ce qu'il se retrouve pris au piège à son tour, compris-je.

— Exactement, dit Ben. La pierre a été bien protégée au fil du temps, passée d'un gardien à l'autre en secret. Mais même ainsi, Andramelech a cru pendant des siècles être non seulement capable de la trouver, mais aussi d'en libérer ses compatriotes pour qu'ils deviennent ses fidèles disciples.

— D'accord, dis-je parce que je savais déjà ça. Continuez.

— Il a parcouru la terre sous forme humaine et a rallié des adeptes humains en leur révélant ses secrets et en leur promettant de grandes choses.

— Ses secrets ? demandai-je. Quels secrets ? Et comment vous le savez ?

— Parce que nous savons ce qu'il leur disait, répondit le père Ben. Quelques-uns de ceux qui se sont tournés vers l'Église au moment où la prise d'Andramelech sur leurs âmes s'est affaiblie il y a quelques années nous ont révélé certains détails. Personne ne connaît exactement la cérémonie pour libérer Ornias – même s'ils ont laissé entendre que d'autres humains possédaient peut-être cette information – mais ils nous ont donné des renseignements capitaux concernant la pierre.

— Comme quoi ? demanda Laura.

— La façon dont elle fonctionne. Et comment ils comptent utiliser sa nature inhérente pour la localiser et la réclamer.

— D'accord, dis-je. J'écoute. Comment ça marche ?

— C'est un aimant, dit-il. Un aimant à démons.

Laura me regarda. Je haussai les épaules.

— Avec l'aide de l'archange, le Roi Salomon a fait monter la pierre sur une bague, expliqua Ben. Et quand un humain la porte, cela attire les démons à lui. La bague produit une vibration dans l'éther, et les démons voient où se trouve le bijou. Peut-être même qui le possède. Le but, bien sûr, c'est de permettre au porteur d'emprisonner le démon dans la bague. La « ruse sombre », comme les textes l'appellent, ne doit être effectuée que par une âme volontaire pour accomplir le plus grand des sacrifices.

— Qu'est-ce que ça veut dire ? demandai-je.

— J'ai peur que nous l'ignorions. Mais vous voyez ce que ça implique ? Andramelech comptait inverser les rôles avec le porteur. Il voulait se laisser attirer par la bague et au lieu de se retrouver captif, il voulait s'emparer de la pierre.

— Mais son plan a échoué, dit Laura. Et nous ne savons toujours pas où est la bague.

Je ne dis rien. Un froid glacial s'était emparé de moi alors que le récit du père Ben se frayait un chemin dans mon esprit. *Porter la bague attire les démons. Et une fois que les démons savent où se trouve la bague, ils ne s'arrêteront devant rien pour l'arracher à son nouveau porteur.*

Je blêmis, me sentant soudain au bord de la nausée.

— La chevalière d'Eric, dis-je. Seigneur Dieu, tout ce temps, les démons voulaient la chevalière d'Eric.

— Vous avez la bague ? demanda Ben, visiblement stupéfait.

— Non, murmurai-je, glacée d'effroi. C'est Allie qui l'a.

13

Alors que je roulais à tombeau ouvert jusqu'au lycée, Laura appela chez moi. Au troisième essai, Eddie décida enfin de répondre et quand Laura mit le haut-parleur, je l'entendis grogner :

— Qui que ce soit, ça a intérêt à être important.

— La chambre d'Allie ! hurlai-je. Le tiroir de droite sur l'étagère au-dessus de son bureau. Allez voir s'il y a une chevalière dedans.

Je l'entendis se traîner vers les escaliers.

— Bon sang, Eddie ! criai-je. Plus vite !

— T'excite pas, rétorqua-t-il, mais je l'entendis marcher plus vite et sa respiration se faire courte. Saleté de meuble de princesse, marmonna-t-il. Où est-ce que je suis censé chercher ?

— Son bureau. Près de la fenêtre. Il y a un petit tiroir du côté droit. Il y a un rebord au-dessus avec peut-être un petit carnet noir.

— Je le vois, dit-il.

Je priai silencieusement pour qu'elle n'ait pas emporté la chevalière de son père à l'école.

— Mais il n'y a pas de bague là-dedans, finit-il par dire.

Je regardai Laura alors que nous arrivions à un feu rouge.

— Grille-le, dit-elle.

Et c'est ce que je fis.

— Allie ! hurlai-je en courant dans les couloirs.

Le lycée Coronado est entouré de grilles et les parents sont censés se présenter à l'accueil. Heureusement, l'école n'avait pas encore décidé de fermer son portail à clé, et je pus foncer à l'intérieur en ignorant les panneaux qui me demandaient de me procurer un pass visiteur.

La cloche venait de sonner et tout autour de nous les élèves s'arrêtèrent en me fixant. Je m'en fichais. Il fallait que je trouve ma fille.

Je retins Bethany, une des pom-pom girls.

— Tu as vu Allie ?

Elle écarquilla les yeux et pointa le bout du couloir.

— Elle vient de sortir de sport. Je ne sais pas ce qu'elle a ensuite. Est-ce que ça va ?

— Oui, répondis-je en courant déjà vers le gymnase. Problème familial. Rien de grave.

Je fonçai à travers les portes battantes qui menaient au gymnase, et puis je m'interrompis pour me repérer.

— Par là, dit Laura en montrant la gauche.

Nous étions toutes les deux venues au gymnase des douzaines de fois, mais seulement pour des événements scolaires. Nous n'avions jamais visité les vestiaires.

— Je vais voir. Toi, retourne à l'accueil. Demande quel est son prochain cours, juste au cas où elle ne soit pas là.

— Ça marche, dit-elle en courant vers la porte.

— *Non*, la rappelai-je. Tu n'es pas sa mère et on n'est pas censées être là. Oublie l'accueil. Trouve David.

Elle me fit signe de son bras valide. Son plâtre serré contre sa poitrine, elle se mit à courir en travers du terrain de basket, ses mocassins résonnant contre le parquet poli.

Je fonçai dans la direction opposée et trouvai le vestiaire des filles. Je fis irruption à l'intérieur en appelant ma fille.

— *Maman !*

Je la trouvai blottie dans une serviette, par terre, devant son casier. Mon cœur se brisa et je fonçai vers elle. Il fallait que je la serre dans mes bras et que je m'assure qu'elle était saine et sauve.

Mindy était avec elle ; elle lui tenait les mains et lui disait que ça allait s'arranger.

— Allie !

Je m'agenouillai devant elle, reconnaissante envers Mindy quand elle se déplaça sur le côté pour que je puisse serrer ma fille dans mes bras. Je l'étreignis avec tant de force que je contusionnai probablement une ou deux côtes. Une fois calmée par sa présence physique, je reculai et me tournai vers Mindy.

— Ta mère est allée chercher M. Long. Tu peux aller les trouver et leur dire qu'on est ici, et qu'Allie va bien ?

— Euh, oui, d'accord. Mais...

— *Mindy !*

— D'accord, d'accord. J'y vais.

Elle adressa un regard compatissant à ma fille et disparut dans le gymnase.

Je me tournai vers Allie et posai une main sur chacune de ses épaules pour l'examiner à nouveau. J'avais besoin de vérifier qu'elle était vraiment indemne.

Elle se laissa faire jusqu'à ce que je tire sur la serviette. Là, elle me donna une tape sur la main.

— Maman ! Qu'est-ce qui t'arrive ?

— Est-ce que ça va ? Tu n'es pas blessée ?

— Ça va. Pourquoi tu... *Oh*. Il s'est passé quelque chose ?

Elle tourna la tête afin de voir s'il ne restait pas des retardataires dans le vestiaire vide.

— C'est les démons ? demanda-t-elle en un murmure quasi inaudible.

— Eh bien, oui, dis-je.

Maintenant, c'était moi qui étais perdue.

— Mais tu n'étais pas...

Je m'interrompis en comprenant qu'il y avait un malentendu depuis le départ. Allie n'avait pas été attaquée par un démon. Mais si ce n'était pas ça, alors qu'est-ce qui s'était passé ?

Je fis un signe pour désigner son apparence, assise par terre, couverte d'une simple serviette.

— J'ai cru qu'on t'avait fait du mal.

— Je n'ai rien, dit-elle. C'est juste... je suis juste...

Elle s'interrompit et se remit à pleurer.

— Ma puce, qu'est-ce qui se passe ?

J'étais juste devant elle et j'essayais d'interpréter son expression.

— Qu'est-ce qui t'est arrivé ?

— La bague de Papa, dit-elle entre deux reniflements. Quelqu'un a volé la bague de Papa.

— C'est pas grave, ma puce. C'est pas grave.

Bien sûr que c'était grave ; La bague se baladait je ne savais où, et c'était un très gros problème. Mais je ne comptais pas annoncer ça à ma fille. Pas pour le moment en tout cas.

Au lieu de ça, je la serrai dans mes bras et lui dis que tout irait bien. Que nous avions d'autres souvenirs de son papa. De meilleurs souvenirs. Et sans aucun doute, des souvenirs moins dangereux.

— Reprends depuis le début, lui dis-je une fois qu'elle se fut calmée.

Elle était habillée, désormais. Elle s'était changée quand je lui avais promis que je ne lui en voudrais pas jusqu'à la fin des temps. En secret, j'étais plus qu'un peu inquiète. Mais comme je ne lui avais pas encore expliqué pourquoi je m'étais précipitée ici pour la sauver, j'essayai de conserver une attitude calme et responsable.

Pour l'instant, il me fallait les faits : quand, où, comment.

Le moment où je péterais un câble parce que nous avions perdu une petite babiole qui se trouvait être la clé de toutes les activités démoniaques en cours à San Diablo ? Eh bien, ce serait pour plus tard.

— J'ai voulu prendre la bague à l'école aujourd'hui, dit-elle. Parce que j'ai réfléchi à ce que tu as dit. Qu'on avait survécu à l'attaque dans le parc et que donc, c'était vraiment un porte-bonheur.

Je grimaçai en me rappelant cette conversation. Elle avait dit que la bague lui avait porté malheur. Je lui avais dit que c'était idiot, puisque j'étais venue la sauver.

Vu que c'était la bague qui avait fait venir le démon, elle avait eu raison tout du long. Voilà où en était mon instinct maternel.

— Est-ce que tu l'avais mise à ton doigt ? demandai-je.

— Non. Elle est trop grande, tu sais ? Et puis, elle est plutôt moche. Je l'avais à une chaîne à mon cou.

Je poussai un soupir de soulagement en moi-même. Les démons savaient déjà que la bague était dans ma maison, et vu qu'ils me pourchassaient, ils devaient penser que j'étais au courant de son importance. Mais si elle ne l'avait pas enfilée à son doigt, peut-être qu'ils n'étaient pas venus au lycée.

— Et donc ?

— On n'a pas le droit d'avoir de bijoux en EPS alors je l'ai laissée dans mon casier. Mais quand je suis revenue, elle avait disparu.

— Et tu n'as aucune idée de qui l'a prise ? Tu n'as vu personne de louche rentrer dans le vestiaire ?

Elle secoua la tête.

— Personne.

Je serrai les poings, frustrée par la nouvelle impasse dans laquelle nous nous trouvions.

Si le voleur était un démon, nous étions dans de beaux draps. Mais si le coupable était un élève ? Eh bien ce gamin deviendrait vite un aimant à démons. Pire, il serait vite mort.

14

Laura nous trouva dans les vestiaires après avoir renvoyé Mindy en cours. Je voulais parler à David, mais la proviseure adjointe, qui avait entendu parler de ma folle course dans les couloirs, était apparue comme par magie et n'avait pas l'air très heureuse de notre petite visite au lycée.

Elle m'informa que M. Long avait cours jusqu'à la fin de l'après-midi mais qu'elle pouvait lui demander de me rappeler à la sortie des classes. Je lui adressai un sourire sirupeux en lui confirmant que je souhaitais effectivement qu'elle fasse cela.

Puis je lui dis que je ramenais Allie chez elle. Une urgence familiale.

Je signai un formulaire jaune qui serait probablement glissé dans le dossier scolaire d'Allie, et puis j'acquiesçai, toujours très poliment, quand ils me firent promettre, dans le cas d'une nouvelle urgence, de passer d'abord à l'accueil plutôt que de courir dans les couloirs et « d'affoler les élèves ».

Je n'avais pas constaté d'affolement, mais j'acquiesçai tout de même.

J'avais appris depuis longtemps que c'était plus simple de sourire poliment. Je faisais ce que j'avais besoin de faire, bien sûr. Mais ensuite, je souriais toujours poliment au moment des excuses.

— Je croyais que tu n'étais pas en colère, dit Allie dès que nous fûmes dans le monospace.

Laura était assise sur le siège passager et je jetai un coup d'œil à ma fille dans le rétroviseur.

— Je ne le suis pas, confirmai-je. Je suis soulagée.

— Alors pourquoi tu m'as sortie du lycée ?

Je regardai dans le miroir à nouveau et vis l'expression sur son visage quand elle comprit.

— Oh, d'accord, dit-elle. Les démons.

— Maligne, cette petite.

— Alors qu'est-ce qui s'est passé ? Tu vas me laisser me battre ? Je sais que tu as dit que je n'étais pas prête, et je suis totalement O.K. avec ça, mais je veux aider. Et si tu y vas, alors tu devrais vraiment me prendre avec toi parce que...

— Allie ! l'interrompis-je en riant. Je ne suis pas venue te chercher pour une bataille. Il s'agit de la bague.

— La bague ? La chevalière de Papa ?

— Pas juste celle de Papa, on dirait. Ce bijou a appartenu au Roi Salomon.

— Pas moyen ! Mais elle est tellement moche !

— Encore une preuve que le sang royal n'est pas une garantie de bon goût, répliquai-je. Bon, tu veux entendre l'histoire, ou pas ?

Bien sûr, elle voulait, alors je lui fis le récit complet pendant le trajet. Nous nous arrêtâmes déposer Laura chez elle pour qu'elle puisse se pomponner pour son rendez-vous, puis nous nous retrouvâmes autour de la table de la cuisine.

Quand j'arrivai à la fin, ma fille semblait un peu perturbée.

— Alors ce n'était pas du tout la bague de Papa ? Comment ça se fait qu'il la portait quand... Tu sais... Quand il était à San Francisco ?

— Je pense que la bague était à lui. Je suis à peu près sûre que c'était un cadeau de Wilson.

— Ton ancien *alimentatore*, se souvint-elle.

— Tout à fait.

— Et du coup ? Wilson a décidé d'envoyer un aimant à démons à Papa ? Pourquoi ?

— Je ne sais pas, reconnus-je. Il est clair qu'il nous manque une pièce du puzzle.

— Mmh, dit-elle d'un air sérieux, le menton sur son poing. Au moins, on sait que tout ça est lié. Je veux dire, hier on pensait que le meurtre de Papa n'avait rien à voir avec les démons d'Andramelech. Mais il y a forcément un lien, hein ? Parce que si les démons veulent libérer cet Andra, là, et il est prisonnier dans la bague de Papa. Je veux dire, c'est logique, non ?

— Tout à fait. Tant qu'Andramelech est effectivement *dans* la bague de Papa.

— C'est forcé, insista Allie. Tout colle.

Elle se leva de sa chaise et commença à faire les cent pas dans la cuisine.

— Papa est allé à San Francisco pour rencontrer une chasseuse, hein ? Et c'est à peu près l'époque où Andramelech a disparu. Ce n'est pas ce que tu m'as dit ?

Je hochai la tête, mais j'étais déjà deux étapes plus loin.

— Ton père n'est pas allé à San Francisco pour rencontrer n'importe quelle chasseuse, dis-je. Il a dû y aller pour voir Nadia Aiken. La chasseuse qui était sur la piste d'Andramelech.

— D'accord, d'accord, d'accord, dit Allie en sautillant sur place. Parce que d'une façon ou d'une autre, elle avait appris qu'il avait la bague.

— Elle travaillait avec Wilson, dis-je. Donc c'est logique.

— Mais quelque chose est allé de travers. Le démon a dû

les trouver en premier, hein ? Parce qu'on sait que Nadia a disparu. Et on sait que Papa est mort.

Elle prit une grande inspiration et leva le menton, un pli décidé sur les lèvres.

— Mais Papa a dû gagner, tu sais ? Il a réussi à l'avoir. Andramachintruc a dû l'attaquer, ajouta-t-elle en agitant ses bras en une parodie grossière d'un combat d'arts martiaux. Parce que ce bon vieil Andra voulait la bague, hein ? Pour libérer son pote Ornie.

— D'accord.

Je souris devant son enthousiasme en dépit de la gravité du sujet.

— Eh bien, Papa a dû lui en faire voir. Je veux dire, quelque chose a dû lui arriver – ça, on le sait – mais il a quand même réussi à bloquer Andra. C'est obligé. Parce que la bague est ici et que tous ces démons sont en train de chercher Andramelech. C'est *trop* logique.

Elle s'était mise dans tous ses états. Elle leva le poing vers le ciel, ravie de ses propres talents de déduction. Mais un coup d'œil vers moi la fit redescendre sur terre.

— Maman ? Qu'est-ce qui ne va pas ? Je me trompe ?

Je secouai lentement la tête. La vérité se fit jour en moi et je me sentis nauséeuse.

— Non, dis-je avec un sourire forcé. Non, je pense que tu as tout à fait raison.

Et c'était vrai. Mais il y avait une chose à laquelle Allie n'avait pas pensé. Une chose qui lui avait échappé mais sur laquelle je m'étais aussitôt focalisée : pourquoi les démons avaient-ils commencé par attaquer David ?

Après tout, il n'avait jamais été en possession de la bague. Alors pourquoi commencer par lui ?

Mais j'étais une bonne élève, et j'avais la réponse : parce que jusqu'à ce qu'Allie enfile la bague ce jour-là dans le grenier, les démons ne savaient pas où elle était passée. Ils n'avaient qu'une piste. Le corps était enterré depuis longtemps, mais l'âme de celui qui avait capturé leur leader ? S'ils la trouvaient, ils pourraient bien trouver la bague aussi.

Je faisais les cent pas devant la porte de David quand il arriva chez lui. J'étais si tendue que j'étais comme montée sur ressorts.

Son regard s'éclaira en me voyant.

— Kate. J'ai essayé d'appeler sur ton portable, mais je suis tombé sur ton répondeur à chaque fois.

— Je l'ai coupé.

Il me regarda et son sourire disparut alors qu'il montait l'escalier jusqu'au palier.

— Entrons.

— Oui. Comme ça on pourra avoir une petite conversation sympathique.

Il me jeta un regard curieux mais m'ouvrit la porte. J'entrai, fulminante, et me retrouvai dans un appartement typique de célibataire. Cela me décontenança l'espace d'un instant. Il n'y avait pas de photos de moi ou d'Allie sur les murs. Pas de souvenirs. Pas même les meubles design danois qu'Eric aimait bien.

Je ne savais pas à quoi je m'attendais, mais j'hésitai un instant en me demandant si je m'étais trompée.

— Kate ?

Il se rapprocha et me contempla.

— Katie, est-ce que ça va ?

Il était juste là, devant moi, et l'air crépita entre nous.

L'odeur de cet homme était celle de David, mais l'électricité, la tension... Dieu du Ciel, *c'était Eric.*

J'avais eu raison tout du long. Et maintenant que j'en étais certaine, je n'arrivais pas à croire que j'en avais douté. Pire, je n'arrivais pas à croire qu'il m'ait menti. Et pire encore, que j'aie cru en son mensonge.

Je me tenais là, tremblante. Mes émotions formaient un maelström de rage, de joie, de désir. J'étais incapable de bouger – je n'en avais même pas envie.

— Katie, qu'est-ce qui se passe ?

Il y avait de l'inquiétude dans sa voix, et je faillis répondre. Je faillis me laisser entraîner dans une discussion calme et raisonnable.

Mais il toucha mon épaule, et ce fut comme si un fusible avait sauté dans mon âme. Toute la rage et le sentiment d'avoir été trahie jaillirent hors de moi, et je reculai en lui faisant vivement ôter sa main.

— Espèce d'enfoiré, criai-je, des larmes sur le visage. Tu m'as menti. Bon sang, Eric, tu m'as *menti*.

Il fit un pas en arrière, et je vis le moment où il se rendit compte que j'avais utilisé son vrai nom. De la surprise, du choc, mais pas de déni ou d'incompréhension.

C'était vrai, alors, et je poussai un sanglot frustré avant de le gifler en plein visage. Ma paume me brûla sous la force du coup, mais il n'émit pas un son, et je reculai pour recommencer.

Cette fois, il attrapa mon poignet.

— Non, dit-il.

Et il me tira contre lui, saisit mon autre poignet, et me maintint fermement. Il posa les lèvres sur les miennes et m'embrassa, un contact si familier et en même temps si exigeant, désespéré. Cette fois, toutefois, je ne lui rendis pas son baiser. Même s'il me manquait, et même si j'avais envie, de chaque molécule de mon corps, de me perdre en lui.

Je le repoussai doucement et je plongeai les yeux dans son regard interrogateur. Un regard toujours enflammé de désir, cette fois sans trace d'excuses.

— Tu m'as menti, dis-je.

— Je t'ai dit que je n'étais pas l'homme que tu as épousé. C'est vrai, Katie.

Une bulle de colère remonta à la surface et j'explosai :

— C'est n'importe quoi, et tu le sais. Tu savais ce que je voulais dire. Tu savais quelle question je posais. Et tu m'as regardée en face et tu m'as menti, délibérément.

Il se détourna et marcha jusqu'à la porte de la terrasse. Il se tint là et regarda dehors. La nuit était tombée. Je voyais son reflet sur la porte vitrée et je savais qu'il me voyait, lui aussi. Je restai là où j'étais, sans bouger, en attendant qu'il s'explique.

— Qu'est-ce que j'étais censé faire, Kate ? demanda-t-il d'une voix chargée de regrets. Je t'aime. Tu es mariée. Tu as une vie. Je ne veux pas être la personne qui gâche tout cela.

Il se tourna pour me faire face et je vis la colère dans son regard. Pas à mon égard, mais envers le monde. Envers les horribles circonstances qui nous avaient séparés et nous avaient ramenés l'un vers l'autre sans espoir d'un futur.

— Alors dis-moi, Katie. Est-ce que j'ai eu tort de ne pas te dire la vérité ? Était-ce un tel péché que d'essayer de te rendre les choses plus faciles ?

— Tu m'as embrassée, dis-je. Tu m'as embrassée en étant David. En quoi c'était censé me rendre les choses plus faciles ?

— J'ai cru t'avoir perdue à nouveau, dit-il.

Je vis la douleur gravée sur son visage. Une douleur réelle, si profonde qu'elle sembla me blesser moi aussi.

Je secouai la tête, déterminée à ne pas céder. J'avais besoin de comprendre, et pour cela j'avais besoin de ma raison, pas de mon cœur. Parce que les accusations d'Eddie quant à l'usage de magie noire, si je ne voulais pas les croire, restaient gravées dans ma mémoire.

— Tu as menti, Eric. Tu as dit que tu ne savais rien de cette satanée pierre. Comment je suis censée te faire confiance alors que tu as menti à ce propos ? Allie a été agressée. J'ai failli y passer. Et tu oses me dire en face que tu m'aimes toujours ?

— Bon sang, Kate, est-ce que tu suggères que je serais capable de faire quoi que ce soit qui te mette en danger ? Qui mette Allie en danger ? Jamais je ne...

— Alors pourquoi tu n'as rien dit ? Pourquoi tu ne nous as pas dit ce qui se passait depuis le début ?

— Parce que je n'en savais rien. Je ne sais toujours pas. Kate, dit-il d'un air franc, il faut que tu me croies. Jamais je ne te ferais de mal. Je mourrais plutôt que de laisser quelque chose vous arriver à toi ou à Allie.

Je ravalai des larmes. La force de ses mots m'attirait à lui, mais ses actions passées me tenaient éloignée.

— La bague, dis-je alors qu'une larme traîtresse coulait sur ma joue. Tu aurais dû nous parler de la bague.

— Attends... quoi ?

Son front était plissé et il se rapprocha d'un pas.

— Quelle bague ? De quoi est-ce que tu parles, bon sang ?

Je poussai un soupir frustré.

— Ne joue pas avec moi, Eric. Je te connais mieux que quiconque.

Du moins, me dis-je, je l'avais cru.

— La bague de Wilson. La bague de Salomon.

Il secoua lentement la tête.

— La chevalière avec le rubis ? Et les diamants ?

J'observai son visage et essayai d'y discerner la vérité. J'y vis de l'incompréhension, et de la douleur. De la douleur parce que je doutais de lui.

Et mince, il n'était vraiment pas au courant.

Je me passai les doigts dans les cheveux et me laissai tomber sur le canapé. Je ramenai mes coudes sur mes genoux, et ma tête dans mes mains. Au bout d'un moment, je sentis le coussin bouger sous le poids d'Eric, et puis ses bras autour de moi. Je me laissai aller contre lui, les yeux toujours fermés.

— Dis-moi ce qui s'est passé à San Francisco, lui intimai-je.

— J'y suis allé parce qu'une autre chasseuse m'avait contacté. Elle m'a dit qu'elle avait une piste. Un indice qui concernait le meurtre de Wilson.

— Nadia, dis-je.

Je commençais à bouillir de nouveau, parce qu'il avait aussi nié la connaître.

— Non, dit-il. Je n'avais jamais entendu parler de Nadia Aiken. Je te le jure, Kate.

— Continue.

— On a parlé quelques fois et elle voulait voir les affaires que Wilson m'avait envoyées.

— Des affaires dont tu ne m'avais jamais parlé.

— Tu étais enceinte. Wilson ne voulait pas te perturber.

— Et quand je n'ai plus été enceinte ?

Il soupira.

— Alors c'est *moi* qui n'ai pas voulu te perturber. Wilson était mort, et j'avais rangé tout ça. J'avais oublié ce qu'il m'avait envoyé, pour être franc, même après avoir commencé ma formation pour devenir *alimentatore*. Ce n'est qu'une fois que Diana m'a contacté que je me suis souvenu du colis de Wilson, et j'ai pensé qu'il pouvait contenir quelque chose d'intéressant.

— Diana ? C'était elle la chasseuse ?

— Oui.

— Alors qu'est-ce qui s'est passé ?

Il se leva et commença à faire les cent pas dans son salon.

— Je suis allé la voir. Mais je ne lui faisais pas confiance. Je ne sais pas trop pourquoi. Alors je lui ai dit que j'avais donné tout ce qui avait de la valeur à une œuvre caritative, que Wilson aurait voulu que cela soit vendu pour soutenir l'Église.

Il marqua une pause et se tourna pour me regarder. Il plongea les yeux dans les miens, comme il le faisait toujours, comme s'il pouvait savoir à quoi je pensais rien qu'en me regardant. Je gardai le silence, j'attendis qu'il poursuive, et quand il le fit il semblait lointain, comme si en parler l'avait ramené à cette nuit terrible, tant d'années auparavant.

— Elle était agacée, ça je m'en souviens. Elle a dit qu'elle avait compté sur le fait que j'aie ces objets. Qu'elle croyait vraiment que c'était là la clé de la mort de Wilson.

— Alors pourquoi tu ne les lui as pas donnés ?

Il secoua lentement la tête.

— Franchement ? Rien de précis sur lequel je puisse mettre le doigt. Mais quelque chose m'a fait hésiter. Alors je suis parti. Je lui ai dit que je verrais si je pouvais les retrouver, mais je ne comptais pas vraiment le faire.

— Mais tu avais emporté ces affaires avec toi à San Francisco. Tu portais la bague quand...

Je déglutis.

— Quand ils ont trouvé ton corps.

— Je l'avais prise au cas où je change d'avis. Je ne sais pas. Je voulais savoir ce qui était arrivé à Wilson, alors une part de moi espérait qu'elle saurait me convaincre. Mais...

— Et quand tu as enfilé la bague, elle a attiré les démons. Notamment Andramelech, qui cherchait précisément cette bague.

— Je suppose que c'est ce qui a dû se passer, mais je ne me souviens de rien. Je me rappelle avoir pris congé de Diana et être rentré à mon hôtel. Je me rappelle la douleur.

Il grimaça et je me maudis de lui faire revivre ça.

— Et puis je ne me rappelle rien.

— Jusqu'à ?

Il me regarda d'un air grave.

— Jusqu'à ce que je devienne David.

— C'était des années plus tard, dis-je.

Il hocha la tête.

— Le temps ne voulait rien dire pour moi, et une fois que j'ai été... eh bien, David, je t'ai trouvée. J'ai vu Stuart, j'ai vu Timmy.

Il ferma les yeux et je vis sa poitrine se soulever et s'abaisser alors qu'il prenait une grande inspiration.

— J'ai vu la vie que tu as désormais.

Je me serrai dans mes propres bras, comme si ce geste pouvait empêcher mes émotions de remonter à la surface. J'avais envie de fuir, envie de faire comme si je ne savais rien de tout cela, qu'Eric soit toujours David et que la vérité ne m'ait jamais été révélée. Mais je savais. Je savais et, Dieu me vienne en aide, j'étais incapable de gérer cela.

— Kate ?

Je levai une main, comme si cela pouvait tenir la douleur à distance.

— Je ne peux pas te voir, dis-je d'une voix tremblante. C'est trop dur. Tu avais raison de ne rien me dire.

Des larmes dégoulinèrent sur mes joues et je ne pris pas la peine de les essuyer.

— J'ai une famille et je ne peux pas foutre ça en l'air. Je ne peux pas faire de mal à Stuart. Il est innocent dans toute cette histoire. Et puis, je l'aime.

— Je sais. C'est ce que j'essayais de faire, tu te rappelles ?

Je parvins à sourire.

— Je sais. Merci.

— Mais les démons, dit-il d'un air grave. Tu as besoin de quelqu'un qui surveille tes arrières.

— J'ai su me débrouiller toute seule jusqu'à maintenant.

— En effet. Mais pour combien de temps encore ?

Je me détournai, refusant de considérer la question.

— Peut-être que ça ne rentre pas en ligne de compte. Si les démons ont la bague, il y a de bonnes chances qu'ils aient quitté San Diablo.

— Et ça te va ?

Je secouai la tête.

— Je ne parcours plus le globe à leur poursuite, Eric. J'ai une famille. Elle passe en premier.

— D'accord, acquiesça-t-il lentement. Et s'ils n'ont pas la bague ? Et s'ils la cherchent toujours ?

Je soupirai. C'était quelque chose à prendre en compte.

— Alors je continuerais à faire ce que j'ai fait jusqu'à maintenant. Et je le ferai seule.

Je partis vers la porte. Il fallait que je sorte d'ici avant qu'il voie mon cœur se briser.

— Allie, dit-il.

Sa voix n'était qu'un murmure derrière moi.

Je ne me retournai pas. Je ne pouvais supporter de le regarder dans les yeux.

— Tu la verras à l'école. Quant à la vérité... Je ne sais pas. Je... je vais devoir y réfléchir.

Il posa la main sur mon épaule et je fermai les yeux.

— Je n'ai jamais cessé de t'aimer, Kate.

— Je sais, dis-je d'une voix enrouée. Moi non plus.

À peu près en même temps que j'avouais à mon premier mari que je l'aimais toujours, mon second mari se tenait sur une estrade et annonçait sa candidature au poste de procureur du comté.

Malheureusement, je ne m'en rappelai qu'une fois sur la route pour rentrer chez moi. Une croix de plus à ajouter à la liste de mes fautes qui n'en finissait de croître.

Je dois reconnaître à Stuart qu'il le prit assez bien une fois que je lui dis – encore plus de culpabilité – que j'avais dû foncer au lycée pour une urgence avec Allie, et que sa conférence de presse m'était complètement sortie de l'esprit. L'urgence, lui dis-je, était liée à un problème de filles, un mensonge qui l'empêcherait de demander des détails.

— J'ai des soirées de campagne prévues la semaine

prochaine, dit-il au bout d'environ neuf cents excuses de ma part.

— Je viendrai, carrément, promis-je.

Cela arrangea les choses, mais pas complètement. Je savais que tout n'était pas au beau fixe, car au lieu de rentrer à la maison, Stuart m'informa qu'il resterait tard au bureau pour travailler.

Je faillis le supplier de changer d'avis. En cet instant, j'avais vraiment besoin de sentir les bras de mon mari autour de moi. Mais la vérité, c'est que son absence m'arrangeait. Et c'était là une vérité qui me faisait me sentir d'autant plus coupable.

Mais je n'avais guère le temps de broyer du noir. Pendant qu'Eddie faisait la sieste dans son fauteuil et que Timmy était assis bien trop près de la télé, j'appelai en vitesse tous les brocanteurs apparaissant dans les Pages Jaunes. Si c'était un lycéen qui avait volé la bague, j'avais du mal à croire qu'il puisse avoir envie de porter cette horreur. Ce n'était pas une super piste, mais pour le moment, c'était la seule que j'avais.

Malheureusement, elle ne me mena nulle part. Aucun dépôt-vente n'avait reçu de bague correspondant à ma description, et quand le générique de fin défila après le millionième visionnage de *Frosty* par Timmy, j'essayais de décider si je laissais tomber ou si j'étendais ma recherche aux comtés voisins.

— On mange quoi ce soir ? demanda Allie en sortant du bureau de Stuart où elle avait passé une heure et quelques à faire des recherches sur Andramelech et les démons en général sur l'ordinateur.

— Ce que tu veux. Tu veux commander une pizza ?

— Un mercredi ?

Elle inclina la tête et me regarda.

— Pourquoi ?

Je désignai l'annuaire et lui expliquai ce que je faisais.

— Et si tu faisais une liste de tous les gens qui ont cours

dans le gymnase en même temps que toi ? Et puis tu entoures tous ceux que tu penses capables de voler des bijoux.

— D'accord, O.K.

Elle passa d'un pied sur l'autre.

— Tu as dit que je pouvais seulement faire des recherches pour toi pendant une heure, et qu'après je devais faire mes devoirs.

— En effet.

Elle leva les yeux au ciel.

— Maman, ça fait une heure. Alors, genre, si tu veux que je fasse la liste, il faut que je mette les maths de côté. C'est bon ?

Je ne pus m'empêcher de sourire.

— Oui. C'est bon.

Tant pis pour la règle de « l'école passe en premier » : il s'agissait de sauver un élève innocent – bien que voleur – des forces du mal.

— C'est parti.

Elle disparut commander la pizza. Quand elle revint, elle annonça que le dîner serait là dans trois quarts d'heure et qu'elle montait dans sa chambre en attendant.

— Attends une seconde ! criai-je. Tu as fermé le navigateur de Stuart ? Tu as fait ce truc, là...

Je décrivis un cercle avec ma main en essayant de me souvenir de ce que Laura m'avait dit.

— Avec l'historique et les cookies, finis-je par dire. Tu les as effacés ?

Je me sentais un peu ridicule d'apprendre à ma fille à cacher ses recherches Internet à Stuart, mais je n'avais pas envie de faire face aux questions qui risquaient de surgir s'il voyait là où elle avait été surfer. Peut-être qu'il ne percuterait pas. Ou peut-être qu'il penserait qu'elle avait de mauvaises fréquentations.

D'une certaine façon, c'était le cas.

Elle partit faire ça et quand elle revint, je pensai à poser la question la plus importante :

— Tu as appris quelque chose ?

Elle secoua la tête.

— Pas vraiment. J'ai peut-être quelques pistes. Mais Eddie a dit qu'il m'aiderait une fois que j'aurais fait mes devoirs pour la semaine. Et puis on ira à la bibliothèque ce week-end.

— Oh, vraiment ?

Il faudrait que je m'en souvienne la prochaine fois qu'Eddie me dirait qu'il ne travaillait plus.

— Et moi qui pensais que les recherches, ce n'était pas son truc.

Elle me fixa d'un air neutre, et je lui fis signe de filer. Je la regardai se précipiter à l'étage avant de retourner à mes appels. Le comté de Santa Barbara était le suivant sur ma liste et si ça ne fonctionnait pas, peut-être que je commencerais Los Angeles.

Comme Timmy s'agitait maintenant que le film était terminé, je pris le téléphone sans fil et m'installai sur le canapé en laissant mon petit garçon se blottir sur mes genoux et tourner – oh, vraiment très utile ! – les pages de l'annuaire pour moi. Je parvins à contacter le nombre record de trois brocanteurs quand j'entendis un « *Ohmondieu, Maman* » provenant des escaliers.

Je fus sur mes pieds en une seconde. Timmy dégringola de mes genoux en glapissant de rire.

— Allie ! criai-je en courant vers l'escalier, craignant le pire. *Allie !*

Sa porte s'ouvrit en grand et elle en bondit, le carnet d'adresses à la main. Elle effectua une petite danse victorieuse apprise chez les pom-pom girls.

— J'ai trouvé ! J'ai trouvé ! J'ai trop, trop trouvé !

— Ce que tu vas trouver, dis-je, c'est des ennuis. Tu m'as fichu une trouille bleue.

— Mais j'ai compris ! s'écria-t-elle.

— Qui a volé la bague ?

Elle secoua la tête et me tendit une liste d'environ trente noms, dont aucun n'avait été entouré.

— Je ne pense pas que qui ce soit sur cette liste puisse voler quelque chose, dit-elle.

— Alors quoi ?

— Le code de Papa !

Elle récupéra le carnet d'adresses sur son lit et le brandit vers moi.

— Et Nadia Aiken est la première personne dedans.

— Tu vois ? dit-elle en désignant l'entrée dans le petit carnet noir. C'est forcément elle.

Nous étions maintenant installées à la table de la cuisine et Allie était une boule de nerfs. Elle gigotait sur son siège et attendait que je confirme sa géniale intuition.

— C'est *Aidan,* dis-je. Qu'est-ce qui m'échappe ?

Elle rejeta la tête en arrière et poussa un soupir.

— *Allez*, Maman. C'est tellement évident.

Elle tapota la page.

— *Aidan A.* C'est trop une anagramme. N.A.D.I.A. et le *A* c'est pour Aiken.

— Ouah, dis-je. Tu as peut-être bien raison.

— Je sais que j'ai raison. J'ai trop raison.

— Et si c'était juste une coïncidence ?

— Ce n'en est pas une, dit-elle. Papa aimait les anagrammes, tu te rappelles ? On s'amusait à en faire dans la voiture.

Je m'en souvenais effectivement. J'avais toujours été nulle

avec ça, mais Eric était ravi que sa fille de huit ans soit aussi enthousiaste que lui avec ses satanés jeux de lettres.

— Ce n'est peut-être pas elle, dis-je.

Mais ce n'était que pour la forme. Parce que « Nadia » était aussi une anagramme pour « Diana ». Et j'étais obligée de me poser la question : est-ce qu'elle avait menti à Eric quant à son nom ? Ou était-ce lui qui me mentait ?

— Allez, *appelle*, dit Allie en s'agitant sur sa chaise. On aura la réponse, que ce soit ça ou pas.

Apparemment, mon éducation l'avait rendue pragmatique. Je pris une inspiration, un peu inquiète de quels nouveaux secrets d'Eric me seraient bientôt révélés, mais déterminée à foncer quoi qu'il en soit.

J'étais sur le point de saisir le combiné quand le téléphone sonna. Je jetai un coup d'œil à Allie qui haussa les épaules. Je n'étais pas d'humeur à papoter au téléphone, et je ne reconnus pas le nom de l'appelant – Lackland – mais je répondis quand même. Et me retrouvai très vite à souhaiter ne pas l'avoir fait.

— Kate ? Katherine Crowe ?

Je m'accrochai au plan de travail, les genoux flageolants d'entendre mon ancien nom.

— Qui est à l'appareil, je vous prie ?

— Kate ? C'est vous ? C'est Betty Lackland. Vous savez ? De la bibliothèque ?

— Betty. Bonjour.

Je poussai un soupir de soulagement. Allie était allée lui parler, ce qui voulait sûrement dire qu'elle m'appelait pour me parler de ce que ma fille était en train de faire.

— Merci beaucoup d'avoir pris le temps de répondre à Allie l'autre jour, dis-je avec l'intention de tuer dans l'œuf tout soupçon que ma fille faisait des choses derrière mon dos. Elle vous en est vraiment reconnaissante.

— Oh, ce n'est rien, ma chère. C'est une jeune fille adorable.

Elle hésita, et puis baissa la voix au point que ce ne soit plus qu'un murmure forcé.

— Mais c'est pour ça que j'appelle.

— D'accord.

Je levai un doigt pour faire signe à Allie de rester là pendant que je passai dans l'autre pièce. Je ne savais pas ce que Betty voulait, mais je sentais que ça n'allait pas me plaire.

— Qu'y a-t-il ?

— C'est juste... Oh, comment dire ? Je ne comptais pas vous faire part de ça. Jamais. Mais j'ai juste peur que si votre fille continue à poser des questions, eh bien...

— Quoi, Betty ?

— Eh bien j'ai peur qu'elle découvre des choses déplaisantes sur son père.

Je me tendis aussitôt.

— Comme quoi, au juste ?

— Oh ma pauvre, je ne voulais même pas vous le dire à *vous*. Mais, eh bien, Eric agissait de façon assez étrange avant de partir à San Francisco.

— C'est-à-dire ?

— Eh bien, il avait toujours été discret, mais je n'avais jamais eu l'impression qu'il cachait quelque chose. Mais cette semaine-là... eh bien... c'est juste que...

Je pris une inspiration.

— Betty, je vous en prie, ne vous inquiétez pas. Ça fait presque six ans. Je me suis remariée. Quoi que vous ayez à me dire, ça ira.

C'était un mensonge total, mais j'avais besoin qu'elle parle.

— C'est juste qu'il y avait tellement de coups de fil. Avec cette *femme*.

Au ton de sa voix, on aurait dit qu'être une femme était une maladie contagieuse.

— Je suis sûre que ce n'était rien, dis-je en essayant d'avoir l'air enjouée.

Mais c'était sans doute le nœud du problème. Les appels de Nadia – de Diana – étaient ce qui l'avait convaincu de partir à San Francisco, et qu'il se soit montré secret à ce propos ne m'étonnait pas du tout, vu les circonstances.

— C'est juste que, vous savez, elle était tellement jolie.

Voilà qui retint mon attention.

— Vous l'avez rencontrée ?

— Elle est venue à la bibliothèque une fois. Et Eric était très distant après son départ. Pour être franche, il semblait un peu énervé qu'elle soit venue.

Elle poussa un gros soupir.

— Oh, ma chère Kate, je suis désolée de vous dire ça, mais…

— Ce n'est rien, dis-je, la gorge serrée. J'apprécie votre sollicitude. Mais c'est une amie de la famille. Je vous assure. Il n'y a rien d'étrange là-dedans. Vraiment rien.

— Oh, merci Seigneur. Je suis tellement soulagée.

— Ça a dû être un fardeau de garder cela pour vous toutes ces années, dis-je en me forçant à sourire pour que ma voix semble joyeuse.

— Oui, en effet. Et je suis tellement heureuse d'apprendre que c'était un malentendu. Je n'arrivais pas à croire qu'Eric puisse vous tromper. Ça ne lui ressemblait tellement pas.

Je serrai le téléphone avec tant de force que je craignais qu'il craque sous ma main.

— Non, dis-je, ça ne lui ressemble pas du tout.

Une liaison. Après avoir raccroché, je tournai et retournai cette possibilité dans ma tête. Pas moyen. C'était juste impossible. Je me fichais des trucs qu'il faisait en cachette à cette époque. Eric Crowe n'aurait pas trompé sa femme. Il ne m'aurait pas trompée. Point. Fin de l'histoire. Mais alors que j'essayais de me débarrasser de cette pensée, les paroles de Betty revenaient me hanter. Et une fois de plus, je fus forcée de me rappeler que je ne connaissais pas Eric aussi bien que je l'avais cru.

Je parvins à me reprendre suffisamment pour être capable de revenir dans la cuisine où Allie m'attendait avec impatience.

— Alors ?

— Rien, dis-je en espérant que c'était la vérité. Ce n'était rien du tout.

— Alors on peut appeler, là ?

— Tout à fait.

Je saisis le téléphone et composai le numéro pour être accueillie par le cliquetis caractéristique d'une redirection d'appel avant que quelqu'un annonce :

— Messagerie Wayside.

— Ah, dis-je. Bonjour. Je ne suis pas sûre que ce soit le bon numéro.

Je lus à l'opératrice celui qui se trouvait dans le carnet.

— C'est bien ça, dit-elle. Souhaitez-vous laisser un message ?

— C'est le numéro de Nadia Aiken ?

— Non, Madame.

— Aidan A ?

— Non plus, navrée.

— Diana Kaine ? tentai-je.

Jamais deux sans trois, après tout.

— Oui, Madame.

Je souris à Allie et levai le pouce. C'était notre première victoire de cette journée catastrophique.

— Ce service est toujours actif ? Je veux dire, elle reçoit beaucoup d'appels ?

— Je suis désolée. Je ne suis pas autorisée à vous donner cette information.

— Je vois. Merci.

— Souhaitez-vous laisser un message ?

J'en laissai un, court et aimable, droit au but.

— Je m'appelle Kate Connor mais vous me connaissez sûrement sous le nom de Katherine Crowe, commençai-je. Nous avons travaillé pour le même employeur. Et je pense que j'ai des informations sur un ami à vous. Un certain M. André.

Je finis en laissant mon numéro, puis je me tournai vers Allie en haussant les épaules.

— On verra bien.

— Il y avait quelqu'un à l'autre bout du fil ?

— C'était comme ça que fonctionnaient les services de messagerie, dis-je. Avant que tout le monde ait un répondeur.

— Trop bizarre.

— Mmh.

Du point de vue de ma fille, tout ce qui fonctionnait avec autre chose qu'une puce électronique était bizarre.

— Alors maintenant, on attend ?

— Il faut se préparer à l'idée qu'elle ne nous rappelle jamais. Qui sait quand ce service a été mis en place ? Elle a pu payer des années et des années d'avance. Il reste tout à fait possible que Nadia soit morte. On n'en sait juste rien.

Les épaules d'Allie s'affaissèrent.

— D'accord. Bon, alors, qu'est-ce qu'on peut faire d'autre ? Il doit bien y avoir un moyen de trouver cette bague, non ?

J'espérais que oui, mais les chances étaient maigres.

— On verra ce que le père Ben et le père Corletti ont comme idée, dis-je.

J'avais appelé Ben juste après avoir appris la disparition de la bague, et nous avions organisé une vidéo-conférence avec Rome. Le père Corletti avait aussitôt fait parvenir l'information à tous les observateurs actifs et les *alimentatores*. La Forza surveillerait de près les activités des sectes. Si un quelconque culte dédié à Andramelech se réveillait, on en entendrait parler. Et nous saurions qu'il avait été libéré de la bague.

— Mais ça ne fonctionne que si c'est un démon qui l'a volé, contra Allie une fois que je lui eus rappelé tout cela.

— C'est vrai.

Je sortis la liste d'élèves qu'elle avait établie de ma poche.

— C'est pour ça qu'il faut qu'on s'occupe de ça.

Elle soupira.

— Je ne connais pas assez bien la plupart de ces gens, et ceux que je connais ne sont pas du genre à aller voler les affaires des autres. Mais j'ai réfléchi, et je pense que je peux trouver en allant poser des questions à droite à gauche. Je veux dire, Coronado est plutôt un bon lycée, dans l'ensemble. Si quelqu'un se vante d'avoir volé une bague, je parie que je le découvrirai.

— Allie, dis-je d'une voix brusque. Il faut que tu sois prudente.

Elle me gratifia d'un air exaspéré.

— Sérieux, Maman. Je vais juste parler aux autres élèves. Je ne les menacerai même pas avec mon arbalète.

— Allie...

— Franchement, dit-elle en levant les mains, une expression malicieuse sur le visage. Je ne pourrais jamais faire entrer une arbalète au lycée. Ton poignard, par contre...

Je ne pus me retenir : je me mis à rire.

— File, dis-je. Je t'appelle quand la pizza arrive.

— Super.

Elle partit en flèche dans le salon et je m'appuyai contre le plan de travail de la cuisine, en essayant de me tirer de la morosité qui commençait à me reprendre. *Diana Kaine.*

Qui es-tu ? Et surtout, qui étais-tu pour mon mari ?

J'étais sur le fil du rasoir, l'homme que j'avais aimé si désespérément juste là, à portée de main. Pourtant, je ne pouvais l'avoir. Je n'étais même pas sûre de lui faire confiance.

Et je me dis que je ne le voulais pas. J'avais une nouvelle famille. Une nouvelle vie. Et aussi triste que cela puisse me rendre, ma vie avec Eric avait disparu en même temps que son corps.

Je le savais. Je le savais mille fois. Dans ma tête, la réponse était si claire. Si simple.

Mais dans mon cœur... mon cœur avait envie de pleurer.

— Le petit dort sur le canapé, dit Eddie en se faufilant dans la cuisine.

Il me regarda et puis se planta devant moi.

— Laisse tomber, ma grande. C'est pas tes règles, ça. Qu'est-ce qui te met dans cet état ?

Je fus incapable de me retenir. Les larmes commencèrent à couler.

Et Eddie, Eddie le grincheux qui avait compris la vérité depuis le début et n'avait aucune confiance en David, Eddie me prit dans ses bras pendant que je sanglotais.

15

Je m'endormis en pleurant et fus réveillée par un doux contact contre ma joue. Je fus aussitôt en alerte mais je parvins à me contrôler avant d'empaler mon mari avec le poignard que j'avais glissé sous le matelas de mon côté du lit.

— Bonsoir, dit-il. Je ne voulais pas te faire peur.

— Un rêve bizarre, dis-je en remarquant la rose qu'il me tendait. Stuart ?

— Je suis désolé, dit-il.

Je clignai des yeux en me disant que j'étais peut-être bien toujours endormie dans un rêve décidément bizarre.

— Pourquoi es-tu désolé ?

— D'avoir été en grande partie absent ces derniers mois, à préparer la campagne. Et parce que je sais que je vais l'être encore davantage maintenant qu'elle a commencé officiellement.

Je me redressai sur un coude.

— Stuart, c'est moi qui ai manqué ton annonce.

— Je sais, dit-il. Et ça m'a fait réfléchir. Combien de

dimanches après-midi ai-je manqué ? Combien de dîners tu as dû faire réchauffer pour moi ?

Il haussa les épaules avec un air à la fois gamin et sexy.

— Je voulais que tu saches que je t'en suis reconnaissant. Et que je t'aime.

— Je t'aime aussi, dis-je en me sentant toute chose. Merci.

Il m'attira vers lui et je me blottis contre son corps. Le sommeil s'empara à nouveau de moi, et si ma tête était emplie à la fois de Stuart et d'Eric, il n'y avait qu'un seul homme dans mes bras.

Je dois reconnaître à Eddie qu'il ne fit aucune mention d'Eric le lendemain matin. Ni de ma crise de larmes d'ailleurs. Il se contenta d'étrécir les yeux en passant devant moi pour prendre son café.

— Tout va bien ce matin, ma grande ?

Je hochai la tête.

— Oui. Merci. Ça va.

Il m'observa et l'espace d'un instant, je crus qu'il ne se contenterait pas de cette réponse. Mais il émit un reniflement satisfait, prit son café et quitta la pièce.

Je me laissai tomber sur une chaise devant la table du petit déjeuner et essayai de décider si ça allait vraiment. Heureusement, je fus sauvée d'une introspection trop extrême par un coup frappé à la porte de derrière. J'entendis Eddie grogner :

— C'est ouvert.

Et puis les pas de Laura alors qu'elle traversait la cuisine pour rejoindre l'espace petit déjeuner.

Elle me souffla un baiser depuis l'arche qui séparait les deux pièces et m'adressa un sourire digne d'une candidate à Miss Amérique.

— Soit tu te présentes au casting d'une pub, dis-je, soit ton rencard d'hier soir s'est très bien passé.

— Je vais laisser ton imagination trancher.

— J'ai une imagination très active, tu sais.

Elle se frotta les mains.

— Fais-toi plaisir.

— Laura ! m'exclamai-je, faussement choquée. Espèce de coquine.

Elle me fit taire de la main.

— Non, non, non. Trop d'imagination, là. Il était trop gentleman pour ça.

Elle appuya une main contre son cœur.

— Mais Kate, il m'a offert des roses. Et il a ouvert la portière de la voiture pour moi. Et, ajouta-t-elle en appuyant son propos d'un geste de la main, le plus beau ? Il n'a pas passé toute la soirée à parler de lui.

— Et il est célibataire ? demandais-je en me retenant très fort de sourire. C'est quoi son terrible défaut ?

— S'il en a un, je ne l'ai pas encore découvert.

— Je suis tellement contente pour toi, dis-je alors qu'elle se levait pour se servir un café. Je suis heureuse qu'il y ait au moins une personne dont la vie amoureuse se passe bien.

Elle commença à dire quelque chose mais s'interrompit et inclina son visage pour mieux m'observer.

— Non, non, non, dit-elle en secouant la tête. Tu ne vas pas t'en sortir comme ça. Qu'est-ce qui s'est passé ?

— Plus tard. Dis-m'en plus sur Docteur Canon.

— Maintenant, insista-t-elle. Ou tu n'auras pas droit aux détails croustillants.

— D'accord. Mais c'est seulement parce que je meurs d'envie d'avoir les détails croustillants.

Je pris une grande inspiration et je lui racontai. Tout. Comment je m'étais rendu compte que David était vraiment

Eric. Notre confrontation. Le fait que Betty pensait qu'il avait eu une liaison. Et, oui, notre baiser.

— Et tu es partie, dit-elle. Oh mon Dieu, Kate.

Elle prit ma main dans la sienne en travers de la table.

— Tu as vraiment eu une semaine de merde, hein ?

Ça me fit rire.

— C'est un euphémisme.

— Mais tu vas bien, là ? Vraiment ?

— Mieux qu'hier soir. Au cas où tu te poses la question, les épaules d'Eddie sont osseuses.

— Tu aurais dû m'appeler.

— Et interrompre ton rendez-vous ? Pas moyen.

Elle examina mon visage , les yeux brillants.

— Pour un truc du genre, interrompre un rencard est tout à fait permis. Un ancien petit copain qui vit dans le corps du prof de chimie de ta fille ? Non, pour ça il faudrait que tu attendes. Mais un mari ? Tu as *carrément* le droit de m'appeler.

Je pinçai les lèvres pour me retenir de rire.

— Tu es folle, tu le sais, hein ?

— Tu te rappelles quand j'ai demandé de me laisser t'aider ? Avec les recherches en matière de démons, je veux dire ?

Je hochai la tête et elle reprit :

— Ma puce, ça, c'était ta première preuve de ma folie.

— Non, non, non, protestai-je. C'est rien, ça. J'ai su que tu étais folle la première fois où tu m'as proposé de garder Timmy. Tu te souviens ?

— Oh que oui, dit-elle en hochant la tête. Les semaines de couches explosives. Tu as raison. Je dois être folle.

— C'est une bonne chose. Qui d'autre me supporterait ?

— Je vois au moins deux membres de la gent masculine qui ont l'air d'avoir envie de te garder dans les parages. Enfin, peut-être même que David compte pour deux. Et un de plus si on ajoute Cutter.

— Non, Cutter, ça ne compte pas, dis-je en riant.

— Fais-moi confiance, ma belle, rétorqua-t-elle en hochant la tête. Il compte.

— Quoi qu'il en soit, dis-je en retrouvant mon sérieux. On peut rayer Eric et David de la liste. J'ai dit à David que je ne pouvais pas continuer à le voir. C'est trop difficile.

— Je sais. Enfin, non. Je n'arrive même pas à m'imaginer. Mais je pense que tu as pris la bonne décision.

— Ah bon ? Comment je peux en être sûre ?

— Je pense qu'il faut que tu suives ton cœur.

— Et si mon cœur est paralysé ?

— Oh, Kate, dit-elle en serrant ma main. Tu aimes Stuart ?

— Bien sûr que je l'aime.

Elle tapota mon alliance.

— Tu as déjà retiré cette bague depuis que tu as dit *Oui* ?

Je secouai la tête.

— Il t'aime ?

Je souris en me souvenant de la veille. De cela, je ne doutais absolument pas.

— Alors voilà. Eric est *mort*, Kate. Il est revenu, mais comme il te l'a dit, il n'est pas l'homme que tu as épousé. C'est différent. Peut-être que tu ne t'en rends pas compte parce que tu es en plein dedans, mais crois-moi. Toute cette histoire avec David et Eric ? C'est très, *très* différent.

Je fus obligée de rire. Pas juste à cause de son expression, mais aussi parce qu'elle avait tout à fait raison.

— C'est juste... c'est juste qu'il me manque, tu sais ?

— Je sais, ma belle. Et peut-être que *David* peut continuer à faire partie de ta vie, dit-elle en insistant sur le prénom. Je ne sais pas, Kate. Vraiment pas. Est-ce que tu es assez forte pour ça ?

Je pensais à Eric, l'homme que j'avais aimé pendant si longtemps. L'homme qui avait été mon partenaire et mon amant, et le père de ma petite fille. Et je pensais à lui aujourd'hui. Ce que ses mains sur ma peau me faisaient ressentir. Ses lèvres sur les miennes. La façon dont mon cœur se mettait à battre plus fort quand il m'attirait vers lui.

J'imaginai le voir à des réceptions au lycée, à patrouiller avec lui sur la plage sous la couverture des étoiles. Et j'imaginai ne plus jamais, jamais le toucher à nouveau.

— Non, dis-je. Je ne suis pas assez forte.

Je regardai mon amie droit dans les yeux.

— Seigneur Dieu, Laura. Qu'est-ce que je vais faire ?

Des heures plus tard, cette question clignotait toujours comme un panneau lumineux dans mon cerveau. J'aurais tellement voulu pouvoir me faire confiance, relever le défi et me jurer à moi-même et devant Dieu que j'avais assez de maîtrise de moi-même pour travailler avec David et rester fidèle à mon mari.

Mais, sincèrement, je n'étais pas sûre d'en être capable.

Avoir ce genre de lucidité quant à soi, ça refroidit, et je ne savais pas si j'aurais dû me sentir honteuse de mon manque de contrôle ou fière de la connaissance que j'avais de moi-même.

Tout ce que je savais, c'était qu'il fallait que j'évite David. Peut-être que d'ici quelques mois j'aurais appris à maîtriser mes émotions. Mais pour l'instant ? Juste après ce baiser ?

Pour l'instant, il fallait que je me tienne loin de lui, loin de l'homme qui n'était plus mon mari.

Pendant que mes pensées tourbillonnaient, j'avais occupé mes mains en pliant la lessive. Je soulevai une pile de jeans et de tee-shirts et montai les escaliers jusqu'à la chambre d'Allie. Je parvins à m'éloigner du canapé de deux pas quand le téléphone sonna. Il était treize heures trente et je n'attendais pas d'appel.

Comme je n'avais pas très envie de passer mon après-midi à parler à un opérateur de télémarketing, je laissai l'appel tomber sur le répondeur.

— Kate ?

C'était la voix de David qui résonnait dans le haut-parleur.

— Kate, si tu es là, décroche.

Je me mordis les lèvres mais forçai mes pieds à rester plantés où ils étaient.

Je l'entendis marmonner un juron et puis :

— Rappelle-moi sur mon portable dès que tu seras rentrée. C'est à propos d'Allie. Elle n'était pas à l'école aujourd'hui.

Je lâchai la lessive et courus vers le téléphone.

— David ! David !

Mais c'était trop tard. Il avait déjà raccroché.

Je le rappelai aussitôt mais évidemment je tombai sur un de ces messages pénibles qui vous disent que l'abonné n'est pas disponible, même si vous savez fort bien que c'est faux.

Je raccrochai violemment, attrapai mes clés, et partis vers le garage. J'étais en train de faire marche arrière quand une voiture que je ne reconnus pas s'arrêta derrière moi et me bloqua le passage. Je donnai un grand coup de klaxon mais elle ne bougea pas. Je sortis avec la ferme intention de hurler sur le break des années soixante-dix.

C'est alors que je vis qui se trouvait sur le siège passager : ma fille. Et à l'arrière, avec une mine à la fois fière et coupable ? Eddie.

Je ne reconnus pas la femme qui conduisait la voiture, mais elle se tourna et adressa un grand sourire de son dentier à Eddie alors que lui et Allie sortaient. Je me précipitai avec l'intention de leur voler dans les plumes à tous les deux mais m'arrêtai net en voyant le visage maculé de larmes d'Allie.

— Qu'est-ce qui s'est passé ?

Mon soulagement s'était déjà transformé en inquiétude.

Mais Allie se contenta de secouer la tête et elle passa devant moi pour foncer dans la maison.

— Al...

— Laisse-la, dit Eddie. Elle a besoin de réfléchir à deux ou trois trucs.

— Et vous, vous avez deux ou trois trucs à m'expliquer. Où est-ce que vous étiez, pour commencer ? Et pourquoi Allie n'était pas à l'école ?

— À la bibliothèque. On faisait des recherches.

Un petit signal d'alarme se déclencha dans ma tête.

— Quel genre de recherches ?

— La petite voulait savoir comment utiliser la bague pour piéger un démon.

— Et vous avez trouvé ? À la bibliothèque de San Diablo ?

En fait, ça n'aurait pas été si étonnant. Eric y avait été le bibliothécaire en charge des livres rares à une époque. Et s'il avait utilisé son budget pour accroître ses ressources d'*alimentatore*, la collection recelait sans doute quelques titres intéressants. Même sans l'influence de la Forza, je savais qu'Eric était facilement attiré par les livres obscurs.

Mais qu'Eddie ait réussi à les trouver, ça, ça m'étonnait.

— Pas à la bibliothèque, dit-il. J'ai encore quelques contacts. J'ai fait revaloir des faveurs qu'on me devait, j'ai demandé à quelques anciens potes de regarder aux bons endroits. Ils m'ont envoyé des fichiers par email. On ne voulait pas utiliser l'ordinateur de Stuart. Voilà.

— Et qu'est-ce que vous avez appris ?

Il jeta un coup d'œil vers la maison.

— Ça, c'est l'histoire d'Allie. Je vais la laisser raconter.

— Alors elle n'a qu'à le faire maintenant. J'en ai marre d'attendre.

Je rentrai à l'intérieur et je trouvai ma fille roulée en boule sur le canapé, les genoux ramassés vers sa poitrine, les bras refermés dessus. Ma résolution s'évanouit aussitôt, remplacée par un besoin désespéré de réconforter le fruit de mes entrailles.

Je me glissai sur le bord du canapé et l'entourai de mes bras, et la serrai encore plus fort quand elle se tourna vers moi et enfouit son visage contre ma cuisse.

Nous restâmes assises comme ça un moment et je caressai ses cheveux en murmurant des paroles réconfortantes. Allie, elle, ne disait rien, et tremblait de sanglots silencieux. Et plus le silence s'appesantissait, plus mon angoisse augmentait.

— Allie, ma puce, tu me fais peur. Dis-moi ce que tu as trouvé.

Rien.

— Allie, je t'en prie. Dis-moi au moins que tu vas bien.

Elle roula sur le côté et battit des cils en me regardant. Le bord de ses yeux était noir du mascara qui avait coulé.

— Je sais ce qui est arrivé, dit-elle entre deux sanglots. À Papa, je veux dire.

Je caressai sa joue.

— Tu peux me le dire.

Elle fut prise d'un hoquet mais hocha la tête.

— Je… je suis partie avec Eddie. Et on…

— Je sais, dis-je. Il m'a raconté. C'est bon. Mais dis-moi ce que vous avez appris.

— C'était tout avec des mots archaïques et tout, mais Eddie et moi, on a réussi à tout lire, vraiment lentement, tu sais ? Et on a compris, Maman. Et c'est vraiment pas bon pour Papa.

— Dis-moi.

Elle passa le revers de sa main en dessous de son nez.

— Ça dit que capturer un démon en utilisant la pierre montée sur la bague forgée par Salomon requiert le plus grand des sacrifices.

Encore un gros reniflement.

— Que pour piéger le démon, il faut faire le truc avec le

pieu dans l'œil, mais avec le doigt qui porte la bague. Et au lieu d'être aspiré dans l'air, le démon est aspiré dans la bague.

Elle s'interrompit et je fronçai les sourcils en me demandant où était le sacrifice. Mais je ne posai pas la question. L'histoire n'était à l'évidence pas terminée et elle me le dirait à son rythme.

Mais elle ne le fit pas. Au lieu de quoi, elle se remit à pleurer.

— Oh, chérie.

Mon cœur était sur le point de se briser.

— Je t'en prie, dis-moi. Ça ne peut pas être si terrible que ça ?

— Ça a aspiré son âme, Maman, dit-elle dans un gémissement. Quand Papa a piégé le démon, son âme a été aspirée hors de lui. C'est ça le sacrifice. Pas de Paradis, pas d'Enfer, tu te retrouves juste à errer, à flotter, perdu dans l'air, genre tout autour de nous. *Papa*, Maman. Il ne veille pas sur nous. Il est juste perdu. Et tout ça parce qu'il a piégé cette saleté de démon.

Les larmes recommencèrent, accompagnées de sanglots qui secouaient tout son corps. Au bout d'un moment, ils ralentirent et elle me regarda, le visage creusé par la douleur.

— C'est le purgatoire ? Est-ce que Papa est au purgatoire ?

— Je ne sais pas. Peut-être que c'est le cas.

— Alors on devrait prier pour lui ? Les prières peuvent faire sortir les âmes du purgatoire, hein ?

— Oui, mon bébé, tu devrais prier. Prier très fort.

Je la serrai contre moi, et mes propres yeux s'emplirent de larmes alors que je la laissai pleurer tout son saoul, tremblante de chagrin, et je la berçai. Si seulement j'avais eu le pouvoir d'arranger ça...

Je le pouvais, j'en étais consciente. Je pouvais balayer sa peine.

Tout ce que j'avais à faire pour cela, c'était lui dire pour

David. Lui dire que d'une façon ou d'une autre – que ce soit par chance, par magie noire ou par pur hasard – l'âme de son père avait finalement trouvé une nouvelle demeure.

Mais les mots ne me vinrent pas. Parce que peu importe ce que je pouvais en dire à Eddie, j'avais toujours des doutes. Et jusqu'à ce que je sois certaine que je puisse faire confiance à Eric à nouveau, je ne prendrais pas le risque de briser une nouvelle fois le cœur de ma fille.

Le dîner fut silencieux et mélancolique, si on exceptait Timmy qui chantait pour lui-même. Allie et moi étions toutes les deux perdues dans nos pensées. Stuart ne parla presque pas lui non plus, sans doute préoccupé par ses plans pour la campagne. Eddie s'intéressa surtout à sa purée de pommes de terre.

Franchement, je fus contente de me mettre à la vaisselle quand ce fut terminé. Et j'utilise très rarement les mots « contente » et « vaisselle » dans la même phrase.

Je venais de finir de charger le lave-vaisselle quand le téléphone sonna. Je m'essuyai les mains, le saisis, et puis demandai à Allie de venir prendre l'appel : c'était de plus en plus fréquent que des garçons lui passent des coups de fil.

Elle prit le combiné et me tourna le dos en baissant la voix. Un autre vice d'adolescent, mais au moins elle n'avait pas décidé de prendre l'appel dans sa chambre, la porte fermée. Je n'entendais pas sa voix avec le robinet qui coulait – et je n'essayai pas – mais je compris à son visage quand elle se retourna que c'était important.

— C'était qui ?

— Un des joueurs de foot. Il a entendu des rumeurs sur la bague. D'après lui, Tyrone Creach va essayer de la refiler à un étudiant ce soir. Un type qui vend des bijoux volés.

— Où ? Et quand ?

— *La Tirelire.*

Il s'agissait d'un night-club dans le quartier des entrepôts.

— Juste à la fermeture. Il y a une ruelle derrière, et apparemment un tas de trucs qui se passent à côté des poubelles.

— Tyrone, répétai-je. C'est qui déjà ?

— Le copain de Lillian. Ça doit être elle qui a pris la bague.

— Lillian. Ce nom me dit quelque chose.

— On était en compétition pour une place dans l'équipe des pom-pom girls, et c'est moi qui l'ai eue. Mais je n'aurais jamais cru qu'elle m'en voulait à ce point-là. Quelle salope !

— Allie !

— Désolée, mais elle a volé la bague de Papa.

— Oui, eh bien, elle risque de s'en mordre les doigts.

Je fronçai les sourcils en y réfléchissant.

— Si aucun d'eux ne l'a enfilée, dis-je, peut-être que je peux la récupérer avant que les démons ne les repèrent.

— Et s'ils l'ont enfilée ?

— Alors, ça me facilitera le travail.

— Je veux aider.

— Tu viens de le faire.

— *Mam-man.* Je veux venir avec toi.

— Certainement pas.

J'étais déjà en train de partir vers les escaliers. Il n'était pas encore neuf heures, mais si je commençais doucement, je pourrais transférer une partie de mes meilleures armes dans l'Odyssey sans que Stuart remarque quoi que ce soit. Je me disais que j'avais le temps ; après tout, l'heure de fermeture des bars, c'est généralement deux heures du matin.

— Tu es obligée de me laisser venir, dit Allie, qui s'était carrément mise à geindre en sautillant sur place.

— Je suis assez persuadée que je ne le suis pas. C'est moi la maman, et j'ai un contrôle total et absolu. Un peu comme un dictateur bienveillant.

— Maman...

— Je suis sérieuse, Allie. Ça pourrait être dangereux.

Elle resta plantée là à me fixer, les mains sur les hanches, et je savais qu'elle essayait de trouver une solution créative à ce problème. Mais il n'y avait pas moyen qu'elle soit assez créative pour me convaincre, car j'étais déterminée à la garder hors de danger.

— Je suis la seule à savoir à quoi il ressemble.

Bon, d'accord, c'était un argument.

— Où est ta photo de classe ?

Elle m'adressa un sourire finaud.

— C'est ma première année à Coronado, tu te souviens ? Et lui est en Term. Il n'est *pas* sur ma photo de classe.

— Mindy, dis-je. Je suis sûre qu'elle garde les anciens numéros de tous les journaux du lycée. Il n'y a pas de photos là-dedans ?

Elle croisa les bras devant sa poitrine et me regarda de haut.

— Peut-être, dit-elle. Mais Mindy est chez son père ce soir.

Je soupirai.

— S'il te plaît, Maman ! Tu le reconnaîtras grâce aux démons s'il est trop tard, mais si ce n'est pas le cas ? Je ne l'aime pas, mais on ne peut pas le laisser se faire crucifier par les sbires d'Andramelech.

— J'espère qu'il n'a jamais enfilé la bague et que les sbires ne seront pas un problème.

— Mais alors tu ne sauras *vraiment* pas à quoi il ressemble. Il pourrait y avoir des tas de jeunes dans cette ruelle.

Et mince, elle avait raison.

— Tu restes dans le monospace, dis-je. Peu importe ce qui arrive, tu ne sors pas de la voiture. C'est bien compris, jeune fille ?

Elle vibrait presque d'excitation et elle hocha la tête avec empressement pour m'assurer qu'elle m'avait bien entendue.

— On se faufilera dehors un peu plus tard. En attendant, aide-moi à sortir des armes en douce du grenier.

Faire sortir les armes fut facile car Stuart était reclus dans son bureau. Mais patienter, par contre, ça, c'était dur. Allie était une boule de nerfs et je me dis qu'elle allait entrer en combustion spontanée avant qu'on arrive à la porte. J'étais agitée aussi parce que j'avais enfin décidé que c'était suffisamment important pour briser ma règle du « pas de contact avec David ». Mais quand je l'appelai, il ne répondit pas, ce qui me laissa inquiète et fâchée.

Enfin, le silence tomba sur la maison. Je me faufilai hors de mon lit et allai frapper doucement à la porte d'Allie. Elle en émergea aussitôt, un mélange d'excitation et de hâte sur le visage.

— Silence, murmurai-je.

Ce qui ne servait pas à grand-chose vu que la porte du garage faisait assez de bruit pour réveiller toute la maisonnée.

Nous nous tînmes dans la cuisine pendant qu'elle s'ouvrait, à l'affût du moindre signe de vie. Rien.

— Bon, dis-je. Allons-y.

Le trajet jusqu'au night-club se déroula sans histoires et la ruelle elle-même était morne et inintéressante. Il n'y avait pas de groupes de jeunes en train de traîner ; il n'y avait personne. Pas même un sans-abri. Je jetai un regard interrogatif à Allie mais elle se contenta de hausser les épaules.

— C'est ici qu'ils ont dit. Juré.

Je conduisis le monospace à une vingtaine de mètres après la porte de derrière du club et puis je coupai le moteur et éteignis les phares. C'est alors que la porte du club s'ouvrit et je vis un rayon de lumière bleu sombre. Deux silhouettes en émergèrent, et Allie se pencha en avant, les mains sur le tableau de bord pour mieux voir.

— C'est lui ! dit-elle en désignant l'adolescent bien charpenté sur la gauche.

Il parlait à un grand type pâle et maigrichon, et même en le dévisageant profondément, j'étais incapable de dire si c'était un humain ou un démon. C'est un de ces petits trucs qui rendent mon boulot si difficile.

Tyrone sortit quelque chose de sa poche et le montra à Maigrichon.

— Ça doit être la bague, dis-je à Allie en saisissant mon poignard.

J'avais deux autres couteaux cachés sur moi, mais l'arbalète, je la laissais dans la voiture. S'il n'y avait pas de démon, il serait pénible d'expliquer la présence d'une arme médiévale dans une ruelle sombre de Californie.

Je me trouvais à une quinzaine de pas de la voiture quand l'enfer se déchaîna. Maigrichon sauta sur Tyrone et son corps fut irradié de rouge alors que la vraie forme du démon transparaissait. Tyrone hurla et je me précipitai en avant, déterminée à sauver la vie du gamin et à récupérer la bague.

Derrière moi, un grand fracas secoua l'allée. Un claquement métallique, suivi d'un grognement et d'un cri. Je me retournai, et la vision à laquelle je me retrouvai confrontée m'emplit de terreur : un chien de l'enfer avait sauté sur le toit du monospace. Il grondait et tapait sur le pare-brise avec tant de force que le verre se brisa.

À l'intérieur, ma fille hurlait, mais elle avait pris l'arbalète et la tenait prête.

J'abandonnai ma quête pour la bague et revins en courant vers Allie à l'instant où la créature faisait sauter la vitre. Le chien se mit à se tortiller pour entrer et atteindre ma fille.

— *Allie !* hurlai-je. Tire ! Maintenant !

Elle le fit, mais le carreau partit de travers et effleura à peine le chien démoniaque que la douleur sembla rendre encore plus agressif.

La créature bondit, mais soudain quelqu'un sauta de l'escalier de secours au-dessus de nous et atterrit sur le dessus de mon monospace. C'était une femme, grande et mince, vêtue de cuir noir.

Elle tira une épée d'un fourreau sur son dos, et la lame étincela sous le clair de lune. Elle l'abattit sur le corps du chien de l'Enfer.

— Vas-y ! hurla-t-elle. Je m'occupe de la gamine. Va chercher le démon.

J'hésitai, mais elle abattit sa lame une nouvelle fois, et cette fois elle fit craquer le crâne du dogue. Un glapissement cauchemardesque monta alors que la créature succombait et que son corps se retrouvait aspiré dans un vortex infernal. Il ne resta plus qu'une huile noirâtre qui se répandit sur le toit et les flancs du monospace.

À l'autre bout de la ruelle, le démon donna un coup de pied dans le ventre de Tyrone et le projeta au sol. Il lui arracha la bague et la leva vers le ciel, parfaitement immobile. Je me précipitai, le couteau à la main, en visant son œil gauche. Je lançai mon arme et elle vola en tournant sur elle-même pour se planter avec un bruit mouillé en plein dans l'œil du démon, juste au moment où un corbeau noir d'encre se matérialisait dans le ciel et récupérait la bague dans son bec.

Le démon disparut dans l'éther et le corps de son hôte s'effondra au sol. Tyrone grogna quelque chose d'inintelligible et s'enfuit en courant. La bague avait disparu dans le ciel.

Je pris une inspiration et priai pour qu'on m'accorde la force. Les démons avaient la bague, désormais. Andramelech serait libéré. Et pour autant que je le sache, je ne pouvais rien y faire.

Mais pour l'instant, c'était ma fille qui m'inquiétait. Je me hâtai de revenir vers la voiture et la vis assise sur le trottoir, visiblement choquée. La mystérieuse femme se tenait au-dessus d'elle, l'épée toujours à la main.

Je m'accroupis à côté d'Allie et la serrai contre moi. J'embrassai ses cheveux et inspectai chaque centimètre carré d'elle pour m'assurer qu'elle allait bien, puis je levai la tête vers sa sauveuse, qui se tenait juste là et nous fixait d'un air impassible.

— Nadia Aiken, je suppose ?

— Compris du premier coup, dit-elle en remettant sa lame au fourreau.

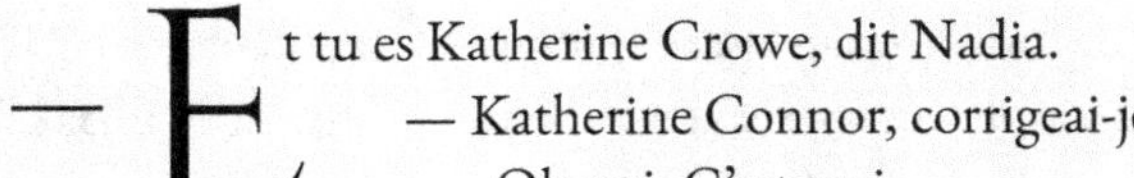

— Et tu es Katherine Crowe, dit Nadia.

  — Katherine Connor, corrigeai-je.

  — Oh oui. C'est vrai.

Elle se pencha pour sortir un étui à cigarettes de sa cuissarde, et en sortit une roulée. Elle m'en offrit une, ainsi qu'à Allie. Je déclinai pour nous deux, merci bien.

Je serrai ma fille contre moi et caressai ses cheveux avec l'envie de faire disparaître tout ce qui pouvait lui faire du mal.

— Merci, dis-je à Nadia. Si tu n'étais pas arrivée à ce moment-là...

Je m'interrompis, incapable d'envisager l'horreur.

Elle haussa une épaule et alluma sa cigarette.

— Mais je suis arrivée, répondit-elle en soufflant sa fumée qui décrivit des volutes paresseuses autour d'elle.

Son regard passa d'Allie à moi.

— Allez, Crowe, dit-elle. Ne restons pas dans la rue, allons quelque part où nous pourrons parler.

— Encore une minute, dis-je, Allie toujours dans mes bras.

Nadia nous surplombait et elle donna un petit coup de pied dans la basket d'Allie.

— Haut les cœurs, gamine. Si tu t'effondres à chaque fois qu'il y a du grabuge, tu ne seras jamais une chasseuse.

— Elle n'est *pas* une chasseuse.

— C'est ce que je dis, répliqua Nadia.

Allie s'agita et se redressa en échappant à mon étreinte.

— Je vais bien, Maman, annonça-t-elle avec fermeté.

Elle leva la tête vers Nadia.

— Je ne m'effondre pas.

— Tant mieux, gamine.

Elle lui tendit la main et l'aida à se relever. Moi, elle me laissa me débrouiller toute seule.

— Alors, pourquoi tu es là ? demanda Allie.

Il fallait bien que je lui accorde du crédit. Elle s'était reprise, et elle était revenue immédiatement au sujet qui nous préoccupait. Au fond de moi, je savais que c'était juste son entêtement adolescent qui la poussait à résister aux petites piques de Nadia, mais ça ne changeait rien au fait qu'elle était résiliente. Et même si je n'étais pas fan de la méthode pas du tout maternelle de Nadia, je devais reconnaître qu'elle avait raison. Allie n'était peut-être pas une chasseuse – pas pour le moment, et peut-être qu'elle ne le serait jamais – mais elle était prise dans la mêlée. Et s'effondrer était un luxe qui n'appartenait souvent qu'aux morts.

— J'ai eu ton message, dit Nadia. J'étais à Los Angeles alors je me suis dit, autant venir faire un tour. Voir ce qu'il vous fallait.

Elle me regarda.

— Tant mieux, hein ?

— En effet. Mais comment nous as-tu trouvées ici ?

— Je suis venue jusqu'à ta maison. Je vous ai vues sortir, alors j'ai décidé de suivre. Je faisais mes vérifications, tu vois ? Pour être sûre que tu ne me tendais pas un piège.

— Pourquoi est-ce qu'on aurait fait ça ? demanda Allie.

Elle tira une autre bouffée de tabac.

— Aucune idée, gamine. Mais ça fait quelques années que j'ai pris la tangente. Et toutes les personnes à qui j'avais donné le numéro de ce service de messagerie sont mortes.

Allie me regarda comme si j'avais pu expliquer cette bizarrerie. Je ne le pouvais pas.

— Pourquoi ne pas avoir résilié le service ? demandai-je.

— Si je l'avais fait, je n'aurais jamais entendu parler de vous.

Elle laissa tomber sa cigarette et l'écrasa du bout du pied. Deux garçons qui devaient être à la fac sortirent de *La Tirelire* par la porte de derrière en riant fort, visiblement ivres. Nadia les observa d'un regard froid. Ils l'aperçurent et poussèrent un sifflement bas et appréciateur. Elle leur sourit avant de leur faire un doigt d'honneur. Elle reporta son attention vers Allie et moi.

— Tirons-nous d'ici.

Je réfléchis à ce que je devais faire avec l'Odyssey et décidai que je ne pouvais pas la ramener à la maison. Si Stuart se rendait compte qu'elle n'était pas là demain matin, je pourrais toujours lui dire que j'étais tombée en panne d'essence en allant chercher un médicament contre le rhume pour Timmy au 7 Eleven. Ce n'était pas le meilleur mensonge, mais ça fonctionnerait.

Mais s'il voyait le pare-brise défoncé ? Ça, ça serait un peu plus compliqué à expliquer.

Je me retrouvai à la laisser au carrossier chez qui nous étions allés un an auparavant après un petit accrochage. Je la fermai et laissai un petit mot ainsi que les clés dans la boîte à lettres, avant de rejoindre la voiture de Nadia avec Allie. Elle nous avait suivies là dans une Lotus rouge cerise qui laissa Allie bouche bée. Elle avait passé le trajet à moitié retournée sur le siège passager pour la regarder, en me régalant d'un commentaire live sur comment la Lotus était trop canon, et est-ce qu'elle était pas cool, Nadia, et est-ce que moi aussi j'avais un fourreau qui s'accrochait dans le dos…

Il y avait un restau qui servait toute la nuit à côté du carrossier et c'est là que nous nous retrouvâmes. Nous commandâmes des pancakes avec des fraises et de la chantilly pour Allie et moi, du café noir pour Nadia qui passa tout le repas à fumer à la chaîne en dépit des panneaux d'interdiction et des regards noirs que lui jetait le personnel.

Elle avait laissé ses armes dans la voiture – celles qui étaient visibles en tout cas – mais je pense qu'elle devait paraître dangereuse car personne ne vint lui demander d'éteindre ses clopes.

— Alors, mets-moi au parfum, dit-elle. Ton message était plutôt cryptique, mais on dirait que tu as retrouvé Andramelech ?

— On dirait, oui.

Obtenir des informations sans trop en révéler de mon côté était un exercice délicat. Je lui faisais confiance – elle avait sauvé Allie, après tout –, mais jusqu'à un certain point seulement.

— J'imagine que tu ne peux pas savoir grand-chose de plus, dit-elle en soufflant sa fumée vers le plafond. Andramelech a disparu il y a cinq ans. Il a dû être emprisonné. C'est la seule explication.

— Je suis d'accord, dis-je. Et nous avons…

— La bague, intervint Allie. Il est prisonnier de la bague du Roi Salomon.

Je gardai un visage neutre mais je serrai vite fait son genou. Elle me regarda sans comprendre, et je secouai la tête, juste un peu. Je vis sur son visage qu'elle ne percutait toujours pas.

En face de nous, Nadia se mit à rire.

— Ta maman veut y aller doucement. Elle ne me connaît pas, je ne vous connais pas, et c'est une affaire dangereuse.

— Mais Maman, dit Allie qui ne saisissait visiblement pas les nuances.

Je décidai que ce n'était pas le moment de les lui expliquer. Vu qu'elle était en plein culte du héros envers notre nouvelle amie vêtue de cuir, je doutai que quoi que je puisse dire ait un quelconque impact de toute façon.

Je me jetai à l'eau :

— Nous avons trouvé la bague. Eric l'avait. J'en ai hérité.

L'expression sur le visage de Nadia ne changea pas. Elle ne cilla pas. Mais après une seconde, elle prit sa fourchette et tapota son pouce avec les pics. J'essayai de décider si cela voulait dire quelque chose sur le plan psychoanalytique avant de me rendre compte que je n'y connaissais rien du tout en psychoanalyse, et j'attendis simplement qu'elle parle.

— Je suis surprise que les démons ne l'aient pas récupérée à sa mort. Je ne savais pas du tout que la bague s'était retrouvée en ta possession.

— Moi non plus, reconnus-je. Nous ne l'avons appris que récemment.

— Ce n'est pas un objet à prendre à la légère, hein. Quand Wilson a compris ce qu'il avait entre les mains, il l'a envoyée à Eric, mais il m'a dit d'en suivre la trace. Il voulait que je travaille avec Eric pour coincer cette saloperie.

— Qu'est-ce qui s'est passé ?

Nadia s'appuya aux planches vieillies de notre alcôve.

— Je crois que ton mari ne me faisait pas entièrement confiance, Kate.

Le coin de sa bouche se releva à peine, et elle se concentra sur moi.

— Peut-être qu'il croyait que je voulais obtenir davantage de lui que juste la bague.

Mon cœur se serra et j'eus envie de lui demander pourquoi il aurait pu croire cela. J'avais envie de lui demander ce qui s'était passé entre eux, de quoi ils avaient parlé au téléphone, et de pourquoi elle était venue à San Diablo. Et surtout, pourquoi ni Eric ni David n'avaient jugé bon de me parler de sa visite.

Les sous-entendus de Betty me revinrent en tête et je sentis ma gorge se serrer, les larmes me monter aux yeux. Je n'avais pas envie de penser le pire de mon mari, et pourtant je ne pouvais m'empêcher d'être assaillie de doutes et de peurs.

Je repensais à ce que David avait dit, au fait qu'au dernier moment, il n'avait pas eu confiance en Nadia. Pourquoi ? me demandai-je. Est-ce qu'il l'avait laissée trop s'approcher ? Suffisamment près pour s'y brûler les ailes ?

— On devrait aller chercher la bague, dit-elle, déjà loin.

Elle incluait Allie dans la conversation.

— Il faut l'emmener au Vatican, qu'elle soit en sécurité sur une terre consacrée.

Elle sourit à ma fille.

— Tu es déjà allée à Rome ? C'est une ville fabuleuse.

— Maman ?

— On ne peut pas, dis-je en me rendant compte que mes détours mentaux ne me menaient nulle part.

Quoi qu'il ait pu se passer entre Eric et Nadia, c'était de l'histoire ancienne, peu importe que cette histoire puisse me blesser aujourd'hui. Et quelles qu'aient été les raisons d'Eric pour ne pas lui dire qu'il avait la bague, elles n'importaient plus non plus.

— Nous n'avons plus la bague.

Nadia cligna des yeux.

— Qu'est-ce que tu racontes ?

— Tu étais là, répliquai-je d'une voix calme, même si je hurlais à l'intérieur.

J'avais perdu la bague, et j'avais failli perdre le gamin aussi.

— Elle pourrait être n'importe où à l'heure qu'il est.

— Le corbeau, dit-elle. Tu es en train de me dire que ce satané corbeau a emporté la bague ?

— On était venues dans la ruelle pour la récupérer, dit Allie. C'est ma faute. Je l'avais emportée au lycée et je me la suis fait piquer.

Elle poursuivit et raconta toute l'histoire à Nadia, les joues baignées de larmes.

— Ne pleure pas, dit Nadia. Ne pleure jamais à cause de tes erreurs. Répare-les, c'est tout.

— C'est ce qu'on essayait de faire, dit Allie en reniflant. C'est pour ça qu'on était venues. Pour récupérer la bague.

— Mais ça n'a pas vraiment marché, hein ? demanda-t-elle.

C'était vers moi qu'elle dirigeait cette question.

— Allie est vivante. Et ce gamin aussi. Pour l'instant, je considère ça comme une victoire.

— C'est n'importe quoi, et tu le sais. C'est seulement une victoire si on empêche les sbires d'Andramelech de le libérer, lui et les autres démons captifs. J'ai passé toute ma vie à essayer de vaincre ce démon, et maintenant, à cause de tes conneries, je suis de retour à la case départ pour Dieu sait combien de temps.

Elle prit une grande inspiration.

— Libre, Crowe. Tu te rends compte de ce que ça veut dire ? Tu te rends compte du genre de démon dont on parle, là ?

Je lui assurai que nous nous en rendions bien compte.

— *Putain !*

Elle tapa du poing sur la table et fit tinter les assiettes et les couverts.

— Et maintenant ? demanda Allie. Je veux dire, maintenant que les démons ont la bague, ils vont quitter San Diablo, non ?

— On peut supposer, oui, répondis-je. Pourquoi ils resteraient dans une ville emplie de chasseurs ?

— À moins qu'ils aient besoin de la ville, dit Nadia.

Quelque chose dans sa voix retint mon attention.

— Qu'est-ce que tu sais ?

— Il y a un rituel, répondit-elle. Pour libérer les démons.

— Et ils ont besoin de quelque chose ici, compris-je. Quelque chose à San Diablo.

— Le rituel pour libérer ou détruire doit avoir lieu ici, dit-elle.

— Où ?

— Je ne sais pas, reconnut-elle. Pas précisément. Mais j'ai mes notes. Peut-être que ton *alimentatore* peut nous aider à les comprendre ?

— Allons-y maintenant, dis-je en faisant signe qu'on nous apporte l'addition.

— Super.

Elle se glissa hors de table et s'étira. Ses seins tendirent le cuir souple de son haut. Tous les hommes dans la salle se tordirent le cou pour mieux voir.

Elle les ignora, ne prêtant attention qu'à moi.

— Il nous reste une dernière chance de récupérer la bague avant que ses adeptes libèrent Andramelech de la pierre, dit-elle en me regardant avec intensité. Alors cette fois, ne la foutons pas en l'air, d'accord ?

Le temps qu'il nous fallut pour réveiller le père Ben, le mettre au courant, et rentrer à la maison, il était presque quatre heures du matin. Nadia dit qu'elle prendrait une chambre dans un motel, mais vu que le jour se lèverait dans seulement quelques heures, cela semblait absurde.

— Reste avec nous, dis-je. Tu peux dormir sur le canapé dans le bureau de Stuart, et une fois que la maison sera vide, on pourra continuer à parler.

Ben avait promis d'examiner les notes de Nadia en détail.

Peut-être que d'ici à ce qu'on soit réveillées, il aurait trouvé quelque chose.

Je collai un petit mot à l'intention de Stuart sur le miroir de la salle de bain pour lui dire qu'une vieille amie à moi avait appelé dans la nuit et qu'elle dormait dans son bureau. Je le suppliai également de conduire Timmy à la crèche et de me laisser dormir.

Heureusement, mon mari ne protesta pas, que ce soit pour notre invitée ou la crèche. Par contre, il avait remarqué la Lotus dans le garage à la place de l'Odyssey. Il m'avait laissé un post-it sur le micro-ondes avec une flèche qui désignait le garage et un énorme point d'exclamation.

J'eus un grand sourire. S'il savait...

J'eus la maison pour moi toute seule une heure trop courte, et puis la vie revint. Eddie rentra de sa promenade, pointa un pouce vers le garage, et haussa les sourcils. Je commençai à le mettre au courant, mais Nadia entra à ce moment-là d'une démarche féline, avec un tee-shirt au décolleté si profond qu'il était à peine décent, et un legging noir si moulant qu'il ne laissait rien à l'imagination.

Et, oui, je devais reconnaître que j'étais impressionnée. Elle n'avait probablement que quatre ou cinq ans de moins que moi, mais à l'évidence trouver une robe qui ne soit pas trop serrée aux cuisses n'était pas un problème pour elle.

Je baissai les yeux sur mon pantalon de yoga noir, mon vieux tee-shirt de l'asso parents-profs, mes ongles de pied dépourvus de vernis, et je me promis de m'acheter un nouveau pyjama. Et de me faire une manucure. Et des mèches, tant qu'à y être.

— Oh *la vache*, dit-elle en s'étirant.

Son tee-shirt déjà très révélateur en révéla encore plus.

— Quelle nuit. Merci de m'avoir laissée dormir ici. Je crois que j'ai pu recharger mes batteries.

— On dirait qu'il y a du jus, oui, dit Eddie en jetant un coup d'œil depuis la porte du frigo.

Elle l'ignora et me regarda.

— C'est qui, Papy ?

— Ça, c'est Eddie Lohmann, répondis-je.

— Sans blague ?

Elle lui tendit la main.

— J'ai entendu des rumeurs sur vous, Papy. Heureuse de voir que vous n'êtes pas mort. Enfin… la banlieue, c'est un peu mort, vous me direz.

Eddie fit un bruit grossier et remit la tête dans le frigo, se coupant avec efficacité de la conversation.

Allie, qui était allée se coucher seulement quelques heures avant son lever habituel, finit par débouler dans la cuisine. Elle jeta à la tenue de Nadia un regard approbateur qui m'épouvanta quelque peu, avant de se tourner vers moi.

— Je suis tellement en retard pour l'école.

— Je me disais que tu pourrais rester à la maison aujourd'hui, dis-je, magnanime.

— Trop pas.

Ce n'était pas vraiment la réaction à laquelle je m'attendais.

— Pourquoi ça ?

— Oh, Maman. J'ai entraînement avec les pom-pom girls.

Nadia fouilla dans mon placard à la recherche d'une tasse à café et lança :

— Tu préfères ça à rester ici pour nous aider ? Benny essaie de trouver le lieu du rituel. S'il le trouve…

— Je n'ai pas le droit de me battre, rétorqua-t-elle en me jetant un regard amer, même si elle avait accepté cette décision.

— Ça ne veut pas dire que tu ne peux pas aider, répondit Nadia. Les meilleurs chasseurs ont les meilleurs alliés.

Elle se servit du café.

— Mais si c'est pas ton truc…

Allie me regarda et je hochai la tête.

— Et on pourra s'entraîner ce matin, ajoutai-je pour finir de la convaincre.

— Comment tu t'en sors, au jeter de couteau ? demanda Nadia.

— Ça passe, dit Allie en redressant le menton.

Nadia se mit à rire.

— Ce qui veut dire que c'est catastrophique. Qu'est-ce que tu en dis ? Tu veux rester et t'entraîner un peu ce matin ?

Allie écarquilla les yeux.

— Tu déconnes ? Trop. Je peux, Maman ?

— Et les pom-pom girls ?

— Allez, Maman, c'est tellement plus important, ça.

Ça l'était. Je hochai la tête et lui dis d'aller s'habiller.

— C'est une bonne petite, dit Nadia. Et tu as sûrement des trucs de mère au foyer à faire, non ? Je vais l'emmener dans le jardin pour qu'elle te fiche la paix.

— Oh dis donc, merci, Nadia. Je vais pouvoir cirer le parquet et ranger les conserves par ordre alphabétique.

Elle haussa les sourcils.

— Touché, dit-elle. Deux points pour Crowe.

Elle fit un pas vers le salon.

— Même si on dirait que la vie de banlieusarde te pèse un peu ?

Elle partit avant que je puisse protester. Dès qu'elle fut hors de portée d'oreilles, Eddie rabattit la porte du frigo – qui était restée ouverte si longtemps que le lait avait dû tourner.

Il était tout rouge à force de se retenir de rire. Il pointa un doigt osseux vers moi.

— Elle t'a cernée, dit-il. Il faut que tu fasses gaffe à cette fille.

— Merci du conseil.

J'étais plus ou moins parvenue à cette conclusion toute seule. Ce qui ne voulait pas dire que j'étais préparée à voir une dominatrix descendre les escaliers.

— Alison Elizabeth Crowe, dis-je.

Le legging moulant noir aurait été acceptable pour une journée passée à la maison, mais elle l'avait assorti d'une veste noire minuscule. Le genre de veste qu'on était censé porter au-dessus d'un chemisier et ne jamais boutonner. Mais elle n'avait pas de chemisier, et elle l'avait boutonnée de telle façon qu'elle semblait avoir beaucoup plus de poitrine que je ne l'aurais cru.

— Qu'est-ce que tu portes, bon sang ?

— C'est juste des fringues pour faire du sport, Maman.

Mais je vis à la couleur de ses joues qu'elle savait fort bien que cette tenue ne remporterait pas le sceau d'approbation maternelle. Et de loin.

— Remonte, dis-je en désignant les escaliers. Tout de suite.

— Mais Maman !

— Allie, je te jure, si je dois me répéter...

— D'accord. Peu importe.

Elle monta l'escalier d'une démarche si lourde que toute la maison trembla. Quelques secondes plus tard, elle était de retour. Elle portait toujours le legging, mais cette fois assorti à un tee-shirt trop grand rose sur lequel était inscrit « Princesse en Formation ». Ça, me dis-je, c'était bien vrai.

— Ça te va, ça ?

— La tenue, oui. Mais pas l'attitude.

Elle me fixa pendant une seconde mais finit par hausser les épaules.

— Désolée. Nadia va penser que je suis une grosse nulle.

— Je suis sûre que tu survivras à ce terrible traumatisme.

— Peu importe, répéta-t-elle.

Elle sortit pour retourner jouer les fangirls.

— Un sacré numéro, celle-là, déclara Eddie depuis la table du petit déjeuner.

Je le pensais entièrement absorbé par ses mots croisés. Visiblement pas.

— Ma fille ? Ou l'autre ?

— À ton avis ?

Je tirai une chaise et me joignis à lui.

— Elle a sauvé la vie d'Allie hier soir, Eddie. Je lui suis plus redevable que tu ne peux l'imaginer.

— Admettons. Mais est-ce que tu lui fais confiance ?

— Non. Et Eric non plus. Mais je crois qu'on a besoin d'elle.

Ou du moins, nous avions besoin de ses notes concernant la cérémonie pour libérer Andramelech.

— Alors, qu'est-ce que tu fais dans la vie, au juste ? demanda Stuart en beurrant un des petits pains que j'avais fait décongeler et mis au four.

Nadia s'interrompit, sa fourchette de viande à seulement quelques centimètres de sa bouche.

— Je suis chasseuse de primes, dit-elle sans quitter mon mari des yeux.

— C'est trop cool ! s'écria Mindy.

J'avais appelé Laura quelques heures auparavant pour lui donner les dernières infos sur notre invitée impromptue. Elle avait aussitôt fait exception aux règles quant aux moments privilégiés qu'elle était censée passer avec sa fille et décida que ce serait être une mauvaise voisine que de ne pas se joindre à nous pour le dîner. Ce qui expliquait pourquoi je servais mon pauvre pain de viande sans intérêt avec des haricots verts en boîte à la table de la salle à manger.

Même si personne ne prêtait attention au décor. Ils étaient tous trop occupés à observer Nadia, qui s'était habillée pour le dîner. Et sa robe en cuir rouge maintenue en place par des lacets dorés faisait forte impression ce soir. Mon mari, en tout cas, semblait carrément approuver. Super, hein.

En termes de dîner, je suppose que celui-ci aurait pu être pire. Nadia joua le rôle de la belle du bal, même s'il lui manquait une certaine innocence. Mindy et Allie étaient des groupies enthousiastes et buvaient les paroles de la chasseuse qui faisait le récit de ses efforts pour retrouver et appréhender les pires coupables de défaut de comparution à San Francisco. Stuart écoutait avec fascination. Eddie leva les yeux au ciel et renifla tellement de fois que je craignais que quelqu'un ne suggère d'appeler le SAMU juste pour vérifier qu'il n'était pas en train de faire une crise d'épilepsie. Et Laura passa tout le repas pendue aux lèvres de Nadia, en se tournant à divers moments pour me jeter des regards entendus qu'heureusement mon mari ne remarquait pas.

Le seul à être imperméable aux charmes de Nadia, c'était Timmy, mais même lui finit par être conquis quand elle lui donna après le repas une grosse clochette argentée attachée à un cordon de cuir. Il se mit à glousser et à faire tinter la clochette, encore et encore. À tel point que je dus le chasser de la cuisine pendant que je m'occupais de la vaisselle.

Comme Nadia ne proposa pas de donner un coup de main avec ça – je ne comptais pas les points, hein – il n'y avait plus que Laura et moi dans la cuisine une fois que nous en eûmes fait partir Timmy, puisque nous avions donné aux filles la permission de se retirer après avoir débarrassé la table.

— Ouah, dit Laura.

Clairement, elle retenait ce commentaire depuis qu'elle était arrivée.

— Un peu too much, hein ?

— Allie et Mindy sont sous le charme, on dirait, rétorquai-je.

— Cette robe…

Je hochai la tête.

— Mais je dois reconnaître que ça lui va bien.

Laura jeta un coup d'œil dans le salon.

— Je dirais que ça a dû lui aller plus que bien à une ou deux occasions dans sa vie.

Je grimaçai. J'avais pensé la même chose de mon côté.

— Et tu as vu la façon dont elle s'assoit ? Et surtout, tu as remarqué que ton mari est toujours dans le salon ? C'était quand la dernière fois qu'il n'est pas parti direct dans son bureau après le repas ?

— J'ai une confiance absolue en Stuart, dis-je.

C'était vrai. Je ne pouvais pas en dire autant de Nadia. Mon instinct de chasseuse me dictait peut-être de lui faire la tête au carré, mais mes habitudes de femme au foyer me poussaient à être une hôtesse polie.

— Et puis, il n'a pas le droit de se cacher dans son bureau quand on a de la compagnie. C'est une règle qu'on a décidée ensemble.

— Il n'a pas l'air de se faire violence pour la respecter ce soir.

Je m'essuyai la main sur le torchon et vins me tenir à côté de Laura. Effectivement, mon mari était assis sur le canapé. Nadia parlait aux filles et à lui avec animation, mais elle parvenait à se pencher surtout vers Stuart. De tout son corps.

Je fis un pas vers le tiroir qui contenait les pics à glace, mais je me repris et dis à travers des dents serrées :

— Elle manque peut-être de grâce sur le plan social, mais elle est très forte au combat.

— Alors tu penses que c'est elle ?

— Elle qui ?

— Qui a rendu visite à Eric. Celle dont Betty parlait ?

— Oh.

J'avais refusé de l'envisager, mais désormais j'étais obligée d'y penser.

— Je ne dis pas qu'Eric avait une liaison, se hâta-t-elle de préciser. Mais si c'est elle qui s'est pointée à la bibliothèque, je vois pourquoi Betty s'est mis ça en tête.

— Et j'imagine M. Hyde faire une crise cardiaque, ajoutai-je.

C'était un petit homme très correct qui avait été le patron d'Eric.

Allie se pointa dans la cuisine pour se resservir en thé glacé. Laura et moi cessâmes aussitôt nos ragots et partîmes rejoindre le reste du groupe dans le salon. C'était, après tout, ce qu'on faisait quand on était bien éduqué. Et qu'est-ce que ça pouvait faire que je m'assoie un peu trop près de mon mari et appuie délicatement ma main contre sa cuisse ?

Dans l'ensemble, la soirée fut assez agréable. À l'évidence, Nadia avait l'habitude de passer du temps avec des gens qui ne savaient rien de sa vie de chasseuse de démons : il n'y avait pas de failles dans sa couverture. Après le départ de Laura et Mindy, Allie monta se coucher, et je vis que Stuart et Eddie commençaient à fatiguer.

Nadia se leva, la mine sérieuse.

— Stuart, c'était super. Mais c'est le moment où je te vole ta femme.

— Pardon ?

— Allez, Stu. Il faut qu'elle vive un peu, non ? On va prendre la Lotus et aller rouler un moment le long de la Côte.

Elle lui fit un clin d'œil.

— Ne t'inquiète pas. Je te la rapporterai en un seul morceau.

— J'espère, dit-il, un peu perplexe. Kate ? Tu veux...

— Ne m'attends pas, dis-je en déposant un baiser sur sa joue.

Il avait eu son moment, maintenant c'était à mon tour de m'amuser.

— Je conduis, dis-je dès que nous fûmes dans le garage.

— Super, Crowe, dit-elle en me lançant les clés. Ça m'aurait embêtée que la vie en banlieue t'ait rendue pantouflarde.

— Tu rêves, dis-je en m'attachant.

La voiture était vraiment majestueuse, même si après avoir passé des années à surplomber le monde depuis mon monospace, il me semblait que mes fesses allaient frotter sur l'asphalte. Je risquais aussi de me foutre la honte devant Nadia, car ça faisait une paye que je n'avais pas conduit avec une boîte manuelle.

Au final, je fus plutôt fière de moi. Je gardai une vitesse correcte dans le quartier, mais quand on arriva sur le Rialto, je mis les gaz. La rue est toute droite et cela me permit de ressentir les capacités du moteur, mais ce n'est qu'une fois sur l'autoroute de la Côte que je pus vraiment tester la bagnole.

— Cool, dis-je.

— Ça, c'est sûr.

Toute ma fatigue post-dîner disparut en sentant le moteur ronronner sous moi, et j'étais prête à aller foutre des roustes à du démon. La vitesse me montait à la tête et une émotion bouillonnante teintée d'un sentiment de démence enfla en moi – une émotion qui n'était pas si différente de celle que je ressentais quand je pensais à Eric. Ou David. Ou je ne savais qui il était désormais.

J'inspirai un bon coup et regardai Nadia.

— Alors, où est-ce qu'on va ? Tu as une piste ? Un endroit où il pourrait y avoir de l'activité ce soir ?

— Aucune idée, dit-elle. Je me suis dit qu'on pourrait faire des tours dans la ville, voir si quelque chose sort de l'ordinaire. Mais je me disais surtout qu'on devrait parler. Tu sais. De chasseuse à chasseuse.

— D'accord. Je t'écoute.

Elle se débarrassa de ses chaussures et posa un pied nu sur le tableau de bord.

— Oh bon sang. Je ne sais même pas vraiment quoi dire. Je suppose que je devrais te remercier.

— Pour quoi ? C'est toi qui as sauvé la vie de ma fille. C'est toi qui nous as donné les informations sur le rituel. Et maintenant, c'est toi qui me laisses conduire cette incroyable bagnole.

— Tout ça est vrai. Mais je dors chez toi et, vu les circonstances...

Elle s'interrompit et regarda le Pacifique par la fenêtre.

— Les circonstances ? répétai-je.

Si j'avais eu des antennes, c'est le moment où elles se seraient redressées.

— Rien, dit-elle. C'est juste, tu sais.

En fait, non, je ne savais pas. Mais comme je ne connaissais pas très bien Nadia non plus, je décidai de ne pas insister. Nous roulâmes encore cinq minutes en silence, puis elle se pencha et alluma la radio pour mettre un groupe que je n'avais jamais entendu même si transporter Allie et ses amies jusqu'au lycée me permet de me tenir à la pointe en matière de musique. Ou si ce n'est pas la pointe, au moins le bord du couteau à beurre.

— Désolée pour Eric, cria-t-elle avant que la première chanson ne soit terminée.

— Quoi ? criai-je à mon tour car je n'étais pas sûre d'avoir bien entendu.

Elle coupa le son.

— Eric, dit-elle. Je suis désolée de ce qui est arrivé. Il était...

Elle s'interrompit, comme si elle cherchait ses mots.

— C'était vraiment quelqu'un de bien.

Un petit sourire s'afficha sur ses lèvres.

— Oui. Un mec vraiment bien.

Une boule de quelque chose qui n'était pas loin du plomb se forma au creux de mon ventre.

— Alors, tu le connaissais bien ?

— Oh, tu sais. Assez bien.

D'accord.

— Du coup, c'est quoi ta routine habituelle ? Tu patrouilles toutes les nuits ? Tu y vas seule ?

— Il y a un autre chasseur en ville, dis-je.

J'étais toujours accaparée par la mention faite d'Eric et les implications tant de sa voix que de ses mots.

— David Long, c'est ça ?

Je me tournai vers elle et haussai les sourcils. Elle eut un petit mouvement d'épaules.

— Je me suis renseignée, et de ce que j'ai entendu, il chasse en solo.

— Je suis au courant.

— On ne peut pas faire confiance à un chasseur solitaire, si ? Où il était quand tu étais dans cette ruelle ? Si tu as un partenaire, il surveille tes arrières.

— Il a eu un empêchement.

— Alors il t'a laissée tomber. J'ai à moitié envie d'aller voir M. Long pour une petite conversation. Je veux dire, tu aurais pu te faire refroidir. Toi ou Allie.

Je frissonnai et ses paroles me rappelèrent la théorie d'Eddie qui croyait que David avait un plan maléfique.

— Bref, poursuivit-elle. J'ai l'impression que ce type est un poids. Je veux dire, en règle générale, il me semble que tu t'en sors toute seule.

Nous étions arrivées à un carrefour et je rétrogradai en tournant le volant à fond jusqu'à ce que la Lotus se retrouve sur la route en sens inverse. Je me réintroduisis dans la circulation et jetai un coup d'œil à Nadia.

— Comment ça ?

Je remarquai qu'elle avait agrippé la poignée de la porte pendant mon demi-tour et une pointe de satisfaction me parcourut à l'idée d'avoir réussi à la secouer un peu.

— Tu viens de reprendre la chasse après une longue retraite, mais on dirait que tu te débrouilles très bien pour garder cette ville en ordre de marche.

— Comment tu le sais ? demandai-je.

Elle fit tourner sa nuque d'un air affecté et j'entendis les os craquer alors qu'elle soupirait.

— Je te l'ai dit. Je me suis renseignée.

— Auprès de qui ? Tu es passée en sous-marin depuis des années. La Forza ne sait même pas que tu existes.

— J'ai des amis, répondit-elle, cryptique. Quant à ma vie, ça me plaît comme ça. C'est la liberté.

Elle se tourna vers moi et passa une jambe sous elle tout en se redressant sur le siège de cuir noir.

— Allez, Crowe, ça ne te manque pas ? Ne pas avoir d'attaches. Voir du pays. Faire l'expérience de la vie...

Ses paroles me balayèrent sous un flot de souvenirs de ma jeunesse. Des jours où je pouvais me réveiller sur un continent et m'endormir sur un autre. Je repensais à cette époque, et puis je pensais à mes enfants.

— Crois-moi, dis-je. Je fais l'expérience de la vie.

— Alors tu n'échangerais pas, tu ne reviendrais pas en arrière ?

— Pas pour un milliard, dis-je. Même si...

Je me penchai et tapotai affectueusement le tableau de bord de la Lotus.

— S'il y avait un moyen de mettre un siège bébé là-dedans, je m'en achèterais une dans la minute.

17

— Alors elle est où Nadia ? demanda Allie le samedi matin en ouvrant le frigo pour en inspecter le contenu. J'aurais bien voulu m'entraîner de nouveau avec son couteau ce matin.

— Franchement, je n'en sais rien.

Je me rappelais qu'elle avait parlé d'aller faire sa fête à David, mais je repoussai rapidement cette idée. Elle avait du cran, mais à ce point-là ? Nan…

Tout de même…

Je jetai un coup d'œil au téléphone. Peut-être que je devrais l'appeler. Juste pour vérifier. Un coup de fil ultra rapide, ce n'était pas vraiment briser la règle que je m'étais fixée et…

— Mam-man. Allô ?

— Désolée, dis-je en sortant de ma rêverie. Quoi ?

— Je te parlais, et tu as complètement déconnecté.

— J'ai pas assez dormi.

C'était la vérité. Nadia et moi étions rentrées à deux heures du matin. Elle m'avait déposée et puis elle était repartie en disant qu'elle rentrerait grâce à la clé que je laisse dans le pot de l'aloe vera sous le porche. Mais apparemment, elle n'était pas revenue.

— Alors ?

Je secouai la tête, perdue une fois de plus. Ma fille leva les yeux au ciel avec exaspération.

— Alors, puisque Nadia n'est pas là, tu veux bien t'entraîner avec moi ? On peut jeter des couteaux dans le jardin.

Pour le moment, le jardin était le seul espace d'entraînement à notre disposition puisque David n'avait pas eu le temps de trouver un local à louer. Je repoussai une vague de tristesse en me rendant compte que, désormais, il ne le ferait peut-être jamais.

— Stuart est à la maison. Il profite que Nadia ne soit pas là pour travailler dans son bureau.

— Oh. Ouah. C'est bizarre.

J'étais d'accord : c'était bizarre pour Stuart d'être à la maison un samedi matin. Depuis que la campagne avait démarré pour de bon, il passait la plupart de ses week-ends au bureau. En moi-même, je me fis la réflexion que c'était bien triste. À l'évidence, la vie que j'aimais tellement n'était pas parfaite en tout point.

— Et chez Cutter ? On ne peut pas s'entraîner avec des armes, mais...

— D'accord ! approuva-t-elle avec enthousiasme.

Je ravalai un sourire, heureuse de voir qu'elle était aussi empressée à l'idée de s'entraîner avec moi qu'avec Nadia. Même si je n'avais pas l'intention de mettre une combinaison en cuir.

— Va t'habiller alors.

Je me dépêchai de finir mon café pour pouvoir aller me changer moi aussi. J'étais juste en train de déposer mon mug dans l'évier quand le téléphone sonna. Je décrochai en espérant avoir Nadia au bout du fil. Elle était plus que capable de se défendre, mais mon instinct maternel était plus fort que moi et je m'inquiétais.

— Kate, m'accueillit la voix du père Ben. C'est aujourd'-
hui. Le rituel avec la bague se déroulera aujourd'hui à midi.
Un endroit appelé la Mensa de la Vie.

Je jetai un coup d'œil à l'horloge. Il ne nous restait presque
rien avant l'heure dite.

— Une idée d'où c'est ?

— Pas la moindre, répondit Ben. Mais il faut qu'on trouve,
et vite.

Je dois reconnaître à Allie qu'elle ne prit pas trop mal
l'abandon de nos plans d'aller l'entraîner. Il y eut bien quelques
couinements, mais quand je la mis au téléphone avec le père
Ben pour qu'il puisse lui transmettre les détails du rituel – et
qu'elle comprit que même si nous avions l'horaire, nous
n'avions pas le lieu – son enthousiasme remonta en flèche.

— La Mensa de la Vie, dit-elle en répétant ce que Ben avait
appris du rituel. Ouah, c'est vraiment spé.

— Avec un peu de chance, vous trouverez de quoi il s'agit
tous les deux.

J'avais déjà accepté que je n'avais pas la moindre idée de
mon côté.

— On a encore quelques heures, dit-elle. On va trop
trouver.

Je l'espérais, car mes orteils me démangeaient de l'envie de
les coller dans les fesses d'un démon. Et pour ça, j'avais besoin
de savoir où ils se trouvaient.

J'avais aussi besoin d'aide. Patrouiller toute seule était une
chose. C'en était une autre de me pointer tranquillement au
milieu d'une cérémonie qui visait à libérer un démon très
énervé.

J'avais besoin de Nadia, mais elle ne répondait pas au téléphone. Je pris une grande inspiration, puis une autre, en parcourant mes options. J'aurais pu aller à la bibliothèque et recruter Eddie, mais même si je l'envisageai sérieusement, je savais que c'était la solution la moins attrayante. Eddie avait encore du peps, mais il était âgé. Et si quelque chose lui arrivait parce que je l'avais entraîné dans une bataille qu'il n'avait pas envie de mener, je ne me le pardonnerais jamais.

J'avais besoin d'Eric. J'avais besoin de lui et, oui, j'avais envie de le revoir.

Cette fois, quand j'appelai, il répondit aussitôt, et sa voix calme m'apaisa, comme une promesse que tout irait bien.

— Je viens te chercher, dis-je. Je serai là dans un quart d'heure.

Je dis à Stuart que j'allais faire des courses et je filai dans l'Infiniti. Le trajet jusqu'à chez David prenait environ quinze minutes et j'utilisai ce temps pour me blinder. Mon cœur était toujours à vif, mais j'étais capable de gérer. Il *fallait* que je gère si nous voulions empêcher l'avènement d'un des chanceliers de l'Enfer.

Le temps d'arriver à sa porte, j'avais réussi à me maîtriser un minimum. Cette maîtrise s'effondra à la seconde où je vis que la porte était entrebâillée. *Eric.* Une peur désespérée qu'il ait été enlevé ou blessé me déchira l'âme et je me tendis aussitôt, mon instinct de combattante prenant le dessus sur mes émotions et me forçant à rester calme et méthodique.

Je retirai mon sac à main de mon bras et le laissai à la porte, ne gardant que le flacon d'eau bénite et mon poignard. J'utilisai le bout de la lame pour entrouvrir le battant, juste assez pour me faufiler à l'intérieur. J'entrai sur la pointe des pieds pour ne pas alerter qui que ce soit de mon arrivée.

Personne ne m'entendit venir.

Moi, par contre, je m'arrêtai net devant l'horreur qui m'attendait : Nadia, perchée sur l'accoudoir du canapé, les seins quasi hors de son haut, et son visage si près de celui de David que ses cheveux tombaient sur ses épaules.

David était assis sur le canapé à côté d'elle, une main sur son épaule. De là où je me trouvais, je ne voyais pas son visage, mais je voyais celui de Nadia. Et son sourire possessif, affamé.

J'entendis un petit hoquet et je me rendis compte qu'il venait de moi.

David se retourna aussitôt, les yeux écarquillés en me voyant. Il fut sur ses pieds en un instant, Nadia vivement mise de côté.

— Kate. Ce n'est pas...

Je levai une main, déterminée à ne pas pleurer.

— Laisse tomber, dis-je. Nous avons de plus gros problèmes que ça à régler.

Nous étions en voiture et foncions en direction de la cathédrale quand mon téléphone sonna. J'appuyai sur le bouton *Décrocher* avec le haut-parleur et la voix de ma fille résonna à l'autre bout.

— On l'a ! On a trop, trop trouvé !

— Où ? demandai-je en portant aussitôt les yeux vers l'horloge.

Onze heures trente. Peut-être qu'on pouvait encore y arriver.

— La table de pierre, dit-elle. C'est forcément ça.

— Ah bon ?

J'enfonçai la pédale de frein et fis demi-tour pour nous ramener vers les montagnes et la Forêt Nationale.

— Pourquoi ? insistai-je.

— Tout le monde dit qu'on faisait des sacrifices sur cette

table, hein ? Des gros rituels de vie et de mort. Et *mensa*, ça veut dire table en latin.

— Elle a raison, dit Nadia. Bien joué, gamine.

Ce n'était pas parfait, mais je ne voyais rien d'autre autour de San Diablo qui corresponde. Bizarrement, je ne pensais pas que *table de vie* puisse faire référence à un très bon restaurant.

La table de pierre était peut-être l'une des attractions de San Diablo, mais elle n'était pas si visitée que cela. Ce qui était bon pour nous. Malheureusement, une des raisons qui faisaient qu'elle attirait si peu les touristes, c'était que l'accès y était presque impossible. La table avait été découverte par des botanistes de l'université qui s'étaient taillé un chemin dans la végétation dense de la forêt où ils cataloguaient la flore. Il y avait désormais un sentier étroit, mais accidenté et à moitié recouvert par les plantes. Conduire tout du long était inenvisageable, et y aller en courant ne serait guère plus aisé.

Alors que nous nous frayions un chemin dans le sous-bois, je me dis que Nadia n'avait peut-être pas tort de porter du cuir. Je me faisais joyeusement égratigner par les branches et les ronces, alors qu'elle avançait d'un pas confiant grâce à la protection impeccable de son pantalon en cuir moulant.

Salope.

Je fronçai les sourcils. La pensée était peut-être juste, mais en cet instant, il fallait vraiment que je me concentre. Quoi qu'elle ait été en train de faire sur le canapé avec mon mari – ex-mari – ça pouvait attendre.

— Plus que deux minutes, dis-je. Où est-ce qu'on est ?

— On ne doit pas être loin, dit Nadia. Ça fait au moins cent mètres qu'on a passé la marque du parc.

Les services du Parc Naturel avaient pris la peine de baliser les divers sentiers qui parcouraient la forêt. Nous suivions une série de flèches qui devait nous mener à la table. Et si le département avait correctement marqué le chemin, nous devions être en train de nous rapprocher.

— Plus qu'une minute, dis-je d'un ton nerveux. J'espère que c'est une longue cérémonie, sinon c'est fichu.

— Ça va le faire, répondit David dont la voix était aussi tendue que son corps.

Nous continuâmes à progresser le plus vite possible, jusqu'à apercevoir enfin une clairière. La végétation s'éclaircit et nous accélérâmes. Encore quelques secondes avant midi. Nous avions encore le temps de…

— *Aaaaaaahhhhhhhh !*

Le hurlement profond déchira le ciel, accompagné d'un violent éclair. Je fis irruption dans la clairière et vis un homme à la carrure impressionnante se tenir sur la pierre qui était désormais fendue, et deux autres démons qui montaient la garde de chaque côté. Un couteau dépassait de la poitrine du démon et une vague de tristesse me parcourut à la pensée de l'humain innocent qui avait été sacrifié pour libérer le démon.

— Andramelech ! hurla Nadia en se précipitant en avant, les traits déformés par la rage.

Je regardai David, mais le moment n'était pas à la parlotte. La bataille avait commencé. Et si nous voulions empêcher Andramelech de rejoindre ce monde, c'était maintenant qu'il fallait l'abattre.

— Toi, gronda le démon à l'intention de Nadia, étouffant tout doute que j'aurais pu nourrir quant à l'identité de la créature. Tu m'as pourchassé, tu as cherché à me rendre captif. Tu vas mourir.

Cette déclaration ne sembla pas du tout la perturber. Elle sauta sur la table, l'épée au clair, et visa son œil. Il repoussa sans sourciller la lame qui entailla son avant-bras. Je déglutis en me rendant compte du pouvoir qu'avait ce démon. Les démons qui ont récemment pris possession d'un corps sont en général un peu plus lents, incertains. Et leur force n'est pas encore à son plein potentiel. Si c'était à ça que ressemblait Andramelech quand il était en petite forme, nous étions vraiment mal.

Enfin, je n'avais pas le temps de m'appesantir là-dessus. David avait déjà atteint l'un des gardes démoniaques et alors que je me précipitai pour aider Nadia, l'autre me fonça dessus.

— Recule, enfoiré, criai-je en mettant mon arbalète en position.

Il ne ralentit même pas. Il se contenta de courir droit sur moi, les bras écartés, le torse à découvert.

Je tirai et le carreau le toucha en plein cœur. Le coup ne le tua pas bien sûr, mais il le fit trébucher et je lui sautai dessus et enfonçai mon poignard dans son œil avant qu'il ait le temps de réagir.

Le démon se trouva aspiré hors de son corps, mais j'étais déjà de retour sur mes pieds. Il avait peut-être été facile à tuer, mais il y en avait deux autres dont se soucier, et David et Nadia étaient tous les deux bien occupés.

À la différence du démon que je venais de tuer, la créature contre laquelle se battait David était armée d'une machette impressionnante. David ne s'en formalisa pas plus que ça, mais alors que je les regardais, le démon attrapa le sabre de David par la garde et en détacha la lame.

Je hurlai et me précipitai vers eux alors que le démon abaissait son arme en visant le cœur de David. Celui-ci donna un coup de pied et intercepta la lame. Il en dévia la trajectoire, mais il s'entailla la jambe dans le même mouvement.

Il poussa un hurlement de douleur et s'effondra quand le démon donna un coup de pied dans son autre jambe. Je les avais rejoints, et alors que le démon plongeait à nouveau vers David, je l'interceptai et parvins à lui mettre un bon coup à mon tour, faisant voler la machette hors de sa main.

Elle atterrit par terre, et alors que le démon essayait de la récupérer, je sautai pour le liquider. Je lui fis perdre l'équilibre et nous roulâmes au sol tous les deux. Mon poignard m'échappa au milieu de la confusion.

Je me retrouvai avec le démon au-dessus de moi, tous les

deux désarmés. Ses doigts étaient autour de ma gorge et d'une main, j'essayais de les repousser pour continuer à respirer. De l'autre, je tâtonnai à la recherche de mon poignard disparu.

Je ne le trouvai pas, et alors que la pression de ses doigts augmentait, je compris que je ne pouvais me permettre de continuer à le chercher longtemps. J'avais besoin de mes deux mains pour me libérer si je ne voulais pas perdre connaissance.

— Kate !

Je tournai la tête et vis David boiter vers moi. Blessé comme il l'était, il ne pouvait m'atteindre assez vite, mais il réagit en m'envoyant la machette qui tourbillonna dans l'air et atterrit assez près de moi pour que je puisse refermer mes doigts dessus.

La prise du démon se resserra encore et le monde se renversa autour de moi alors que mon corps utilisait ses dernières bouffées d'oxygène. Je luttai malgré le brouillard qui m'environnait et concentrai tous mes efforts sur mon bras et la main qui tenait la machette du démon. Je frappai, encore et encore, sans vraiment viser, juste en essayant de le toucher. *N'importe où*, tant que cela le forcerait à relâcher sa prise.

Un bruit sourd me signala que la machette l'avait touché, ainsi que la résistance sous mes doigts alors que la lame tranchait chair et cartilage. Un seul coup, et la pression autour de ma gorge se relâcha. Le démon bascula. Je me propulsai de côté et ma vision s'éclaircit.

C'est là que je le vis. Le corps du démon, dépourvu de tête.

Je trouvai celle-ci assez rapidement. Elle babillait dans une langue qui n'était sûrement connue qu'en Enfer, et j'utilisai la machette pour finir le sale travail : je l'enfonçai dans l'œil pour que le démon rejoigne son corps dans la mort.

— David ! appelai-je.

Je me tournai et le trouvai par terre. Je me précipitai à ses côtés, terrifiée par sa pâleur.

— Ce n'est pas une artère, dit-il alors qu'il resserrait un

garrot qu'il avait fabriqué avec sa ceinture. Ça va aller. Nadia a besoin d'aide.

Je l'embrassai rapidement sur le front et m'élançai à nouveau. La table de pierre avait éclaté au milieu et n'était plus que gravats. Mais c'était là-dedans qu'ils se battaient, et je fus une fois de plus impressionnée par les talents de ma collègue.

Tout de même, elle ne faisait pas le poids face au démon ressuscité et enragé, et j'eus l'impression qu'il jouait avec elle. Encore étourdie par la tentative d'étranglement, je progressai tant bien que mal, et je ramassai mon poignard au passage. Alors que je m'approchai, Andramelech me regarda droit dans les yeux.

— Petite chasseuse, dit-il. Tu ne gagneras pas.

— Je crois que si, dis-je.

Et je lançai mon couteau. Il atterrit pile dans son œil, et le démon – le grand Andramelech qui nous avait causé tant de soucis et de peur – fut aspiré hors de son corps et disparut dans l'éther.

Tout ça pour ça ?

— Eric ! hurla Nadia.

Elle sauta de la table et courut vers lui.

— Dieu merci, tu vas bien. Dieu merci, Dieu merci.

Elle le tira vers elle et posa ses lèvres sur les siennes tandis que je les contemplais en bouillonnant. David avait l'air franchement mal à l'aise, mais est-ce que c'était parce qu'elle l'embrassait ou parce que j'étais juste à côté, je n'aurais su le dire.

Tout ce que je savais, c'est qu'Andramelech avait disparu, et avec lui, ma dernière raison de travailler avec David.

Eric, pensai-je, était vraiment mort pour moi désormais.

— Franchement, Crowe, je ne voulais pas te faire de peine, dit Nadia en fourrant quelques affaires supplémentaires dans son sac de voyage. Je veux dire, ça fait presque six ans, tu sais ? Et tu es mariée. Qu'est-ce que ça peut faire, ce qui s'est passé entre Eric et moi il y a tout ce temps ?

— C'est parce que je suis une petite banlieusarde niaise, j'imagine, dis-je avec froideur. On a du mal à contrôler nos émotions, nous autres.

— Seigneur, Crowe. Je pensais que tu serais un peu plus rationnelle.

— Quant au fait que tu m'annonces que tu avais une liaison avec mon mari ?

— Je n'ai jamais dit ça, dit-elle avec un petit sourire. Pas exactement.

Je m'appuyai au bureau de Stuart et la regardai caler quelques sous-vêtements supplémentaires dans son sac, toujours sans trop savoir quoi penser. J'avais confiance en Eric, vraiment. Et pourtant, quelle raison aurait eu Nadia de prétendre avoir été sa maîtresse si c'était faux ? Je n'arrivais pas à en trouver une, et ça me rendait nerveuse. Très, très nerveuse.

Elle boucla enfin son sac et se tourna vers moi.

— Bon, écoute, dit-elle. Je suis venue ici sans savoir qu'Eric était là. Juré. Mais tu m'as parlé de David et j'ai eu envie d'avoir une petite conversation avec lui. Sur le fait qu'il te laisse patrouiller seule, tu vois ?

Elle avait un chewing-gum dans la bouche – j'avais refusé de la laisser fumer à l'intérieur – et elle s'interrompit pour faire une bulle.

— Continue.

— J'y suis allée, prête à lui faire sa fête, mais il m'a semblé si familier... Et il me regardait comme s'il avait vu un fantôme. Et c'est là qu'il m'a dit qui il était. Je veux dire, c'est un homme pour qui j'avais vraiment beaucoup d'affection.

Elle haussa les épaules sans croiser mon regard.

— Enfin bref, c'est à ce moment-là que tu es arrivée et...

— Espèce de sale petite menteuse, murmurai-je.

Les mots étaient sortis tout seuls, une défense contre son assaut. Mais dès que je les prononçai, je compris qu'ils disaient véritablement ma pensée. Je ne connaissais pas sa raison, mais j'étais certaine que Nadia mentait.

Une dose de culpabilité nouvelle me percuta. J'avais connu Eric toute ma vie, et je ne pouvais m'empêcher de douter. J'étais idiote, ou bien ?

Nadia releva les yeux vers moi, la tête de côté alors qu'elle nouait une attache de son sac.

— C'est plus facile de penser ça, hein ?

— Oui, répondis-je franchement. En effet.

Il y avait à la fois de la froideur et de la pitié dans le regard qu'elle me jeta, mais je tins bon, et je luttai contre l'envie de la gifler alors que je lui montrai la porte.

Elle cala son sac sur son épaule et sortit du bureau de Stuart. Elle s'arrêta devant la porte d'entrée et se retourna vers moi.

— Au final, peu importe ce que tu penses, dit-elle. Andramelech est parti, en tout cas pour le moment. C'est terminé. Je connais la vérité, et Eric aussi. Tu peux retourner à ta petite vie à plier la lessive et faire des pains de viande. Profite bien de la banlieue, Crowe.

— Merci, dis-je d'une voix mielleuse tandis qu'elle sortait sous le porche.

Je claquai la porte vigoureusement, dans l'espoir de faire exploser ses tympans, et puis je m'appuyai au chambranle.

— J'y compte bien, dis-je en regardant le couloir de cette maison que j'aimais, mon chez-moi.

Le téléphone sonna alors que j'étais encore en train de fulminer à cause de Nadia. Je m'étais repassé la conversation dans ma tête, et maintenant j'avais une myriade de fins différentes, allant de celle où j'étais terriblement polie mais maniais une langue acérée, à celle où je laissais tomber les bavardages pour l'écrabouiller avec sa Lotus.

C'était satisfaisant et en même temps... ça ne l'était pas.

Je regardai le numéro de l'appel entrant et me figeai en voyant que c'était celui de David. Une moitié de moi avait désespérément envie de répondre. L'autre avait envie de s'enfuir et se cacher.

Au final, ce fut l'adulte en moi qui reprit le dessus, et j'appuyai sur *Décrocher*.

— Je suis désolé, dit-il aussitôt. Elle ment.

— Je sais.

Je pris une grande inspiration.

— Comment va ta jambe ? demandai-je d'une voix enjouée.

— Pas super, reconnut-il. Mais ça guérira. Mais Kate, pour Nadia...

— Ça aussi, ça guérira. C'était... enfin, ça n'a plus d'importance. Parce que j'ai confiance en toi. Vraiment. Je suis désolée d'avoir douté de toi, ne serait-ce que pour un moment.

— Kate.

Il y avait une urgence dans sa voix qui me fit peur.

— Je ne t'ai pas tout dit. Ce soir-là, quand tu es venue à mon appartement. Quand je t'ai raconté ce qui s'était passé à San Francisco. J'ai laissé certains détails de côté.

— Quoi ? murmurai-je.

Je m'assis sur une des chaises de la cuisine car mes jambes ne me portaient plus.

— Nous n'avions pas juste parlé au téléphone. Elle était venue à San Diablo aussi. Elle est venue à la bibliothèque deux fois, je crois. Et elle m'a dragué, pas très subtilement.

— Et tu as... ?

— *Non*, dit-il. Je lui ai dit que j'étais marié. Je lui ai dit que j'aimais ma femme.

— Mais elle n'a pas laissé tomber.

— C'était l'une des raisons pour lesquelles je n'avais pas confiance en elle, reconnut-il. C'est pour cela que je ne lui ai pas dit que j'avais toujours la bague.

— Elle doit te détester de lui avoir menti.

— Peut-être, acquiesça-t-il. Mais elle a une drôle de façon de le montrer.

— J'ai vu ça, rétorquai-je sèchement.

Il pouffa de rire, un son qui alla droit à mon cœur, à mon âme, un son qui ramenait tant de souvenirs...

— Quand elle est venue ce matin, dit-il, c'était pour m'engueuler parce que je ne t'aidais pas à patrouiller. Et puis elle m'a regardé et...

— Elle a compris qui tu étais. Oui, j'ai déjà entendu ça.

— J'avais l'impression qu'elle le savait depuis le début, en fait, dit-il. Enfin, ça ne change rien. Et je ne peux pas le prouver.

Je fronçai les sourcils à ces mots. Si elle savait, à quoi servait ce petit jeu ?

— Quoi qu'il en soit, elle a dit que je lui avais manqué, que l'eau avait coulé sous les ponts, que tu étais mariée et que donc, la porte était ouverte.

— Elle a raison, me forçai-je à articuler.

Je détestai cette idée. Mais c'était vrai. David était célibataire. Il pouvait sortir – voire se marier – avec qui il voulait.

Cette pensée me chamboula juste un peu.

— Non, dit-il d'une voix douce. La porte n'est pas ouverte, Katie. Pas pour elle.

Je frissonnai en entendant les mots qu'il n'avait pas prononcés : elle n'était pas ouverte pour elle, mais elle l'était pour moi.

— Eric, je...

— Je sais, dit-il. On a déjà eu cette conversation, non ?

— Eric ?

— À la fin du semestre, dit-il, je déménagerai. Ce sera plus facile pour nous deux.

Je jure que je sentis mon cœur se briser.

— Allie ?

— Je suis mort pour elle, répondit-il d'une voix ébranlée. C'est probablement ainsi que ça devrait être.

Quand Stuart rentra à la maison, il me trouva toujours à la table de la cuisine, les yeux rouges et le visage gonflé.

— Qu'est-ce qui ne va pas ?

— C'est juste... Nadia, dis-je, décidant qu'une demi-vérité valait mieux que pas de vérité du tout.

— Elle est partie, alors ?

— Et bon débarras.

Je relevai la tête vers lui et le vis sourire.

— Quoi ?

— Je suis d'accord, c'est tout.

— Oh, vraiment ? m'enquis-je en haussant un sourcil. J'aurais cru que tu serais triste qu'elle ne soit plus là. Ou du moins, que sa garde-robe ne soit plus là.

— N'importe quoi, dit-il. Je peux toujours t'acheter un bustier en cuir rouge.

Mon humeur s'illumina d'un coup.

— Oui, mais est-ce que tu pourrais me le faire porter ?

— Ça n'aurait pas d'importance, contra-t-il. Puisque le but serait de te le retirer de toute façon.

— Merci, dis-je en serrant sa main.

— Pour quoi, cette fois-ci ?

— Juste pour être là. Me faire me sentir mieux. Je t'aime, tu sais.

— Je sais.

Je vis dans ces yeux qu'il le pensait.

— Alors, où est-ce que tu étais ?

— J'ai emmené Timmy à McDonald's, et puis Laura a proposé de le garder. J'ai accepté.

Je sentis mon sourire s'élargir.

— Bonne idée.

— Et si on allait marcher ?

— Marcher ? répétai-je.

— Oui. Comme on le faisait avant. Sur la plage. Sous les étoiles.

Il déposa un baiser sur le bout de mes doigts.

— Ça pourrait être romantique.

— Oui, répondis-je. J'imagine.

Nous conduisîmes à une allure bien plus détendue que mon dernier trajet vers la plage, et Stuart se gara non loin de ma place habituelle quand je patrouille. Nous laissâmes nos chaussures dans la voiture et marchâmes vers le nord, là où la marée basse dévoile des rochers et des petites bandes de sable isolées.

Nous marchions main dans la main, en parlant, mais sans dire grand-chose. Les enfants. La nuit. Nos projets pour la maison, pour notre vie.

À un moment, je frissonnai en pensant à l'océan, à cet endroit et à cet homme. Parce que la dernière fois que j'avais marché le long de la plage, c'était avec Eric, même si je ne m'en étais pas rendu compte sur le moment. Alors je supposais que c'était approprié que je revienne ici avec mon mari.

Nous atteignîmes une zone isolée au pied des falaises et Stuart me tira contre lui et m'embrassa avec passion.

— Je t'aime, dit-il.

— Je sais, dis-je. Je t'aime aussi.

Il m'embrassa encore, plus fort, déchaîné, possessif, et il m'entraîna au sol avec lui.

— On va avoir du sable dans les cheveux, dis-je d'une voix haletante, sans jamais lâcher mon mari. Dans nos vêtements.

— Je m'en fiche, dit-il. Pas toi ?

Et vous savez quoi ? Je m'en fichais.

18

La messe du dimanche fut suivie d'un brunch à l'hôtel Coronado, une agréable surprise que nous devions à Stuart qui, apparemment, était toujours un peu d'humeur romantique. Timmy dut sentir que nous n'étions pas dans un fast-food et se conduisit très bien. Allie passa la matinée à regarder la plage depuis la terrasse et à faire des commentaires sur les garçons qui jouaient au volley dans le sable.

Il faisait frais pour San Diablo, autour de vingt degrés, et nous portions tous des pulls. Sauf Allie, qui avait passé une veste en cuir noir.

— C'est à Mindy, ça ? demandai-je.

Je l'avais remarquée avant, mais nous étions tellement pressés au moment de partir pour la cathédrale que je n'avais pas eu le temps de poser la question.

— C'est Nadia qui me l'a donnée. Elle est cool, non ?

Vu que ma première réaction aurait été de la balancer à la flotte, je choisis de ne pas commenter la coolitude du vêtement. Stuart vint à ma rescousse.

— C'est une super veste, dit-il. Et elle te va bien mieux qu'à Nadia.

Je levai mon mimosa et portai un toast à la veste. Après quoi, nous dûmes tous en porter une vingtaine d'autres car Timmy réclamait « Tchin tchin ! Tchin tchin ! » encore et encore.

Vers la fin du repas, le mimosa m'était un peu monté à la tête, et j'étais d'excellente humeur. Celle-ci me tint jusqu'à ce que nous arrivions à la voiture, quand le portable de Stuart sonna. Une brève conversation avec son patron changea ce que Stuart avait prévu pour la journée.

— Tu me pardonnes ?

— Bien sûr, dis-je.

Je me sentais toujours coupable d'avoir manqué l'annonce de sa candidature.

— Va défendre la justice, la vérité et tout ça. Par contre, c'est moi qui te dépose. Il faut que je passe faire des courses.

J'avais expliqué à Stuart qu'un gamin avait balancé un caillou dans le pare-brise de l'Odyssey, ce qui voulait dire que nous n'avions temporairement plus qu'une seule voiture, à moins de craquer et d'en louer une. Pour l'instant, cela n'avait pas été une priorité.

Le reste de la journée se déroula plus ou moins normalement : déposer Stuart, aller faire des courses, et passer au magasin de chaussures pour acheter celles repérées pour Timmy depuis plus d'une semaine.

Une fois les besoins basiques de la famille subvenus, nous rentrâmes à la maison et chacun partit vaquer à ses occupations habituelles. Pour moi, une énorme pile de lessive, pour Allie, télécharger des chansons et faire des messes basses au téléphone avec Mindy, pour Timmy, construire de vastes univers à base de cubes Duplo et autres jeux de construction. Eddie n'était pas là, mais même cela rentrait dans la normalité de notre vie de famille. Il avait laissé tomber le petit déjeuner avec nous en faveur d'une tasse de café et d'un donut dans le salon de thé qui était contre la bibliothèque.

— Maman ?

Allie fit irruption dans la buanderie. Elle portait toujours la veste en cuir même s'il faisait bien vingt-cinq degrés dans la maison.

— On peut garder la bague ? Ou bien c'est toujours berk-berk ?

J'étais penchée, en train d'essayer de remettre le filtre à peluches dans le sèche-linge, mais je me redressai d'un coup.

— La bague, répétai-je.

Seigneur Dieu, nous n'avions pas retrouvé la bague.

— Oui. Allô. La bague de Papa.

Elle fronça les sourcils.

— Enfin, je suppose que ce n'était pas vraiment celle de Papa. Mais j'aimerais l'avoir quand même. Je n'y toucherai même pas. Mais je... eh bien... tu sais.

— Je sais de quelle bague tu parles, Allie. Et non, il est hors de question que tu la reprennes.

— Qu'est-ce qui ne va pas ? demanda-t-elle.

Elle avait dû remarquer ma mine préoccupée.

— Je n'ai pas vu la bague, reconnus-je. Ni pendant ni après le combat.

— Oh.

Ce fut à son tour de faire la moue.

— Mais tu n'étais pas là quand Andramelech est apparu, n'est-ce pas ? Tu m'as dit que vous étiez arrivés en retard.

Il y avait un vague reproche dans cette dernière phrase.

— *Oui*, reconnus-je. On est arrivés aussi vite qu'on le pouvait. Et au final, on a réussi à arrêter le monstre.

— Peut-être qu'ils devaient détruire la bague ou un truc du genre.

— Peut-être.

Mais je n'étais pas convaincue. L'absence de la bague me dérangeait, sans que je n'arrive à déterminer pourquoi.

Cette question traitée, elle retourna dans sa chambre, pour revenir un quart d'heure après, cette fois pendant que je pliais les draps. Ou essayais, en tout cas. Plier les draps ne fait pas partie des compétences que j'ai le mieux développées.

— Maman ?

— Quoi ? dis-je en essayant de me faire obéir de la percale.

— Je m'ennuie.

Je comptai jusqu'à dix dans ma tête.

— Je ne sais pas quoi te dire, Allie. Pourquoi tu ne demandes pas à Mindy de venir ?

— Elle est chez son père aujourd'hui.

— Et ton iPod ? Tout est bien classé par ordre alphabétique ?

— Oui, Mère, répondit-elle avec dans la voix un soupir retenu.

— Eh bien, je ne sais pas, Allie. Il y a quelque chose que tu as envie de faire ?

— On pourrait pas s'entraîner, ou quoi ? Je veux dire, Stuart n'est pas à la maison, alors peut-être qu'on pourrait aller quelque part avec M. Long et faire un peu d'exercice. Je suis sûre que Tata Laura serait d'accord pour garder Timmy. S'il te plaît ? S'il te plaît, s'il te plaît, s'il te plaît.

Je pris une inspiration et décidai de me montrer très magnanime.

— Moi je ne peux pas, dis-je. Mais si M. Long veut venir te chercher, tu peux aller t'entraîner avec lui.

Je me concentrai sur le pliage de mes draps en parlant pour ne pas qu'elle voie mon visage. Parce que si Eric partait vraiment à la fin du semestre, je voulais lui donner l'occasion de voir sa fille le plus possible avant cela.

Ça, ça la brancha, et elle fila dans sa chambre pour appeler

David. Et environ vingt-sept secondes plus tard, elle était de retour.

— Il ne répond pas, dit-elle. J'ai appelé les deux numéros et je suis tombée sur le répondeur.

Ses épaules s'affaissèrent et elle soupira à nouveau.

— Je m'ennuie *trooooop*.

Un petit picotement d'inquiétude parcourut ma nuque mais je le repoussai. Andramelech avait disparu. Mon problème démoniaque – celui du moment – était réglé. David n'était pas obligé de répondre au téléphone à chaque fois que ça sonnait. Et pour ce que j'en savais, il était chez lui, avait vu le nom de l'appelant et avait décidé de ne pas répondre car il craignait que passer du temps avec Allie lui serait trop douloureux.

Ça ne ressemblait pas à l'Eric que je connaissais, mais comme il me l'avait déjà rappelé, il n'était *pas* l'Eric que je connaissais.

— Alors, tu t'entraînes avec moi ?

J'avais atteint les limites de ma patience.

— Alison Elizabeth Crowe. On en a déjà parlé. J'ai du travail à rattraper dans la maison. Si tu me laisses tranquille pour que je puisse le terminer, ou mieux, si tu me donnes un coup de main, peut-être qu'on pourra s'entraîner dans une heure ou deux. En attendant, prends un chiffon à poussière ou trouve-toi autre chose à faire.

Elle fit une grimace et soupira de nouveau.

— J'ai fait toutes ces recherches sur Andramelech. Est-ce que je devrais les taper ? Je veux dire, c'est pas le genre de trucs que le Vatican voudrait avoir ?

— Tout à fait. Ça aiderait énormément le Vatican. C'est un super projet. Vas-y. Fais-le.

Elle disparut et je fis les gros yeux devant ma lessive. Dire que j'avais cru que c'était quand ils étaient bébés que c'était le plus difficile.

Elle revint douze minutes plus tard.

— Et les trucs dont je suis pas sûre ?

— Comment ça ?

— J'ai regardé un peu hier soir les livres qu'Eddie a ramenés de la bibliothèque et j'ai trouvé des pages où ça parlait de cette histoire de réceptacle, là.

Elle haussa une épaule.

— Je suppose que ça n'a plus d'importance maintenant, mais tu veux quand même les détails, hein ?

— Tout à fait.

Elle hocha la tête et repartit, plus décidée cette fois. Quand elle revint, j'étais passée au sol de la cuisine, et Timmy avait pris l'initiative de m'aider. Étant donné que son aide consistait à faire une flaque sur le sol avec une grosse éponge, puis à traîner ses fesses dans ladite flaque, je n'avançais pas beaucoup.

— Tiens c'est là, dit-elle en s'installant à table avec un classeur à intercalaires.

C'était un de ceux qui avaient une couverture transparente pour que vous y mettiez votre propre document, et ma fille y avait inséré un agrandissement d'une statuette en bois d'Andramelech.

Je devais reconnaître que j'étais impressionnée. Si elle mettait autant d'effort dans ses devoirs, elle serait première de la classe en un rien de temps.

— Bon, montre-moi, dis-je tant parce que c'était important de soutenir ses enfants dans leurs efforts que parce que j'étais sincèrement curieuse.

— Cette section, c'est ce que tu sais déjà sur notre vieil ami A., dit-elle. Tu pourras toujours le lire plus tard.

Elle passa à l'intercalaire suivant et prit une inspiration.

— Ça, c'est tout ce qui concerne Papa et la bague.

Sa voix accrocha un peu.

— Comment la bague fonctionne, tu sais, en projetant l'âme dans le vide, je suppose.

Elle s'interrompit et essuya une larme de ses yeux avant de passer à la section suivante. Je posai une main délicate sur son épaule mais elle me repoussa.

— Ça va, renifla-t-elle. Tiens, ça c'est les trucs nouveaux. Il y a plein de machins que je ne comprends pas, mais j'ai rassemblé toutes mes notes, comme ça, peut-être que quelqu'un d'autre comprendra.

— C'est super. Tu veux me dire ce que tu as compris déjà ?

Timmy décida à ce moment-là que nettoyer le sol ne l'amusait plus et il ouvrit le seul placard sur lequel je n'ai pas installé de sécurité enfant, sortit quelques casseroles, et commença à en frapper le sol. Je jetai à Allie un regard qui signifiait « juste une seconde », achetai le silence de mon bambin avec un bol de Teddy Grahams, et donnai un Coca Zéro à mon aînée.

— Bon, dis-je. Je t'écoute.

— Alors, le réceptacle est lié à la bague, pour ce que j'en comprends.

Elle tourna le classeur vers moi pour que je puisse voir l'horrible bas-relief d'un démon qui émergeait d'une bague que je connaissais bien. À côté de lui, un humain était suspendu à un arbre et son sang s'écoulait dans une coupe décorée.

— Sympa, dis-je.

— Je sais, c'est dégueu. Bref, de ce que j'en déduis, si le démon sort de la bague au coucher du soleil au Sabbat – et tant que le réceptacle est disponible – alors non seulement le démon sera humain, mais invincible pour l'éternité.

— Seigneur Dieu, dis-je. Un démon qui pourrait parcourir la terre pour toujours. Impossible à battre ?

— C'est bien flippant, hein ?

— Mais il doit avoir ce réceptacle, c'est ça ? demandai-je en comprenant que la pierre de la bague n'était en fait pas le réceptacle.

Il s'agissait plutôt du calice qui se trouvait sous le corps.

— Exactement. Et il doit l'avoir exactement à ce moment-là. C'est une occasion unique. S'il sort de la bague sans que le réceptacle soit là, alors c'est juste un démon normal.

— Est-ce qu'on sait où se trouve le réceptacle ? demandai-je en espérant qu'elle me dirait qu'il était en sécurité au Vatican depuis douze siècles.

— C'est ça qui est bizarre, reconnut-elle.

Elle se leva et sortit un paquet d'Oreo du placard. Elle l'ouvrit et m'en offrit un. J'agitai la main avec impatience, bien plus intéressée par ses recherches que par sa gourmandise.

— Voilà ce que ça dit.

Elle désigna le texte.

— Et c'est une traduction d'une traduction, alors c'est peut-être pour ça que c'est incompréhensible.

— D'accord. Vas-y.

— *Dans l'ombre de la tombe de son ennemi, il remplira le réceptacle et expulsera son adversaire*, lut-elle. *Il réclamera l'enveloppe qui est à la fois morte et vivante, et le captif deviendra le geôlier.*

Elle me regarda et haussa les épaules.

— Voilà, dit-elle. Tu y comprends quelque chose ?

— Non, dis-je. Même s'il y a quelque chose qui me semble... je ne sais pas. Familier, peut-être.

Je secouai la tête alors que Timmy recommençait à taper sur les casseroles. Je me levai pour m'occuper de mon musicien en herbe et Allie soupira.

— Zut. Je sais que ça n'a plus d'importance, mais j'espérais tirer ça au clair.

— Si tu veux des exos en plus, tu peux toujours regarder dans tes livres de cours.

— Ha ha. Peut-être que je devrais rappeler M. Long. Il pourrait avoir une idée. Ou Eddie. Je pourrais aller à la bibliothèque voir si ça lui dit quelque chose.

— Bonne idée. Et demande-lui s'il rentre dîner à la maison, d'accord ?

Je fus surprise qu'elle accepte, mais je supposais qu'elle avait envie de lui montrer ce qu'elle avait trouvé. Je ne m'en plaignais pas. J'avais toujours Timmy sur les bras, mais je pourrais au moins finir le ménage que j'avais commencé.

J'attrapai un balai et nettoyai les miettes de biscuits en continuant à penser à Allie et son classeur. Je regrettais presque que David n'ait pas été là quand elle l'avait appelé, parce que j'aurais aimé qu'elle lui montre son travail. Je n'avais jamais été un rat de bibliothèque, mais lui adorait travailler avec Wilson et percer les mystères de ces vieux livres.

David – enfin, Eric – aurait été tellement fier de voir ce que sa fille avait accompli.

Je me figeai et ma main se crispa sur le manche du balai.

David. Eric.

Mort et vivant.

Et oh, Seigneur, c'était Eric le geôlier d'Andramelech.

Le balai tomba au sol dans un grand bruit alors que la vérité se faisait jour en moi. Le réceptacle n'était ni une pierre ni un calice ou un vase.

C'était David.

— C'est pour ça qu'on n'a pas retrouvé la bague.

Je parlais si vite que je mâchais mes mots.

— Parce que le démon sur la table n'était pas Andramelech.

— Mais c'était qui alors ? demanda Laura.

Elle n'avait pas eu le temps de se sécher, mon coup de fil l'avait tirée de la douche.

— Juste un démon comme ça. Ça n'importe pas vraiment.

Ce qui compte, c'est qu'ils jouaient la comédie. Ils ont fait semblant pour que je pense qu'Andramelech avait disparu pour de bon.

— Et ce n'est pas le cas ?

— Il est toujours dans la bague, et quand il sera libéré, il prendra le corps de David. Et alors, il sera invincible.

— Et David ? demanda Laura.

Un frisson me parcourut.

— Je ne sais pas. Et prions pour ne jamais le découvrir.

Laura était restée garder Timmy et, au volant de sa voiture, je fonçai à toute allure vers le cimetière. J'étais d'abord passée par la bibliothèque pour récupérer Eddie – j'avais besoin de renforts – mais lui et Allie n'y étaient pas, et je n'avais pas le temps de les retrouver. Allie avait dit que la cérémonie devait avoir lieu au coucher du soleil, le jour du Sabbat, et le soleil n'était plus qu'à quelques centimètres de l'horizon. Nous étions arrivés en retard à la fausse cérémonie ; je ne pouvais me permettre de manquer celle-ci.

Je ne me rappelais pas les détails de ce qu'Allie m'avait dit, mais je me rappelais la mention de l'ombre de la tombe de son ennemi, et aussi que le captif devenait le geôlier. Comme je n'avais pas de meilleure idée, je n'avais plus qu'à supposer que l'ennemi était Eric... et que la cérémonie prendrait place au cimetière où il avait été inhumé.

Le portail était ouvert et je fonçai dans l'allée en prenant toute une série de tournants jusqu'à ce que j'arrive à la section où Eric était enterré. C'était une zone vallonnée, avec d'immenses arbres et un mausolée vieux de deux siècles qui appartenait à la famille d'un des riches fondateurs de la ville, Alexander Monroe.

Je pilai juste avant la tombe d'Eric, attrapai mon équipement et sortis de voiture, armée jusqu'aux dents.

Je ne vis rien et cela me terrifia. Et si je m'étais trompée ? Et s'ils avaient emmené Eric ailleurs, sur la tombe d'un autre ennemi ? Je le perdrais alors pour toujours, et c'était une conclusion que je ne pouvais tout simplement pas supporter.

Non. Il fallait qu'on ait raison. La cérémonie devait avoir lieu ici. *Dans l'ombre de sa tombe...*

Je décrivis un cercle sur moi-même et observai les alentours. À l'ouest, le soleil couchant projetait de longues ombres sur la pelouse. J'inclinai la tête et observai l'ombre de la tombe d'Eric s'étirer de plus en plus, jusqu'à ce qu'elle atteigne presque les massifs qui entouraient le mausolée.

Ça ne pouvait pas être si simple ?

Je décidai que si et avançai silencieusement en direction du mausolée, mon poignard dans une main, l'eau bénite dans l'autre.

Le bâtiment était en marbre gris et semblait rayé d'orange dans la lumière du couchant. Je savais pour m'être souvent rendue sur la tombe d'Eric que l'entrée se situait au nord, et était marquée par une grille en fer forgé qui était normalement fermée. Derrière se trouvait une grande pièce, vide à l'exception d'un sarcophage de pierre au milieu, la dernière demeure de M. Monroe. La famille du patriarche était inhumée sur les côtés du tombeau.

Pour ce que j'en savais, la tombe était toujours utilisée par ses descendants, et à chaque fois que j'étais venue au cimetière, la grille était fermée.

Aujourd'hui, ce n'était pas le cas. Même de là où j'étais, sur le côté, je voyais qu'elle était grande ouverte, dans une invitation silencieuse à entrer.

Eh bien ? Je l'acceptai, et j'avançai sans faire de bruit jusqu'à me trouver dans une alcôve d'où je pouvais voir l'intérieur – avec un peu de chance, sans être vue moi-même.

Je jetai un coup d'œil et le spectacle qui s'offrit à moi me fit monter le cœur au bord des lèvres. Je dus faire appel à toute ma maîtrise de soi pour ne pas pousser un hoquet horrifié.

David était bien là. Il était nu et placé dans un rayon de

lumière mourante qui tombait d'un vitrail. Comme sur l'image du livre d'Allie, ses bras étaient attachés au-dessus de sa tête à quelque chose de solide mais dissimulé par l'obscurité. Ses pieds touchaient à peine le cercueil du sarcophage de Monroe, et du sang dégoulinait de ses pieds dans un petit bol en or qui contenait la bague.

Je m'accrochai au mur du tombeau, comme si j'avais besoin de me retenir à quelque chose pour ne pas me précipiter en avant. Je voulais sauver David, mais je ne pouvais pas me permettre de me faire capturer moi aussi.

Ses paupières battirent, et je retins ma respiration quand il me vit. Il ne bougea pas. Il ne fit rien qui puisse me trahir. Mais je voyais quand même la peur dans ses yeux, et ce qui faillit me faire m'effondrer, c'est qu'il avait peur pour moi, pas pour lui.

Je t'aime, pensai-je en espérant qu'il m'entendrait. *Je vais te sortir de là.*

J'examinai avec attention le reste du caveau pour voir si ses ravisseurs l'avaient laissé tout seul. Si la cérémonie n'avait pas encore commencé... s'il n'y avait que David et la bague...

Mais non, il y eut un mouvement au fond du caveau. Un bruissement subtil dans l'ombre veloutée. Et puis une silhouette enveloppée d'une cape noire avança dans le rayon de lumière tamisée.

Une pause, et puis la silhouette releva la tête et la lumière tomba sur des traits que je connaissais bien : Nadia.

Je restai muette mais ça n'avait pas d'importance. Elle regarda tout droit vers moi et sourit.

— Kate, grinça David. Cours.

Mais avant que je puisse réagir, mes bras se trouvèrent bloqués par deux démons énormes, un de chaque côté de moi, et on me poussa en avant. Apparemment, l'alcôve était l'ouverture d'un passage secret. Et j'étais entrée tout droit dans un piège.

J'essayai de me libérer, mais les démons me tenaient trop fort. Je donnai un grand coup de tête en arrière et frappai un nez de mon crâne. Rien. Mon premier adversaire ne bougea même pas. C'était la version Hulk d'un démon, et il n'y avait rien que je puisse faire à part bouillir tandis qu'ils me liaient les jambes.

— Espèce de salope, dis-je alors que les démons me poussaient à l'intérieur.

Nous nous retrouvâmes dos au portail, face à Nadia.

— Tu n'as fait que mentir depuis le début. Est-ce que tu as seulement travaillé pour la Forza ? Ou bien tu faisais le sale boulot d'Andramelech depuis le début ?

— Ne crois pas pouvoir m'insulter, dit-elle. Je me suis démenée comme une folle pour eux. Et qu'est-ce que ça m'a valu ? D'être chassée. Persécutée. Et rien d'autre. J'ai passé des années à vivre dans la misère, à parcourir le pays pour faire le sale boulot de la Forza. Tout ça pour ne posséder rien d'autre qu'un sac de voyage miteux et une tête pleine de souvenirs.

— Et tu as décidé que c'était une raison pour joindre tes forces à celles d'un démon ? Pourquoi ne pas juste avoir pris ta retraite ? Tu aurais pu mettre un bikini ou une de tes robes rouges riquiqui et puis partir en discothèque. Aller traîner sur une plage au Mexique. N'importe quoi d'autre que de t'allier aux forces du mal.

— Les « forces du mal » ? C'est un peu mélodramatique, tu ne trouves pas ?

— Pour tout dire, non.

Je tirai d'un coup sec sur mes bras. Peut-être mes gardiens étaient-ils distraits ? Ce n'était pas le cas. Ils tenaient bon.

— Tu veux savoir ? Tu veux vraiment savoir pourquoi ? *Le pouvoir*, dit-elle. Un pouvoir tel que tu ne peux l'imaginer. En voilà une minuscule fraction, dit-elle, et elle disparut.

Je clignai des yeux, surprise, et compris presque aussitôt ce qui s'était passé. Un des démons loyaux à Andramelech avait fait des promesses à Nadia.

— Ils appuient leurs promesses avec des tours de passe-passe, Nadia, déclarai-je dans le vide. Tu penses vraiment qu'ils te laisseront vivre une fois qu'Andramelech sera libéré ? Ton anneau d'invisibilité ne te servira pas à grand-chose une fois morte.

— Pour tout dire, c'est un charme, dit-elle en réapparaissant. Mais bravo d'avoir reconnu le processus.

— Ce n'est pas le premier que je vois, répondis-je sèchement. Comme je disais, c'est un tour de passe-passe.

— Non, chérie, ça, c'est un tour de passe-passe.

Elle désigna David qui blêmissait davantage de minute en minute alors que le sang continuait à s'échapper de ses veines. Ses yeux avaient commencé à se voiler, mais j'y voyais encore un soupçon de conscience. Silencieusement, je le suppliai de tenir bon. Je ne savais pas comment, mais je nous sortirais de là.

— Dès que le sang aura recouvert la bague, la transformation aura lieu. *Pouf*, juste comme ça. Et Andramelech sera libre à nouveau.

— Tu es dingue, dis-je en regardant la coupe et le sang qui continuait à y monter, si haut maintenant qu'il n'y avait plus qu'un tout petit morceau doré qui dépassait du liquide.

— Je suis intelligente, rétorqua-t-elle d'une voix tranchante. Et réaliste.

— Pourquoi tu ne t'es pas occupée de moi avant ? demandai-je.

J'espérais continuer à la faire parler pour pouvoir réfléchir.

— Ça faisait des années que j'avais la bague, ajoutai-je.

— Tu poses la question ? On ne savait pas où elle était. *Toi*, tu ne savais même pas qu'elle existait, jusqu'à ce que tu l'enfiles.

— Mais tu savais pour Eric. Tu l'as agressé sur la plage.

— Pour tout dire, nous n'en étions pas certains. Pas au début. Je ne sais pas trop comment les démons font pour se repérer les uns les autres quand ils sont désincarnés, mais ils m'ont expliqué qu'ils avaient senti qu'il n'était plus là, lui qui était censé être piégé pour l'éternité.

Elle sourit.

— C'était une opportunité fabuleuse, bien sûr, parce qu'en atterrissant dans un corps, Eric nous a offert la cérémonie pour libérer Andramelech. C'est ironique, tu ne trouves pas ?

— Comment ça ?

— Oh, Kate, ma chérie. Tu dois bien te rendre compte que sauter dans un corps requiert un certain… je ne sais quoi. Nous étions assez surpris qu'Eric en soit pourvu. Ça me fait penser qu'il est peut-être plus favorable à notre plan que tu n'aurais envie de le penser.

Elle fit courir un doigt le long de la jambe de David et il se rétracta, la haine dans ses yeux plus forte que son épuisement.

— Je ne crois pas, non, dis-je.

— Ah bon.

Elle agita la main, l'air de dire que ça ne faisait rien.

— Dommage, tu n'auras jamais l'occasion de lui poser la question.

— Et moi ? demandai-je. Pourquoi ne pas me tuer ?

— On a essayé au début. Tu n'es pas si facile que ça à tuer. Et puis on s'est rendu compte que tu nous étais plus utile vivante.

— Comment ça ?

— Eh bien, rien qu'en ce moment, déjà. Je crois pouvoir dire sans trop de risques qu'Eric sait que s'il faisait quelque chose d'idiot – même s'il n'a pas du tout assez de force pour ça – mes amis Laurence et Arnold briseraient ta jolie petite nuque.

— Ah, dis-je.

Cette information ne me plaisait guère.

— Maintenant, on se fiche un peu que tu meures. Avant, par contre... eh bien, on s'est rendu compte que la mort d'une chasseuse risquait d'attirer l'attention de la Forza. Mais en te laissant vivre et en créant une certaine défiance entre toi et Caliméro, avec un peu de chance, personne ne dérangerait notre cérémonie.

Elle fit la grimace.

— Ça n'a pas fonctionné aussi bien que nous l'espérions.

— C'est parce que tu n'as pas rendu ça plausible. Eric n'aurait jamais couché avec toi. Jamais. Et je le connais assez bien pour le savoir.

— Oh, Kate, chérie, c'est vraiment touchant, cette confiance, vos retrouvailles. Mais avant que tu ne te fasses de faux espoirs, je ferais probablement mieux de te prévenir que tu ne reverras pas ton bien-aimé après sa mort. Le sortilège va lier son âme à ce corps. Piégé, dépourvu de voix, mais il partagera cette coquille avec Andramelech, alors il s'amusera sûrement beaucoup.

Elle sourit et fit courir son doigt le long du flanc de David.

— Étant donné la... *relation*... que j'ai avec Andramelech, je pense que David et moi serons bientôt beaucoup plus proches nous aussi.

Elle plongea un doigt dans le sang dans le calice et le porta à ses lèvres.

— Délicieux, dit-elle. Et maintenant, je crains que ce ne soit terminé pour toi.

Le caveau commença à trembler, des fissures très fines apparurent sur les murs, et un grondement profond monta du sol, comme si l'Enfer s'ouvrait tout autour de nous.

Je me débattis pour échapper à mes ravisseurs tandis que Nadia grimpait sur le tombeau. Elle prit la coupe avec la bague et versa le sang sur la tête de David. D'abord, rien ne se passa.

Et puis il commença à briller, sa peau illuminée d'un rouge profond qui pulsait au rythme de son cœur.

— Au revoir, Eric, dit-elle. Bonjour, mon cher Andramelech.

Et puis elle l'embrassa tandis qu'il se débattait sous ses lèvres.

— Eric ! hurlai-je.

— Kate.

Sa voix était basse et faible, et je l'entendais à peine.

— N'hésite pas. Ne le laisse pas venir. Tue-moi avant qu'il soit en moi. Si tu ne le fais pas, il sera trop tard.

Je frissonnai en comprenant soudain à quoi nous avions affaire. Andramelech serait vraiment invincible. Même une épée en plein dans l'œil ne le tuerait pas.

— Trop tard, Eric, chéri, dit Nadia alors que le rouge disparaissait et se transformait en une brume démoniaque qui se mit à tourbillonner autour de lui comme un cyclone.

Je me débattis de toutes mes forces, mais ça ne servait à rien. Chacun des démons me tenait un bras, et ils m'avaient lié les jambes. Je hurlai, désespérée mais impuissante.

Un glapissement sonore résonna derrière moi et le démon qui tenait mon bras droit s'effondra. Le bout métallique d'un carreau d'arbalète dépassait de son œil. Il avait traversé son crâne par-derrière.

Je ne perdis pas de temps à m'interroger sur l'origine de ce miracle. Je pris de l'élan et envoyai mon poing libre dans l'œil de l'autre démon. Il recula et je vis qui avait décoché la flèche. Eddie. J'attrapai le couteau qu'il me lançait et l'enfonçai pile où il fallait, immensément satisfaite en sentant la lame pénétrer dans l'orbite de mon adversaire.

— Très bon timing, déclarai-je à Eddie en désignant l'arbalète jetée en travers de son dos. Il ne répondit rien, se contenta de trancher les liens qui bloquaient mes chevilles. Dès que je fus libre, je courus vers David et sautai sur le couvercle du sarcophage de pierre.

— Oh que non, dit Nadia en me mettant un coup de pied dans le ventre.

Je tombai en arrière et restai au sol, balançant mes deux jambes pour frapper ses genoux. Elle glapit de douleur et dégringola du tombeau.

— Je lui fais son affaire, dit Eddie. Libère-le.

Je n'hésitai pas. Je me collai à David, sentant la vie s'écouler hors de lui alors que je le détachais, et je le tirai du cercueil pour l'allonger sur le sol de pierre froid.

— Trop tard, Crowe, dit Nadia alors qu'Eddie l'attaquait.

Et au lieu d'essayer de se défendre, elle disparut. David s'effondra dans mes bras, et je le serrai contre moi, ma vision rendue floue par les larmes que je n'arrivais pas à arrêter.

— Maintenant, Kate, dit-il alors que le brouillard descendait sur lui et faisait virer le blanc de ses yeux à un rouge profond. Tue-moi tant que tu le peux encore.

— Eric... parvins-je à peine à prononcer.

— Je t'aime, Kate. Ne me laisse pas souffrir dans ce corps avec cet enfoiré. Ne le laisse pas obtenir la vie.

— Je t'aime aussi, dis-je, incapable d'arrêter mes larmes.

Et je saisis mon poignard et l'enfonçai dans son cœur.

— Nooon !

Je me tournai pour voir Allie se précipiter vers moi, et je compris aussitôt qu'elle avait presque tout vu et entendu. Y compris le fait que je venais de tuer son père.

Elle s'écroula par terre à côté de moi et ses cris de douleur me brisèrent le cœur.

— J'ai compris, dit doucement Eddie. Ce que le livre voulait dire. J'ai emprunté une voiture à mon amie.

Il pointa son pouce derrière son épaule, sans doute vers là où la voiture de la bibliothécaire était garée.

— Je suis passé à la maison récupérer quelques armes, et puis on a foncé ici.

Il soupira et ses épaules s'affaissèrent alors qu'il abandonnait l'inimitié qu'il avait autrefois ressentie pour David.

— Désolé de ne pas être arrivés à temps. Et désolé que cette salope se soit enfuie.

— Vous avez été super, dis-je en berçant le corps de David dans mes bras. Andramelech m'aurait tuée immédiatement. Quant à Nadia...

Je m'interrompis et jetai un regard dur à Eddie.

— Elle paiera un jour.

Il hocha la tête, il savait que je le pensais.

— Celle-ci était censée attendre dans la voiture, dit-il avec une moue en direction d'Allie.

Elle releva la tête, le regard vitreux, traumatisée. Lentement, elle tendit la main pour toucher le visage de l'homme qui avait été son père, du moins son âme.

— Maman...

— Je sais, mon bébé.

Je la serrai contre moi en m'attendant à des sanglots. Mais il n'y en eut pas. Elle se détacha de moi et me regarda, déterminée.

— Allie ?

Sans dire un mot, elle retira la veste en cuir de Nadia et en sortit un petit sac en velours. Elle jeta la veste en travers de la tombe en murmurant :

— Salope.

Je l'entendis à peine. J'étais trop concentrée sur le sac, trop concentrée sur ce qu'il pouvait faire.

Elle me le tendit, sans un mot, mais très claire dans son intention.

Je savais que j'aurais dû dire non. Je savais que je n'aurais pas dû. Passer la frontière de la magie, perturber les lois de la nature. C'était ouvrir une porte. Une porte qu'on ne pourrait jamais refermer et qui, pire, risquait d'endommager à jamais l'âme d'Eric. Et la mienne.

Mais je l'aimais. Alors, qu'on me pardonne, avec la clé de son salut juste là dans ma main, je ne pus supporter de le perdre à nouveau.

Je me signai. J'aurais voulu pouvoir être plus forte, mais je savais que je ne l'étais pas.

Et j'ouvris le sac.

Je regardai Eddie, qui se signa à son tour, mais ne fit pas mine de m'arrêter.

D'une main, je m'accrochai de toutes mes forces à ma fille. De l'autre, je répandis la poussière des os de Lazare sur le corps sans vie de David. Je n'avais entendu l'incantation qu'une seule fois, et j'espérais que la préface en latin n'avait été que pour le style. Je ne m'en souvenais pas. Je ne me rappelais que de la fin. Je pris une grande inspiration et prononçai les mots :

— *Resurge, mortue.*

D'abord, il ne se passa rien. Puis, le corps de David se mit à briller d'une étrange lueur jaune. La main d'Allie était crispée dans la mienne, et ensemble, nous regardâmes son visage alors que David semblait brûler de l'intérieur.

Après ce qui sembla être une éternité, il battit des paupières. Je baissai les yeux à la recherche de la blessure. Sous mes yeux, sa peau se referma, la blessure cicatrisa sans laisser la moindre trace.

Mais est-ce que l'âme d'Eric était revenue... ça, je ne le savais pas encore.

Il s'agita, un mouvement infime. Derrière nous, j'entendis Eddie bouger sur le côté de la tombe. Il revint avec une chemise froissée qu'il disposa en travers des hanches d'Eric, puis il posa une main rassurante sur mon épaule.

Devant nous, David ouvrit les yeux. L'espace d'un instant, il eut l'air perdu, et puis son regard s'éclaira.

— Katie, dit-il la voix râpeuse comme après avoir erré dans le désert.

— Je suis là, dis-je en prenant sa main.

— Qu'est-ce qui s'est passé ? Pourquoi je ne suis pas...

Je posai un doigt sur ses lèvres.

— Plus tard, dis-je.

À côté de moi, Allie s'agita. Son regard passa de lui à moi, et l'espoir inonda ses yeux rougis.

— Papa ? demanda-t-elle d'une petite voix, pleine d'hésitation.

David me regarda. Je me figeai. J'aurais voulu que nous n'en venions jamais là, mais je savais qu'il était impossible de revenir en arrière. Alors, tout doucement, je hochai la tête.

— Oui, ma puce, dit-il en lui ouvrant les bras, les yeux pleins de larmes. C'est moi.

J'espère que vous avez aimé l'histoire de Kate autant que j'ai aimé l'écrire ! Merci de poster un avis sur votre site de vente préféré ! Vous n'avez pas idée combien c'est utile pour les auteurs.

Continuez votre lecture avec le premier chapitre de *Déjà démon*, le tome 4 de la série Maman contre démon.

UN EXTRAIT

— Bon sang, Kate. Je pensais que tu me faisais confiance.

— Ce n'est pas vraiment le moment pour cette discussion, dis-je en avisant tous les coins sombres de la ruelle.

Cela faisait une demi-heure que j'avais la désagréable impression d'être observée. Mais comme personne ne nous avait attaqués et que nous n'étions pas non plus tombés sur un voyeur dissimulé dans les ombres, mon malaise commençait un peu à ressembler à de la paranoïa.

Je n'aimais pas être parano. Ça me rendait plus grognon que mon fils quand il a manqué sa sieste.

— Kate, insista Eric en tapant avec impatience l'asphalte du bout de sa canne.

Je lui jetai mon meilleur regard noir. Celui que j'avais passé presque quinze ans à perfectionner sur notre fille, Allie.

— Pas maintenant, dis-je. On a du boulot, tu te rappelles ? Les démons, le croque-mitaine, les créatures de l'Enfer ?

Eric haussa les sourcils mais je me contentai de sourire, persuadée que j'allais remporter cette bataille. Oui, j'évitais le sujet. Mais j'étais sincère : ce n'était *vraiment* pas le moment.

— Il n'y a personne dans cette ruelle, Kate, dit Eric d'une voix raisonnable. Nous n'avons rien vu, rien entendu. L'intuition, c'est super, mais ce n'est pas ça qui va nous sauter dessus et nous attaquer dans le noir.

— À une époque, tu avais confiance en mon intuition, dis-je.

— C'est toujours le cas. Mais tu m'as dit toi-même n'avoir eu affaire qu'à une poignée de démons depuis des semaines. Tu peux me trouver dingue, mais j'ai l'impression que tu évites le sujet.

— Bon sang, oui, je l'évite ! Comme je te l'ai dit, ce n'est pas le moment.

— Ce sera quand le moment, Kate ? demanda-t-il d'une voix brusque et j'eus un aperçu de la colère qu'il retenait. On est là, maintenant. Et ce n'est pas comme si tu allais m'inviter chez toi pour en discuter en buvant le café avec Stuart, les enfants et toi. Alors dis-moi : quand est-ce qu'on devrait parler ?

— Pas la peine de piquer une crise, protestai-je.

Parce que franchement, Eric n'était pas fair-play. Non. *David* n'était pas fair-play. Il ne fallait pas que je prenne l'habitude de l'appeler Eric. Pas alors qu'il y avait si peu de gens à connaître la vérité.

La vérité. Si ça, ce n'est pas un concept étrange ! À une époque, je pensais que la vérité était quelque chose de simple. Le ciel est bleu : vrai. La lune est un gros fromage frais : faux. Le mal est parmi nous : vrai. Les maris décédés ne reviennent pas auprès de leurs épouses et enfants dans les corps d'autres hommes. Eh bien, surprise ! celle-ci était fausse. Dans mon univers, en tout cas.

En ce moment, pour tout dire, je me trouvais dans une ruelle sombre derrière un night-club à la mode de San Diablo, en train de me disputer – ou d'éviter une dispute – avec mon mari autrefois décédé et qui occupait désormais le corps d'un professeur de lycée nommé David Long. Il va sans dire que, dernièrement, ma vie était devenue assez compliquée.

Je m'appelle Kate Connor et je suis chasseuse de démons Niveau Cinq chez la Forza Scura. J'ai gagné du galon il y a quelques mois, suite à une bataille atroce dont je me suis sortie à peu près indemne. Pour être franche, cette promotion n'est pas exempte d'un certain sentiment de culpabilité, surtout parce que j'ai fait des trucs après la bataille que le Vatican n'aurait pas franchement approuvés. Comme, par exemple, ramener mon premier mari d'entre les morts.

Et puis, pour faire bonne mesure, ne pas mentionner ce petit truc de rien du tout lors du débriefing après la bataille.

Vous pouvez me croire, la résurrection ne figure pas habituellement au répertoire des talents d'une chasseuse. Mais j'en avais eu l'occasion et, Dieu me pardonne, je l'avais utilisée. Comment aurais-je pu ne pas le faire ? Alors que ma fille était en train de contempler le cadavre du père avec qui elle venait juste d'être réunie ? Et oui, alors que je voulais désespérément sauver l'homme que j'avais à une époque aimé de tout mon cœur et de toute mon âme ?

Le seul truc, c'est qu'en utilisant la magie dans un but aussi égoïste, je ne pouvais m'empêcher de me demander si je n'avais pas irrémédiablement entaché nos deux âmes. Et rendu ma vie super compliquée au passage.

— Je suis désolé, dit David. Je ne voulais pas te donner l'impression que je prends ce que tu as vécu à la légère. Mais il ne s'agit pas que de toi, Kate. Tu penses que ça a été facile pour moi ?

Je savais que non.

— Des fois. Peut-être. Je ne sais pas.

Je relevai la tête et le regardai dans les yeux.

— Je pense que toi, tu t'es barré pendant deux mois. Tu as pris le temps de te poser et de réfléchir à tout ce qui s'était passé, pendant que je devais continuer à vivre et à gérer une fille qui a retrouvé son père l'espace de sept secondes, juste pour le perdre à nouveau.

— Et c'est exactement pour cela que ma demande est

raisonnable. Un week-end, Katie. Je te demande juste de passer un week-end avec ma fille.

Il croisa mon regard, implorant.

— Est-ce si difficile que cela à comprendre ?

— Non, répondis-je. Bien sûr que non. Mais c'est compliqué. Et, mince, Eric, tu m'as prise en traître. Ce soir, on était censés chasser. Pas discuter de la garde de notre fille.

Je grimaçai, saisie par le ton et le sens de mes paroles. Je n'aurais jamais divorcé d'Eric. *Jamais.* Et pourtant, en pratique, nous étions comme des parents divorcés, notre mariage s'était terminé brutalement, mais sans que nous ayons pu résoudre quoi que ce soit quant à notre fille.

— Je ne peux pas prendre le risque de blesser Stuart, dis-je, probablement avec plus de froideur que je ne l'aurais voulu, car ma voix était chargée de culpabilité.

Il me contempla pendant une longue seconde, et un muscle de sa joue frémit. Ce tic me surprit et je détournai le regard, décontenancée. Eric n'avait jamais eu un signe qui le trahissait si facilement. Ce qui voulait dire que cela n'appartenait qu'à David, et le fait qu'Eric et David soient la même personne, et pourtant différente, me frappa avec une force si soudaine que je trébuchai.

— Comment je suis censée lui expliquer ça, de toute façon ? demandai-je d'une voix raisonnable. Qu'est-ce qui pourrait justifier qu'une élève de seconde parte en week-end avec son prof de chimie ?

— Peut-être que tu devrais lui dire la vérité.

S'il avait rétorqué avec sarcasme, je crois que j'aurais pu gérer. Mais il avait parlé d'une voix douce, comme s'il comprenait le pouvoir contenu dans ce mot. *La vérité.*

— Je ne parlerai pas de toi à Stuart, protestai-je avec plus de force et de détermination que je n'en ressentais. Je ne lui parlerai de rien de tout ça. La Forza ; mon passé ; le fait que je sois sortie de ma retraite. Rien. Ce n'est pas sa vie – ce n'est pas la vie que j'ai avec lui – et je ne veux pas que ça le devienne.

Stuart n'avait pas épousé une femme qui pouvait éradiquer un démon avec le talon d'un escarpin, ou lancer un couteau de cuisine sur un chien de l'Enfer et le lui planter entre les deux yeux. Non, il avait épousé une femme qui ne savait pas se servir de la pyrolyse de son four.

J'avais gardé secrète la part de ma vie qui consistait à chasser des démons parce que c'était un *secret*. Personne en dehors de la Forza n'était censé être au courant. Et même après être sortie de ma retraite pour m'occuper de l'explosion démographique démoniaque qui avait eu lieu à San Diablo, j'avais continué à cacher cela à Stuart. Pas à cause de l'interdiction de révéler mon identité, mais parce que je ne voulais pas que mon mari me regarde et voie une autre femme que celle qu'il avait épousée.

Pire, je ne voulais pas qu'il me regarde et n'apprécie pas ce qu'il voyait.

Et même si je souhaitais peut-être que mon mariage soit un espace sacré dans lequel je n'aie jamais à faire face à mes peurs, je me rendais compte que la vérité venait y mettre de puissants coups de bélier. Je savais que, bientôt, il me faudrait lui dire. Parce que même si la vérité risquait de nous éloigner l'un de l'autre, le secret finirait par en faire de même.

Avoir conscience de cela était une chose. Me l'entendre dire par l'autre homme de ma vie en était une autre.

— S'il t'aime, dit gentiment David, rien de tout cela n'aura d'importance.

— *Cela*, répétai-je. Franchement. Tu crois que ça n'aura pas d'importance que je chasse des démons ? Que je me barre de la maison en douce à deux heures du matin pour aller patrouiller les rues et la plage armée d'un poignard et d'un flacon d'eau bénite ? C'est de *cela* que tu parles, David ?

Je fis un pas vers lui, saisie d'un mélange de colère, de désir et de chagrin.

— Ou bien est-ce autre chose ? Un autre *cela*. Toi et moi.

Ma voix se bloqua dans ma gorge.

— Toi et Allie.

Je relevai le menton et le regardai droit dans les yeux. J'y vis ma propre douleur s'y refléter, et ma voix vacilla.

— C'est des complications auxquelles Stuart ne s'attendait certainement pas quand il a fait le vœu devant Dieu de m'aimer pour le meilleur et pour le pire.

David grimaça, et je sus que j'avais touché un point sensible. Eric avait fait le même vœu, bien sûr, mais il avait été annulé par la mort de son corps. Le retour de son âme était pour moi à la fois un trésor et un tourment.

— Mais il a fait ce vœu, finit-il par dire en jouant avec sa canne plutôt que de me regarder. Si tu l'aimes, il faut que tu aies foi en lui.

J'appuyai mes doigts entre mes deux yeux, pour éviter de regarder David. Parce que je ne verrais qu'Eric.

— Tu m'as dit que tu l'aimais, insista-t-il, cette fois en me regardant dans les yeux.

— Je le pensais.

Sur le moment. Et maintenant aussi. J'aimais désespérément mon mari.

Le seul problème, c'est qu'il y avait deux hommes que j'aimais. Et deux vies que je ne pouvais faire coïncider.

Je me détournai et commençai à repartir vers la rue où j'étais garée. Il fallait que je m'éclaircisse les idées, et si cela voulait dire me défiler ce soir, qu'il en soit ainsi.

Je n'étais pas venue là dans l'espoir de passer du temps en tête à tête avec mon mari récemment revenu à la vie, mais parce que je m'attendais à l'arrivée d'un nouveau démon. J'étais partie du principe qu'il en allait de même pour David.

Je n'étais pas assez naïve pour penser que notre relation

passée ne serait pas du tout abordée au cours de la soirée, mais je ne m'étais vraiment pas attendue à devoir défendre ma décision de ne rien dire à Stuart. Ou à devoir peser le pour et le contre de laisser Allie aller dormir chez son père supposément décédé.

Je partis vers la rue principale, le son de mes pas accompagné par les basses sourdes qui émanaient des bars alentour. Et puis un autre bruit de pas résonna derrière moi. Je me tendis, ma formation prenant le dessus, même si je savais avec une certitude presque absolue que c'était David derrière moi.

Je ralentis et le bruit de ses pas accéléra. Je pris une grande inspiration pour affermir ma résolution et me retournai pour lui faire face. Il s'interrompit, une main crispée sur sa canne, et même si leurs visages ne se ressemblaient absolument pas, en cet instant, c'était Eric que je voyais. Au-delà du visage, au-delà de sa jambe boiteuse. Les yeux étaient ceux d'Eric et l'air désolé que j'y vis fit fondre mon cœur.

— Excuse-moi, dit-il, et je craquai encore un peu plus.

— Ce n'est pas facile. Il faut qu'on prenne notre temps, tu comprends ? Qu'on soit patients. Et souples.

Le coin de sa bouche se redressa.

— Depuis quand tu es patiente, toi ?

— Pas faux, ironisai-je.

Il me connaissait vraiment trop bien.

— Le truc, c'est qu'il faut qu'on fasse un effort tous les deux.

— Je sais, dit-il en arrêtant de me taquiner. Je dirais bien que ce n'est pas comme ça qu'on avait prévu nos vies, mais je ne crois pas que ce soit nécessaire de le préciser.

— Non, acquiesçai-je. Là-dessus, je suis bien d'accord. Quant à voir Allie en dehors de l'école, par contre...

Je haussai les épaules.

— Cette conversation n'est pas terminée, ponctua-t-il.

— On y reviendra. Je sais.

Je le regardai et vis le doute dans ses yeux.

— Eric, dis-je doucement. Je comprends. Je t'assure, vraiment. Mais que ça te plaise ou non, je suis son seul parent à l'heure actuelle. C'est à moi de prendre la décision, et j'ai besoin d'être certaine que c'est la bonne.

— Tu prendras la bonne, dit-il. Tu l'as toujours fait.

Cette phrase, bien qu'innocente, me rappela l'intimité que nous partagions à une époque. Il y avait eu un temps où Eric Crowe me connaissait mieux que quiconque, et ma foi en lui avait été aussi inébranlable que celle qu'il plaçait en moi.

Je balayai cela, terriblement sur les nerfs.

— Je crois que Watson ne se montrera pas ce soir.

J'étais bien décidée à faire dévier la conversation pour arrêter d'aborder mes démons personnels et m'attaquer à ceux qui venaient tout droit de l'Enfer.

— S'il est là, il se cache.

— Tu as toujours l'impression d'être en ligne de mire ?

J'y réfléchis.

— Non. Je pense que nous sommes seuls. Si Watson nous observait dans l'ombre, je crois qu'il est parti.

— Tu as peut-être raison. Tu veux refaire un tour, juste au cas où ? Essayer un autre endroit ?

J'hésitai en tentant de déterminer quelle était la meilleure décision. Le journal du matin avait fait un article sur Sammy Watson, un barman dans un night-club, qui avait failli mourir. Apparemment, il avait été agressé exactement à cet endroit. Un jeune couple qui s'était aventuré dans l'allée en pensant que la puanteur de vieilles frites et d'ailes de poulet pourrissantes ajouterait quelque chose de romantique à leur soirée l'avait trouvé inconscient, en sang. Ils avaient troqué la romance pour un Sammy quasi mort.

L'article indiquait qu'il avait été admis à l'hôpital dans un état grave. Une infirmière avait déclaré que l'équipe médicale s'attendait à ce qu'il ne passe pas la nuit, et qu'ils avaient juste fait en sorte qu'il souffre le moins possible. Imaginez leur surprise quand Sammy s'était réveillé en pleine forme le lendemain matin, prêt à aller confectionner daïquiris et margaritas.

Vu qu'il était assez en forme pour faire des cocktails, l'hôpital l'avait laissé sortir et le journal racontait les larmes de joie versées par sa mère et sa petite amie.

Je ressentais un élan de solidarité pour ces femmes. Elles avaient cru avoir perdu Sammy, mais il leur avait miraculeusement été rendu. Mais elles allaient le perdre à nouveau. Je le savais, parce que c'était moi qui le tuerais.

Enfin, pas lui. Sammy était déjà bel et bien mort. Son corps, par contre, était toujours en état de marche, et occupé par un démon. Et comme les démons revenaient souvent sur les lieux où ils avaient été créés, patrouiller dans les ruelles m'avait semblé être un bon plan.

Là, il était deux heures et demie du matin, et j'étais prête à laisser Sammy s'en tirer comme ça.

— Peut-être que celui-ci est plus malin que les autres. La meilleure façon pour lui de rester en un seul morceau, c'est d'éviter la chasseuse de la ville. Au moins jusqu'à ce qu'il ait regagné toutes ses forces.

— Les chasseurs de la ville, corrigeai-je.

David secoua la tête.

— Je ne travaille pas pour la Forza.

— Mais...

Il m'interrompit d'un geste.

— Pas maintenant. Il est tard et on est tous les deux fatigués. Et si on laisse tomber Sammy, je pense qu'on devrait rentrer dormir un peu.

Je fus soudain prise d'un mélange de culpabilité et de peur.

— Ce n'est pas... Tu ne leur as pas parlé des os de Lazare, hein ?

Il secoua la tête à nouveau.

— Je t'ai fait une promesse, Katie. Rien au monde ne me la ferait rompre.

J'acquiesçai, amadouée mais toujours curieuse.

— Alors pourquoi...

— Kate, me coupa-t-il avec fermeté. On en parlera plus tard.

Je ne protestai pas, en grande partie parce que je savais que ça n'aurait servi à rien. J'avais compris qu'Eric avait de nombreux secrets. Et même si à une époque, je ne l'aurais jamais cru, je savais désormais que de toutes les personnes qui faisaient partie de sa vie, c'était à moi qu'il en avait caché le plus.

Le fait que David continue à chasser sans dépendre de la Forza me perturbait tellement que, sur le chemin du retour, je fus forcée – oui, *forcée* – de m'arrêter à McDonald's pour prendre une grande frite et un Coca Zéro, juste afin d'avoir les calories nécessaires pour que mon cerveau traite toutes ces informations.

En tout cas, c'est ce que je me dis en sirotant mon soda tout en traversant les rues désertes et en m'arrêtant scrupuleusement à tous les feux rouges même s'il n'y avait pas une seule autre voiture à des kilomètres à la ronde.

Une des raisons pour lesquelles David était parti pour l'Italie tout juste deux jours après être revenu d'entre les morts, c'était qu'il pensait devoir un compte-rendu à la Forza. Grosso modo, il fallait qu'il leur explique comment l'âme d'Eric avait atterri dans le corps de David, si tant est qu'il se rappelle quoi que ce soit. Ces choses n'arrivent pas à la légère, et nous savions tous les deux que les chercheurs de la Forza seraient dans tous leurs états.

L'autre partie de notre aventure, celle où j'avais utilisé la poussière des os de Lazare pour ramener David d'entre les morts, aurait aussi terriblement intéressé la Forza. J'avais franchi une ligne rouge en prenant la décision, en une fraction de seconde, de ressusciter David en pratiquant une magie que je n'aurais jamais dû toucher.

Mais si j'avais le choix, je le referais sans hésiter. J'en suis certaine. Pourtant, j'avais risqué mon âme en cette froide soirée de janvier. Pire, j'avais aussi risqué celle d'Eric. J'étais peut-être lâche, mais je n'avais pas envie d'entendre la déception dans la voix du père Corletti si je le lui avouais.

J. Kenner

Julie Kenner (alias J. Kenner) est une auteure de best-sellers internationaux figurant aux classements des journaux *New York Times*, *USA Today*, *Publishers Weekly* et *Wall Street Journal*. Elle a écrit plus d'une centaine de romans, de romans courts et de nouvelles dans toutes sortes de genres littéraires.

Selon *Publishers Weekly*, JK est une auteure qui a un « don pour le dialogue et la création de personnages excentriques », et le *RT Bookclub* estime qu'elle a su « répondre aux besoins du marché en créant des antihéros scandaleusement attirants et dominateurs, et des femmes qui fondent pour eux. » Six fois finaliste de la prestigieuse récompense RITA (*Romance Writers of America*), JK a remporté son premier trophée RITA en 2014 pour son roman *Claim Me* (tome 2 de sa trilogie *Stark*) et le second en 2017 pour son roman *Wicked Dirty*. Elle a vendu des millions de livres, publiés dans plus de vingt langues.

Au cours de sa précédente carrière, JK a exercé comme avocate en Californie du Sud et au Texas. Elle vit actuellement dans le centre du Texas, avec son mari, ses deux filles et deux chats plutôt lunatiques.

www.juliekenner.com
Newsletter en français : https://jkenner.com/French

www.ingramcontent.com/pod-product-compliance
Lightning Source LLC
Chambersburg PA
CBHW060854210726
48293CB00006B/1796